© 최승도

조
남
주

1978년 서울에서 태어났다. 2011년 장편소설
『귀를 기울이면』으로 문학동네소설상을 받으며 소설가로
데뷔했다. 2016년 장편소설 『고마네치를 위하여』로
황산벌청년문학상을, 같은 해 출간된 『82년생 김지영』으로
2017년 오늘의작가상을 수상했다. 한국 사회의 젠더 감수성에
큰 변화를 일으킨 『82년생 김지영』은 현재 18개국 언어로
번역되었다. 그외 저서로 소설집 『그녀 이름은』이 있다.

KB108948

사
하
맨
션

장편소설

조남주

사하맨션

민음사

차
례

남매

도경은 까무룩 하다 소스라치고 까무룩 하다 소스라치기를 반복했다. 수의 손이 조심스럽게 빠져나갈 때도 깼고 작은 동물의 가벼운 발소리에도 깼다. 깨기가 무섭게 잠이 쏟아졌다. 모래알처럼 빠져나가는 짧은 꿈들을 끝없이 꾸었다. 꿈인지, 잠에서 깬 것인지, 이미 죽은 것인지 알 수 없었다. 그렇게 정신을 놓으려 애쓰다 다시 정신을 차리려 애썼다.

밤이 깊어 갔다. 깊어지고 깊어져 이제 밤도 얼마 남지 않은 때, 도경의 식도를 타고 무언가가 왈칵 올리왔

다. 순간 입안에 쓴 물이 가득 차더니 코로 올라가 콧구
멍으로 뚝뚝 떨어졌다. 한 손으로 입을 틀어막고 다른 한
손을 더듬거려 차 문을 열어젖힌 후 두 볼이 미어지도록
머금고 있던 액체를 뱉어 냈다. 쓰디쓴 토사물이 끝도 없
이 쏟아져 나왔다. 바닥이 흥건해지도록 토해 내고도 구
역질은 멈추지 않았다. 스스로 가슴을 두드려 겨우 구토
는 멈췄는데 이번에는 명치부터 식도를 타고 목구멍까
지 불길이 올라오는 것 같았다.

입과 코, 눈에서 끈적이고 냄새나는 분비물들이 흘러
내리는 채로 도경은 목을 감싸 쥐고 수를 돌아봤다. 수
는 조금도 흐트러지지 않고 반듯하게 누워 있다. 하얗다
못해 푸른빛을 띠는 피부, 다소곳하게 맞잡은 손, 어색한
미소. 도경은 밀랍 인형 같은 수의 가슴에 조심스럽게 손
을 올려 보았다. 심장이 뛰지 않았다. 코 아래에 손가락
을 대 보았지만 숨도 느껴지지 않았다.

멀리서 자동차 전조등 불빛이 낮고 길게 비쳤다. 흰
색 불빛이 울렁이며 주황색으로 변했다가 다시 흰색으
로 변했다. 넓고 흐리게 퍼지는 불빛이 나무의 그림자를
커다랗게 만들었다. 마르고 긴 손가락 같기도 하고 외로

운 동물의 오래된 뿔 같기도 한 그림자는 영혼이 스며들고 있는 것처럼 서서히 작아지며 짙어졌다. 테두리가 또렷해지는 그림자를 넋 놓고 보던 노경은 순간 무섭게 깨달았다. 그림자가 선명해지고 있다. 불빛이 가까워지고 있다. 누군가 다가오고 있다.

인적이 드문 공원의 간이 주차장, 홀로 비뚤게 세워진 고급 승용차, 그 안에 죽었는지 잠들었는지 알 수 없는 여자. 누가 봐도 미심쩍은 풍경이다. 도경의 머리는 도망쳐야 한다고, 얇은 종이에 불이 붙듯 순식간에 판단했지만 몸은 차에서 떠나지 못했다. 도경은 수를 향해 손을 뻗다가 움찔 그 손을 거두었다. 데리고 갈 수도 두고 갈 수도 없다. 도경은 잠금 버튼을 눌러 놓고 차에서 내린 후 손잡이를 당겨 차 문이 열리지 않는 것을 확인했다. 자신과는 전혀 다른 무언가. 수는 유리관 안의 인형처럼, 환상처럼, 흐트러지지 않은 모습 그대로 누워 있고 이제 도경도 다가갈 수 없게 되었다.

위는 더 이상 찻길이 없는 가파른 오르막이고, 아래는 가파른 내리막이고, 어느 쪽도 제대로 정리되어 있지 않았다. 오르막에는 크고 작은 바위와 나뭇가지들, 드러

난 뿌리들이 제멋대로 튀어나와 있고 내리막은 비가 오
지 않는 날도 푹푹 파이고 쭉쭉 미끄러지는 흙길이다. 도
경은 내리막을 선택했다. 금세 두 발에 속도가 붙었다.

고장 난 가로등이 타 들어가는 소리를 내며 깜빡였
다. 다리가 움직이는 대로, 발이 닿는 대로 정신없이 달
리던 도경은 승용차 한 대가 빠아앙 하고 길게 경적을
울리며 지나가고 나서야 자신이 4차로 한복판에 서 있다
는 사실을 깨달았다. 고개를 크게 돌려 시선이 닿는 끝까
지 확인한 후 빠르게 대로를 가로질렀다. 차도에서 벗어
나 인도에 올라서자 다리가 풀렸다. 풀썩 무릎을 꿇고 주
저앉아 버렸다.

오른쪽 무릎이 거친 보도블록에 긁히면서 얇은 면바
지가 뚫리고 살갗이 벗겨졌다. 아이보리색 바지에 새빨
간 핏물이 번졌다. 도경은 두 손으로 무릎을 감싸 쥐고
그 손등에 이마를 대고 엎드렸다. 잠시 그렇게 엎드려 있
다가 고개를 들고 손을 뗐는데, 그새 찢어진 바지의 실
오라기가 상처에 들러붙었다. 손끝으로 실밥을 조심조심
문질러 떼어 보았다. 말라붙은 핏덩어리가 같이 떨어지

며 다시 선홍색 핏방울이 몽글몽글 맺혔다. 어금니를 꽉 물었는데도 신음이 새어 나왔다.

도경은 그제야 수를 떠올렸다. 목덜미에 닿던 수의 뜨겁고 마른 입술. 자잘한 소름이 돋아난 목덜미를 손바닥으로 쓸며 길 건너 공원 방향을 보았다. 아직 거기 있겠지. 올라가는 길은 좁고 가파르고 기친 데다 힘들게 올라가 봐야 별로 볼 것도 없고 할 것도 없고 사람도 없다. 오히려 그게 좋아서 자주 찾아갔던 공원. 도경은 그곳에 수를 버려두고 도망쳤다.

*

마트 청소라고 했다. 왜 손님이 가장 많은 토요일에 청소를 하나 싶었는데 폐점한 마트였다. 재계약 문제가 해결되지 않아 갑자기 문을 닫았다고 한다. 원래부터 깨끗하게 쓰지 않은 데다가 내용물을 정리하지도 않고 냉장고와 냉동고를 꺼 버렸다. 채소와 과일은 모두 문드러졌고, 우유는 부패하다 못해 종이 팩이 터지면서 사방으

로 튀었다. 고기 썩은 냄새는 뭐라 형용할 수조차 없는
것이었다. 곰팡이, 온갖 벌레들, 오수로 흥건한 바닥. 작
업에 추가 투입된 직원 하나는 마트에 들어서자마자 그
대로 바닥에 토했다.

일은 밤늦게 끝났다. 팀장과 진경이 마지막까지 남아
마무리했고, 팀장은 초과 수당이라며 봉투를 하나 더 건
넸다. 그리고 창고를 정리하며 빼 두었던 페트 음료들을
커다란 비닐봉지에 가득 담았다. 깨끗한 거라고, 유통 기
한도 넉넉하고 마개도 꼭 막혀 있던 거라고, 자기도 챙겨
갈 거라고, 한사코 진경에게 봉지를 쥐어 주었다.

"나도 진경 씨 나이 때는 이런 짓 못했어. 근데, 이거
부끄러운 일 아니야. 돈 버는 일이지. 돈 많이 벌어. 죽기
살기로 돈 벌어. 그래서 L2라도 되면 되잖아. 일단 이거
가져가 마시고."

타운에는 L과 L2 두 종류의 사람이 있다. 주민권인 L
을 가지고 있는 사람들은 L, 또는 주민으로 불린다. 일정
수준 이상의 경제력과 타운이 필요로 하는 전문 지식 혹
은 기술을 가진 이들이다. 미성년자는 주민의 자녀이거

나 주민인 법정후견인이 보증하는 경우 주민으로 인정 받을 수 있다.

주민 지격은 갖추지 못했지만 범죄 이력이 없고 간단한 자격 심사와 건강 검사를 통과하면 L2 체류권을 받을 수 있다. 이들은 체류권과 같은 이름인 L2로 불리며 2년 동안 타운에서 살 수 있디. 그것뿐이다. 일단 2년은 쫓겨날 걱정 없이 어떤 일이든 할 수 있지만 L2를 원하는 일자리는 대부분 건설 현장, 물류 창고, 청소업체같이 힘들고 보수가 적은 곳들이다. 2년의 체류 기한이 끝난 후에도 계속 타운에 남고 싶다면 다시 심사를 받아 체류권을 연장해야 한다.

L2 대부분은 주민 자격이 되지 않으나 고향을 떠날 수 없어 2년마다 모욕적인 자격 심사와 건강 검사를 받고 L2 체류권을 연장해 가며 타운에 남은 원주민과 그런 L2들이 양육의 의지 없이 낳은 아이들이다. 진경은 L2도 못 되었다. '사하'라고 불리었다. L도 L2도 아닌, 아무것도 아닌, 마땅한 이름도 없는 이들. 사하맨션 주민이라서 '사하'인 줄 알았는데 사하맨션에 살지 않아도 '사하'라고 했다. 너희는 딱 거기까지라고 말하는 것 같았다.

"먹을 사람이 없는데……."

진경은 이미 없어서 없어졌다고 할 수 없는 사람들에 대해 생각했다. 도경이 이틀째 보이지 않았다.

맨션 입구에 들어서며 진경은 A동 7층 복도부터 도경의 집, 현관문, 주방의 창으로 시선을 좁혀 나갔다. 일부러 두고 떠나기라도 한 듯 모든 창이 완벽하게 깜깜했다. 하루의 피로가, 팔다리의 통증이, 두 손의 무게가 한꺼번에 밀려왔다. 음료의 무게를 못 이긴 비닐의 손잡이 부분이 가늘게 늘어지고 돌돌 말리면서 손가락 살을 파고들었다.

그때 오른손에 들고 있던 비닐봉지가 툭 터지면서 페트병들이 와르르 쏟아져 앞마당 쪽으로 굴러갔다. 몸을 굽혀 허겁지겁 줍느라 이번에는 왼손에 들고 있던 봉지를 놓쳤다. 왼손의 주스병들도 모조리 비닐에서 튀어나와 마당을 굴렀고, 구르는 페트병을 붙잡으려다 이미 주은 것들을 다시 놓쳤다. 진경은 두 손을 놓고 망연히 서서 빠르게 달아나는 페트병들을 보고만 있었다. 바닥을 구르던 찢어진 비닐이 밤바람을 타고 가볍게 날아올랐다.

관리실 문이 삐걱거리며 서서히 열렸다.

"이깟 거에 정신 났나?"

영감은 터지지 않은 비닐봉지를 집어 들고 어슬렁 걸으며 페트병을 하나씩 주워 담았다. 봉지를 꽉 채우고 나서는 옷의 모든 주머니에 병을 꽂고 양쪽 거드랑이에 끼우고 두 손에도 하나씩 들었다. 그리고 관리실 쪽으로 돌아 걸으며 진경에게 말했다.

"수돗가에도 하나 굴러가 있더라."

진경은 수돗가 물통 옆에 덩그러니 누워 있는 페트병 하나를 주워 들고 영감을 따라갔다. 영감은 주스를 관리실 냉장고에 넣었다. 여러 개의 반찬통과 생수통, 소주병들로 채워진 냉장고 안에는 빈 공간이 별로 없다. 영감은 반찬통을 이리저리 옮겨 가며 공간을 만들고 꾸역꾸역 페트병들을 집어넣었는데 아무리 해도 두 개가 들어가지 않았다. 냉동실을 열고 한참 안을 들여다보던 영감이 그냥 냉동실 문을 닫으며 진경에게 물었다.

"줄까?"

진경이 고개를 저었지만 그러거나 말거나 영감은 뚜

껑을 땄다. 책상 위 작은 텔레비전에서 아파트 광고, 주방 세제 광고, 영양제 광고, 영화 예고편이 연달아 나온 후 마감 뉴스가 시작됐다. 진경은 책상에 걸터앉아 주스를 한 모금 입에 넣었다. 미지근하고 시큼한 게 상한 것인지 원래 맛인지 알 수 없었다. 영감은 의자 바퀴를 앞뒤로 굴리며 목 넘어가는 소리가 꿀꺽꿀꺽 나도록 주스를 마시더니 술이라도 들이켠 듯 크으, 했다.

영감은 공용 수돗가의 물을 마시지 않는다. 냉장고 문에는 항상 생수통이 빽빽하게 꽂혀 있고 요리를 할 때도 비싼 생수를 썼다. 여름이면 수도꼭지에 입을 대고 물을 마시는 진경을 한심하게 쳐다보더니 어느 날은 수도꼭지를 돌려 잠그며 알 수 없는 말을 했다.

"맨션 사람들이 왜 이렇게 잘 죽는지 알아? 왜 이렇게 아픈 아이들이 많이 태어나는지 알아? 그게 꼭 병원에 다니지 못하기 때문인 것 같아?"

텔레비전에서는 입꼬리가 부드럽게 올라간 웃는 인상의 여자 앵커가 사건 사고 소식을 전했다.

"공원 입구에 주차된 자동차 안에서 여성의 시신이 발견돼 경찰이 수사에 나섰습니다. 어젯밤 10시, 사하맨션 인근 청사로 3길 근린공원을 산책하던 시민이 시신을 발견해 경찰에 신고했습니다. 사망한 여성은 30대 초반의 소아과 의사 S씨로 이틀 전 외출 후 귀가하지 않아 가족들이 실종 신고를 해 놓은 상태입니다. 경찰은 브리핑에서 자동차는 S씨의 것이며 시신에 성폭행 흔적이 있는 것으로 미루어 S씨가 성폭행을 당한 후 살해된 것으로 보고 수사 중이라고 밝혔습니다."

진경이 들고 있던 주스병을 던지듯 내려놓자 영감의 테이블 위로 울컥 주스가 넘쳐 흘렀다. 수. 수가 죽었다. 수는 죽었고 도경은 며칠째 보이지 않는다. 도경을 찾아야 한다는 생각이 들었지만 휴대전화도 없고 친구도 없고 그림을 그리는 일 이외에는 요즘 특별히 하는 일도 없는 도경을 어디서 어떻게 찾아야 할지 진경은 막막했다. 일단 공원에 가 보려고 일어서는데 영감이 물었다.

"어디 가?"

진경이 잠깐 멈칫하다 다시 문 쪽으로 걸어가자 영감이 급히 소리쳤다.

"서!"

영감이 이렇게 큰 소리를 내는 것은 처음이었다. 언

제나 심드렁하고 무심했다. 사하맨션에 살며, 사하맨션 관리 일을 하고, 사하맨션 사람들에게 돈을 받으면서도 사하맨션 사람들을 내려다보는 것 같은 인상이었다. 나는 너희와 다르다는 듯, 상관없다는 듯, 관심 없다는 듯. 그런 영감이 진경에게 성큼성큼 다가오더니 팔뚝을 붙들었다.

"가지 마."

진경은 영감의 눈을 똑바로 마주 봤다. 갈색 눈동자가 바랜 것처럼 전보다 밝아져 있었다. 주위가 이렇게 어두운데 동공이 충분히 열리지도 않았다. 주름 같기도 하고 나이테 같기도 한 늙은 동공을 보고 있으니 많은 물음표가 떠올랐지만 진경은 묻지 않았다. 진경의 마음을 읽은 듯 영감이 먼저 입을 열었다.

"무슨 일인지는 모르겠다만, 진경아. 섣부른 불안은 아무에게도 도움이 안 된다."

팔뚝을 잡은 영감의 손에서 힘이 느껴졌다. 영감도 10여 년 전 국경을 넘었다고 들었다. 맨션에 들어오기까지 영감의 삶 역시 진경만큼이나 지독했을 것이다. 가족은 있을까. 그의 늙은 눈은 젊은 눈이 보지 못하는 무언가를 보고 있다. 영감이 진경의 팔을 붙들었던 커다란 손을 풀고 말했다.

"주스, 잘 마실게."

사하맨션

대대로 양식을 주업으로 하는 어촌이었다. 어느 해부터가 적조가 심해지며 양식장들이 하나둘 문을 닫는 참이었다. 딱히 돈벌이가 될 만한 관광지도 없고 큰 규모의 교역을 할 수 있는 항구도 못 되어 먹고살 길이 막막한 사람들은 고향을 떠나고 있었다. 그러다 한 기업이 지자체와 협력을 맺었다. 오피스 빌딩과 공장 건물이 올라가더니 아파트 단지가 조성되고 젊은 사람들이 이사 왔다. 아파트 놀이터에 아이들이 뛰어다녔고 노란 유치원 차량이 좁고 굽은 도로 위를 느릿느릿 굴러다녔다. 기업은 IT와 생명공학 분야에 공격적으로 사업을 확장했고 빠르게 성과를 냈다. 도시는 세계적으로 주목을 받았다. 사람들은 도시의 이름 대신 기업의 이름으로 도시를 불렀다.

하지만 기업의 성장이 지역의 발전으로 이어지지는 않았다. 계열의 건축 회사들만 살아남아 계속 건물을 지었고, 계열의 유통업체들만 살아남아 장사를 했고, 계열의 금융회사들만 살아남아 그 안에서 돈이 돌았다. 마음이 급했던 지자체가 성급하게 약속한 각종 세제 혜택과 지원 조항들은 독이 되어 돌아왔다. 결국 지자체는 파산을 신청했다. 길고 긴 법정 공방 끝에 도시는 기업에 팔렸다. 그러니까 인수되었다. 이로써 거대한 기업인지 국가인지 알 수 없는 이상한 도시국가가 탄생했다.

한 도시의 생명이 끝나고 새로운 역사가 시작되었지만 크게 달라지는 것은 없는 듯했다. 독립하기 전에도 도시는 이미 기업이나 마찬가지였다. 계열 임직원인 대다수 주민들은 예전과 똑같은 직장으로 출근하고 똑같은 학교로 등교하고 똑같은 생활을 유지했다. 하지만 직원이 아닌 사람들은 묘한 불안감에 휩싸였다. 급히 본국으로 이주하는 이들도 적지 않았다. 아직 일어나지 않은, 그러나 곧 일어날 것이 분명한 일들로부터 자신들을 보호해 달라고 크고 작은 항의 시위를 벌였지만 아직 일어나지 않은 일이라는 대답만 돌아왔다.

팔순을 바라보는 회장은 대국민 담화문을 발표했다. 자신은 사업가일 뿐이며 돈 버는 일밖에 할 줄 모른다고, 도시를 인수한 것은 여러 제약에서 벗어나 마음껏 일할 수 있는 환경을 조성하기 위해서였다고 말했다. 회사와 도시를 성장시키는 데에 젊음을 다 바친 것은 사실이지만 이 도시를 자신만의 왕국으로 만들 생각은 없다고 했다.

"타운은 여러분의 것입니다."

담화를 계기로 이 작은 도시국가에 '타운'이라는 별칭이 생겼다.

도시 인수를 앞두고 기업은 자금 확보 명목으로 주식을 대량 발행했다. 국가가 될 기업의 가치와 성장 가능성을 높게 예상하는 이들이 투자 전문 회사를 꾸려 주식을 사들이고 투자자들을 모았다. 투자자들은 대부분 타운의 원주민들이었다. 국가가 되며 기업은 생활산업부라는 정부 부처로 편입되었다. 기업은 사라졌고 기업이 발행했던 주식은 휴지 조각이 되었다. 공항, 철도, 도로, 공공주택 등이 해외 투자자들에게 헐값에 넘어가기 시작했다. 해외 투자자들은 회장의 일가이거나 기업의 간부였다.

타운은 공동총리제를 도입했다. 교육, 법조, 노동, 기업, 국방, 문화, 환경 전문가들이 분야별로 복수의 추천인을 내면 당사자와 기선출 총리들의 비공개 협의를 통해 분야마다 한 명씩 일곱 명의 총리단이 꾸려졌다. 총리들의 정체는 철저하게 비밀에 부쳐졌고 회장조차도 총리들을 알지 못한다고 했다. 회장은 총리단 대변인 한 사람만을 임명했다.

최고 수준의 연봉과 종신에 가까운 고용 보장, 절대적인 권력. 그러나 드러낼 수 없는 명예는 공허하고 가짜 직장과 직함으로 살아가는 생활은 불안할 것이다. 게다가 비밀을 누설하거나 비위가 드러날 경우 법정 최고형이다. 초대 총리로 제안받은 한 사람은 개인적인 모임에서 자신의 신분과 총리단 구성에 대해 언급했다가 공개 처형을 당했다. 본보기였다는 의견이 많았다.

총리들은 일리 있는 불안과 혼란을 덮기 위한 임시

법안을 '특별법'이라는 이름으로 별다른 절차도 없이 제정했다. 텔레비전과 라디오 채널이 단일화되고 신문사가 통폐합되었다. 대학의 특정 전공이 폐지되며 교수와 연구원, 학생들은 순식간에 직업을 잃었다. 위치 때문에, 업종 때문에, 대표자의 이력 때문에 갑자기 문을 닫아야 하는 상점과 회사 들이 있었지만 항의할 방법이 없었다.

휴일에 세 사람 이상의 성인이 모임을 가질 때에는 사전 허가를 받아야 했다. 종교 단체도 마찬가지였다. 입 밖으로 내뱉거나 쓰거나 인쇄할 수 없는 단어들이 있었다. 맥락과 관계없이 표현했다는 것만으로 처벌받았다. 만나면 안 되는 사람이 있었다. 불러서는 안 되는 노래가 있었고 읽을 수 없는 책이 있었고 걸을 수 없는 거리가 있었다. 이상한 일인데 너무 아무렇지도 않게 일어나서 상식적인 사람들이 오히려 자신의 상식을 의심해야 했다.

처음 도시를 인수하던 당시 회장은 원주민 모두를 새 도시국가의 주민으로 받아들이겠다고 했다. 약속은 지켜지지 않았다. 총리단에서 무분별한 밀입국을 막기 위해 주민 자격을 두기로 결정했기 때문이다. 원래 살던 곳에서 살던 방식대로 조용히 살아가던 이들까지 추방 명령을 받았고 그들이 가진 많지도 않은 재산은 공공 자산으로 압류되었다. 특별법은 이 모든 과정을 제재하지 않았다. 대신 원주민들을 향해서만 광범위하게 적용되었고 타운은 범법자들로 넘쳐 났다. 구치소가 부족했다. 재판 기간이 축소됐고 약식기소를 통해 무더기 추방형이 내려졌다. 타운을 빠르게 안정시키기 위한 조치라고 했지만 타운이 안정된 후에도 달라지는 것은 없었다.

총리단은 계속 같은 방식으로 운영되었다. 질병, 사고, 사망 등으로 인해 공석이 생기면 다시 처음의 방법으로 새 총리가 임명되어 일곱 명을 유지한다는데 총리들에 대한 어떠한 정보도 공개되지 않았다. 공식적으로 드러난 인물은 회장이 임명한 대변인 한 사람뿐으로, 임명될 당시에 지나치게 젊었던 덕에 지금까지 그 역할을 충실히 수행하고 있었다.

원주민이 떠난 주거지들은 빠르게 철거되었는데 이상하게도 사하맨션의 공사만 자꾸 연기되었다. 그러는 사이 주민이 될 수도 없고 떠나고 싶지도 않은 사람들

일부가 사하맨션으로 숨어들기 시작했다. 공사 일정을 예고하는 팻말이 날짜를 늦춰 가며 계속 바뀌어 걸렸다. 어느 순간 맨션 사람들은 팻말을 떼어 버렸다. 붙이면 떼고, 새로 붙이면 또 떼고, 팻말을 떼지 말라는 경고문까지 떼어 버렸다. 몇 번의 보이지 않는 실랑이가 있었다. 그리고 믿을 수 없게도 더 이상 팻말이 붙지 않았다.

각 가구로 들어오는 수도와 가스는 끊겼지만 앞마당 수돗가에 있는 수도꼭지는 돌리기만 하면 물이 콸콸 쏟아졌다. 오수는 하수구를 통해 잘 흘러 나갔다. 옥상의 태양광 발전 장치 덕분에 전기가 완전히 끊기지도 않았다. 맨션 전체가 잠깐잠깐 정전됐지만 아무도 불평하지 않았다. 경찰이나 공무원이 맨션에 찾아오는 일도 없었다. 맨션 사람들은 근처 공사장이나 창고, 그와 비슷하게 더럽고 위험한 곳에서 일할 수 있었다. 살 만했다. 잠시 몸을 숨긴다고 생각했던 사람들은 작은 가구며 전자 제품을 들이기 시작했다. 조리 기구를 개조해 LPG 가스통과 연결하고, 현관문 안에는 걸쇠를, 밖에는 자물쇠를 새로 달았다. 밤이 되면 불빛이 비치는 창이 늘어났다.

사하맨션 사람들도 평범한 공동주택의 이웃들처럼

오며 가며 눈인사를 나누고 모르는 아이들의 머리를 쓰다듬고 몇 동에 사는지, 그 집은 전기가 잘 들어오는지, 가스 냄새는 안 나는지 물었다. 몇 호 라인이 해가 잘 든다더라, 몇 층은 빈집이 많아 으스스하다더라, 집을 세 번이나 옮겨 다닌 가족이 있다더라 따위의 소문도 퍼졌다. 그러다가 누군가의 제안으로 공식적인 입주민 모임이 시작됐다. 자연스럽게 운영위원회가 만들어지고 입주민 대표가 선출됐다. 세대별로 관리비를 걷어 관리인을 고용하고 시설을 보수했다. 그렇게 40년이 지났다.

자본이나 기술, 전문 지식이 없으면 국민으로 받아주지 않는 나라. 반도체와 모바일, 디스플레이 분야에 가장 많은 코어 테크놀로지를 보유한 나라. 백신과 의약품, 의료기기와 관련된 가장 많은 특허를 보유한 나라. 세계 최대 규모의 생명공학 연구소와 최고 수준의 연구진을 보유한 나라. 일곱 명의 공동 총리 제도를 채택한 유일한 나라. 국회는 꼭두각시일 뿐, 실제로는 총리들에게 전권이 있는데도 그 일곱 사람이 철저하게 베일에 가려진 채 대외 활동을 전혀 하지 않는 나라. 어떠한 국제기구나 지역 연합에도 가입하지 않은 나라. '타운'이라고 불리는 세계에서 가장 작고 가장 이상한 도시국가. 밖에 있는 누구도 쉽게 들어올 수 없고 안에 있는 누구도 나가려 하지 않는 비밀스럽고 폐쇄적인 국가에서 사하맨션은 유일한 통로 혹은 비상구 같은 곳이다.

*

A동 1층 철제 난간에 고무장갑 한 짝이 널려 있다. 꽃님이 할머니의 것이다. 할머니는 종종 난간에 고무장갑과 머릿수건, 손걸레 같은 것을 널어 두었다. 관리실 영감과 1층 사람들도 젖은 외투나 신발, 우산을 잠깐씩 걸어 놓곤 했다.

맨션은 'ㄱ'자로 꺾인 복도를 따라 일곱 집씩 열네 집이 위치한 A동과 일곱 집이 일자로 나란히 늘어선 B동이 'ㄷ'자 모양으로 맞닿아 있다. 마주 보고 있는 두 동 사이의 공간이 꽤 넓은데도 아늑했다. 맨션 사람들은 그 공간을 앞마당이라고 불렀다. 앞마당에는 작은 놀이터와 주차장, 공용 수돗가가 있고, 꽃님이 할머니가 가꾸는 텃밭이 있다. 녹이 슬다 못해 벌레가 파먹은 것처럼 구멍 뚫린 놀이 기구를 타는 아이는 아무도 없다. 운전을 할 수 있는 사람도, 차도 없기 때문에 주차장도 늘 비어 있다. 앞마당에서 제대로 쓰이는 공간은 텃밭뿐이다.

외벽 페인트가 벗겨져 벽면의 깊고 커다란 균열이 그대로 드러났다. 철제 난간은 꾸준히 녹슬고 삭아 철기둥이 박힌 복도까지 녹물이 배었고, 건물 측면의 비상계단은 이미 디딜 수 없을 정도로 시멘트가 깨졌다. 계단 쪽 출입구는 모두 폐쇄됐다. 눈에 띄지 않을 정도로 조금씩 무너져 내리며 숨 쉬듯 먼지를 내뿜는 늙은 건물. 사하맨션 사람들은 그 안에서 먹고 자고 늙는다.

표지석은 대각선으로 금이 갔다. 음각으로 새기고 녹색 페인트를 채워 넣은 '사하맨션' 글자가 '사하'와 '맨션'으로 나뉘었다. 사하맨션. 사하, 맨션. 표지석의 '사하' 글자 뒤쪽으로는 검고 커다란 쓰레기 봉지들이 산짐승의 시체처럼 축 늘어진 채 쌓였고, 누런 오수가 흐르고 있다.

구청은 사하맨션의 쓰레기를 가져가지 않았다. 어쩔 수 없이 수거 대행 업체에 비용을 지불하고 쓰레기를 처리하는데 업체에서는 한 번씩 이런 방식으로 금액에 대한 불만을 표시했다. 관리실 옆 게시판에는 쓰레기 배출을 줄여 달라는 안내문이 항상 붙어 있다. 문단속을 잘하라는 안내문, 각 가정의 위생 관리에 신경을 써 달라는 안내문, 외부인의 동반 출입을 자제하라는 안내문······ 사하맨션 사람들에게는 이 당연한 일들을 시킬 여유도, 이유도 없다.

봄동이 이르게 꽃대를 올린 어느 봄이었다. 꽃님이 할머니는 작은 모종삽을 들고 뒤춤에도 하나 차고 종일 텃밭에 쪼그려 있었다. 노란 꽃이 몽글몽글 봉오리졌다가 피는 모습이 꼭 프리지어 같아서 진경은 몇 줄기 꺾어 꽃다발을 만들었다. 할머니는 진경을 가만히 보고만 있었다. 텃밭의 어떤 풀을 뜯어도 꽃을 꺾어도 열매를 따도 할머니는 아무 말 않았다.

둥둥둥둥둥— 돌아보지 않고도 진경은 우미가 다가오고 있다는 것을 알았다. 우미의 커다랗고 가벼운 몸만이 낼 수 있는 발소리. 우미는 진경이 살면서 직접 보았던 사람들 중에 가장 몸이 길고 머리가 크고 어깨가 넓고 손가락 마디가 굵고 무릎이 튀어나왔다. 그 무서울 만큼 커다란 몸으로 언제나 나는 듯 재빠르게 다닌다.

우미가 꽃다발을 만드는 진경의 곁에 털썩 앉았다. 진경은 꽃이 나오면 봄동은 질겨서 못 먹게 된다고, 꽃은 튀겨 먹으면 맛이 좋다고, 벌이 숨어 있을 수 있으니 조심해야겠다고 맥락 없는 얘기들을 늘어놓았다. 그때 어디선가 노란 색종이 조각 같은 것이 빠르게 팔락이며 날아들어 진경이 들고 있는 봄동 꽃에 앉았다. 진경은 손을 멈추고 낮게 외쳤다.

"아, 나비!"

꽃보다 선명한 노란색. 활짝 편 양 날개 위에 눈동자처럼 동그랗게 소용돌이치는 검은 무늬. 넙적하게 벌어지다 끝으로 갈수록 뾰족해지는 더듬이의 모양 때문에 머리에 작은 새의 깃털을 두 개 꽂은 것처럼 보였다.

"예쁘다. 근데 화려한 나비는 독이 있다던데."

진경이 말하자 우미가 고개를 저었다.

"나방이야."

우미는 여전히 날개를 활짝 편 나비, 혹은 나방에 시선을 두고 덧붙였다.

"나비는 앉을 때 날개를 접고 앉아. 날개를 펼치고 앉는 건 나방이야. 그리고 나비 더듬이는 가늘게 쭉 빠지다가 끝이 뭉툭해지는데 나방 더듬이는 서렇게 잎사귀처럼 넓적하고 잔털이 많아. 뭐, 독은, 재도 있을지 모르지."

노란 나비, 혹은 나방은 나시 색종이 조각처럼 딸락이며 날아가 버렸다. 사하맨션에서 태어나고 자란 우미는 제도권 교육은 받지 못했지만 머릿속에 온갖 분야의 지식들이 가득했다. 병적으로 책을 읽었다. 역사와 철학에 특히 해박했고 유명한 소설이나 시구도 줄줄 외웠다. 우미의 말이 맞으리라고 생각하면서도 진경은 이 대화거리를 놓치기 싫어 말을 덧붙였다.

"나방이라기에는 너무 예뻐서."

우미가 한쪽 입술을 일그러뜨리며 웃었다.

"예쁘고 안 예쁘고 그런 걸로 종을 구분해? 재밌네."

우미는 대답을 듣지도 않고 자리에서 일어서더니 수돗가로 갔다.

시멘트를 거칠게 발라 원기둥 모양으로 세우고 가장자리를 따라 여덟 개의 수도꼭지를 박은 작은 수돗가가 사하맨션 유일의 상수도다. 맨션 사람들은 모두 이 수돗가에서 물을 받아다가 먹고 씻고 빨래한다. 드나들 때마다 물을 받아 놓는 게 습관이 되어 불편하거나 번거롭다고 불평하는 사람은 없다. 수돗가에는 늘 커다란 물통과 작은 손수레들이 쌓여 있는데 다들 깨끗하게 쓰고 제자리에 갖다 놓았다.

물이 넘치고 있는데도 우미는 모르는 얼굴이었다. 신맛을 느낄 때처럼 왼쪽 눈을 거의 감듯이 찡그리며 허공을 보고 있었다. 그렇게 물통에 담긴 물보다 더 많은 물을 바닥에 흘려 버리고 나서야 우미는 흠칫 놀라며 수도꼭지를 잠갔다. 낡고 녹슨 수도꼭지가 버티듯 끼익, 끼익했다. 우미는 종종 빡빡한 수도꼭지를 무심히 돌리다 부러뜨리곤 했다. 부러진 수도꼭지를 새것으로 갈아 끼울 때마다 영감은 귀찮은 기색도 없이 낄낄대며 우미에게 말을 걸었다.

"힘 함부로 쓰지 마. 여자 다루듯이 부드럽게 돌리란 말이야."

"영감 모가지도 부드럽게 돌려 줄까? 그딴 헛소리 하나도 안 웃겨."

의도치 않게 자꾸 부수고 망치고 무너뜨렸다. 그러고도 우미는 당황하거나 미안해하지 않았고 영감은 매번 우미에게 무안을 당하고도 싱글벙글했다. 웃을 때마다 영감의 입 양옆으로 단정하고 깊은 주름이 하나씩 패였다. 우미는 물통을 아슬아슬하게 세 개나 올려놓은 손수레를 한 손으로 태연히 쓸고, 다른 한 손으로 물통 하나를 더 들고 A동 입구를 향해 걸었다. 계단의 왼편 절반에 대강 시멘트를 발라 만든 경사로는 거칠고 가팔랐다. 우미는 연신 무게중심을 잃고 뒤집히는 손수레를 다 잡으며 계단을 성큼성큼 올랐다.

진경의 손에는 여전히 봄동 꽃다발이 들려 있었다. 꽃님이 할머니가 진경의 어깨에 손을 툭 올렸다.

"못 줬네?"

진경의 얼굴이 달아올랐다.

사라는 2층 난간에 기대어 서서 앞마당의 모든 광경을 보고 있었다. 진경의 표정까지는 보이지 않았지만 두 뺨이 붉어졌다는 것은 알 수 있었다. 사라가 성큼성큼 계단을 내려왔다. 진경은 여전히 노란 꽃다발을 들고 서 있고, 사라는 하나뿐인 커다란 눈을 더욱 크게 뜨며 말했다.

"꽃 예쁘다, 언니."

진경은 확신 없는 표정으로 꽃다발을 찬찬히 살폈다.

"누구 거야?"

"그냥."

사라가 진경을 한참 올려다보았는데 진경은 이해하지 못하고 사라를 마주 보고만 있었다. 사라는 답답하고 아쉬운 듯 피식 웃더니 먼저 물었다.

"그럼 이 꽃 나 주면 안 돼?"

진경은 그제야 꽃다발을 내밀었다. 사라가 두 손으로 꽃다발을 받아 들고 향기를 맡는 동안 진경은 계단 쪽으로 발걸음을 옮겼다. 머릿속으로 내내 나비만 생각하고 있었다. 사라가 외쳤다.

"고마워, 언니!"

"응?"

"꽃 고맙다고. 꽃다발 만들어 줘서 고맙다고."

진경이 홀린 듯 팔을 들어 사라를 향해 손을 흔들자 사라가 환하게 웃으며 꽃다발을 더욱 크게 흔들었다.

701호, 진경

진경은 기어이 공원에 갔다. 가지 않을 수 없었다. 시간이 너무 늦어 그런지 부실한 폴리스 라인만 둘러 있을 뿐 경찰도 없고 구경꾼도 없고 산책을 하러 나온 사람도 없었다. 시신이 발견되었다는 자동차도 보이지 않았다. 중턱쯤에서 교복을 입은 어린 커플을 마주쳤는데 보란 듯 허리를 휘감아 안고는 입을 맞추었다. 흘끔 진경을 돌아보더니 자기들끼리 키득거렸다. 나무뿌리와 비탈이 자연스럽게 만들어 놓은 계단을 끝까지 오르니 두 평 정도 크기의 작은 공터가 나왔다. 진경은 공터 끝에 서서

도로를 가운데 두고 공원과 마주한 사하맨션을 내려다보았다.

다른 건물들에 비해 확연히 어두운 밤의 맨션, 달빛에 매끈하게 반짝이는 옥상의 태양열 집열판, 띄엄띄엄 흐린 빛을 밝힌 창들…… 도경도 이 벼랑 앞에 서서 맨션을 내려다본 적이 있겠지. 무슨 생각을 했을까. 지금은 어디에 있을까. 진경은 눈을 한번 꼭 감았다 뜬 후 뒤돌아 흙 계단을 성큼성큼 내려갔다. 가속도가 붙었고 비탈에 발이 죽죽 미끄러지며 길게 팔을 뻗은 나뭇가지에 숱하게 뺨을 긁혔다.

4차선 대로 앞에 서서 진경은 뺨에 맺힌 핏방울을 손등으로 닦아 냈다. 목이 타고 어지럽고 약간 몽롱한 상태로 차도를 향해 한 발을 내딛었다. 무서운 속도로 달려오던 승용차 한 대가 빠앙 하고 길게 경적을 울리며 진경을 피해 옆 차선으로 지나갔다. 진경은 주춤주춤 뒷걸음질을 쳐 인도에 주저앉았다. 서늘한 기운이 정수리에서 시작해 등줄기를 타고 내려갔다. 학교에, 공터에, 놀이터에 도경이 혼자 남아 기다리는 것을 알면서도 늦는 날이 많았다. 어린 도경이 누나를 부르며 우는 소리가 바람을 타고 날아오는 것 같았다.

진경은 두 발을 모으고 제자리에서 팔짝, 팔짝, 파알짝, 세 번 뛰었다. 정신을 차리고 차선 양편을 모두 살핀 뒤 큰 보폭으로 달려 길을 건넜다. 계속 달렸다. 아무 생각 없이 오로지 다리로만 달리고 보니 사하맨션에 도착해 있었다.

수를 두 번째로 본 것은 1년 전 어느 밤이었다. 진경은 난간 너머로 하늘을 올려다보며 복도를 서성이고 있었다. 담배를 피우며 714호까지 갔다가 다시 701호로 돌아오는데 어느 위치에서도 달이 보이지 않았다. 구름에 가려진 걸까. 달이 뜨지 않는 날인가. 머릿속에 달력을 그린 후 날짜를 채워 넣으며 계산하고 있는데 난간 너머 멀리에서 뭔가가 움직이는 것이 보였다. 유난히 어두운 밤, 이상할 정도로 조용한 맨션, 아무도 없는 앞마당에 검은 그림자 두 개가 포개어졌다 나뉘길 반복하며 불 꺼진 관리실 앞을 빠르게 지나갔다.

그림자들이 A동 입구로 쏙 들어왔다. 잠시 후 그림자 하나가 마당을 가로질러 나오는가 싶더니 몸을 돌려 다시 A동 쪽으로 뛰어왔다. 진경은 급히 몸을 낮추고 담배를 운동화 뒤축으로 비벼 끈 후 그림자들의 움직임을 지켜봤다. 적어도 둘 중 하나는 누군지 알 것 같았다. 어렵게 얻은 일상이, 아슬아슬한 평화가 깨어질 것 같은 불길한 예감. 진경은 털썩 주저앉았다. 벽을 타고 내려온 콘크리트의 균열이 복도 바닥까지 이어져 있었다.

계단을 오르는 발소리가 들렸다. 타타타탁, 타타타탁, 타타타탁…… 한 사람의 것이다. 발소리, 잠시 정적, 발소리, 또 잠시 정적. 한 층을 뛰어 올라온 후 난간을 짚고 마당에서 지켜보는 사람을 향해 손을 흔들고 있을 것이다. 또 한 층을 올라와 손을 흔들고, 또 한 층을 올라와 손을 흔들고. 소리가 점점 가까워 오더니 드디어 7층 계단참에 그림자가 나타났다. 진경이 알고 있는 한 사람, 도경이었다.

도경은 난간을 향해 성큼성큼 다가와 뛰어내리기라도 할 것처럼 상체를 한껏 내밀고 팔을 흔들었다. 기다란 팔이 검은 하늘에 무지개를 그리듯 커다란 호를 그렸다. 그리고 알 수 없는 손짓을 몇 번 하더니 어서 가라는 듯 허공을 향해 손등을 밀어냈다. 난간에 기대는가 싶더니 다시 손짓, 또 가만히 지켜보다 손짓. 그렇게 몇 번의 손짓을 한 후에야 도경은 진경이 주저앉아 있는 복도 쪽으로 몸을 돌려 걸었다. 복도 끝에 누나가 쭈그려 앉아 있다는 사실을 전혀 모른 채 낮게 콧노래를 흥얼거리기 시작했다. 빠르고 경쾌한 노래에 어울리지 않게 거칠고 갈라진 목소리. 진경은 그 거북한 목소리가 애처로워 코끝이 찌릿했다. 진경이 견디지 못하고 훌쩍, 콧물을 들이마시자 복도에 낮게 퍼지던 콧노래가 뚝 멈췄다.

"누나?"

"누구?"

도경은 대답이 없었다. 진경이 다시 물었다.

"타운 여자?"

도경은 이번에도 답이 없었다.

"예쁘던데."

한참 말이 없던 도경이 되물었다.

"봤어?"

봤지. 타운 주민들에게는 두렵기만 할 이곳에 아무렇지 않게 들어오는 여자. 너에게 자꾸만 달려오는 여자. 니의 직은 그림자를 보려고 끝까지 기다리는 여자. 니에

게 슬픈 콧노래를 흥얼거리게 만드는 여자. 그런 여자가
어떻게 예쁘지 않을 수 있을까.

"응."

진경의 대답에 도경이 고개를 갸웃했다.

"기억, 안 나?"

진경은 앞마당을 가로질러 달려오던 그림자를 떠올
렸다. 작은 체구. 뛸 때마다 통통 튀어 오르는 말총머리.
조용한 발소리. 떠오르는 얼굴이 하나 있었다. 언젠가 도
경이 공사장에서 일하다 철근에 심하게 긁혔다. 마트에
서 소독약과 붕대를 사다 급히 처치를 했다는데, 팔에 단
단하게 감겨 있는 붕대의 모양새가 예사롭지 않았다. 누
가 도와줬느냐고 묻자 도경은 더듬더듬 꽃님이 할머니
라고 대답했다. 다음 날 진경이 할머니께 감사 인사를 했
는데 할머니는 놀라며 되물었다.

"도경이가 다쳤어?"

그때도 그 여자를 생각했었다. 도경이 아무 말 없는
진경에게 손을 내밀었다.

"걱정하지 마, 누나."

진경은 도경의 손을 맞잡고 일어섰다.

"전화해 보는 게 좋을 것 같은데. 이 밤길에…… 말은 안 해도 무서울 텐데."

도경은 현관 손잡이를 돌리는 진경의 어깨를 감싸 안았다.

"고마워, 누나."

신경은 그림자가 사라진 앞마당을 한 번 더 돌아보았다.

남매는 거실 겸 방으로 쓰는 큰방의 미닫이를 닫고 나란히 누웠다. 작은 방이 하나 더 있는데 처음 맨션에 짐을 푼 날부터 두 사람은 꼭 큰방에서 같이 잤다. 다 큰 남매가 한방을 쓰는 게 흔한 일은 아니지만 진경과 도경은 아무렇지도 않았다. 몇 해에 걸쳐 빗물이 만들어 낸 기괴한 그림이 천장을 가득 메우고 있었다.

아무 빈집이나 차지하고 살면 그만인데 굳이 여름에 덥고, 겨울에 춥고, 엘리베이터도 없어 난감한 꼭대기 층에 살 이유가 없었다. 그런데 진경은 조금이라도 더 불편하겠다는 듯 7층 마지막 집을 선택했다. 겨울에는 오히려 살 만했다. 난방이 안 돼 춥긴 하지만 대신 건조하지도 않고 결로도 일어나지 않았다. 여름이 문제였다. 천장에서 물이 샜다.

사하맨션에 들어오고 맞은 두 번째 여름, 텃밭이 모두 잠길 정도로 매일매일 비가 쏟아졌다. 큰방의 베란다쪽 모서리를 타고 빗물이 흘러내리기 시작하더니 물길이 슬금슬금 손을 뻗어 벽면 하나를 다 적셨다. 천장 곳곳에서 빗물이 새어 나와 동그란 물방울로 맺혔다가 뚝뚝 떨어졌다. 유난히 길던 장마가 끝나자 이번에는 천장의 얼룩에서 알록달록 갖가지 곰팡이 꽃이 피어올랐다. 도경은 기겁하며 집을 옮기자고 했다. 하지만 진경은 왠지 그러고 싶지 않았다.

"벌써 1년이나 살았는데. 이리저리 옮겨 다니는 건 좀……."

벽지를 다 뜯어낸 후 벽을 말렸고 천장의 곰팡이는 락스 푼 물로 살살 닦아 냈다. 벽과 천장에 방수 페인트를 칠했지만 비가 내리자 천장과 벽은 다시 빗물로 얼룩졌다. 한번 물길이 트이니 조금만 비가 와도 천장이 흠뻑 젖었다. 빗물은 이전의 빗길을 타고 흘러 겹겹이 무늬를 만들었다. 비가 오면 젖고 날이 좋으면 조금씩 마르다가 또 비가 오면 다시 젖고 천천히 마르기를 반복했다. 진경과 도경은 나란히 누워 천장을 보며 얼룩의 나이테를 세곤 했다. 도경은 굳이 비가 새는 집을 고집하는 누나를 이해할 수 없다고 말하면서도 집을 옮기자고도 따로 나가 살겠다고도 하지 않았다.

열린 창으로 달빛이 길게 들어왔다. 진경은 천장에 비친 베란다 난간의 그림자가 시계의 분침처럼 서서히 오른편으로 기우는 것을 보며 수에게 동상 치료를 받던 날을 생각했다. 도경이 누나, 하고 불렀다. 잠을 못 이루고 있다는 사실을 들키고 싶지 않아 진경은 대답하지 않았다.

"우리는 누굴까. 본국 사람도 아니고 타운 사람도 아닌 우리는 누굴까. 우리가 이렇게 열심히 성실히 하루하루를 살아가면 뭐가 달라지지? 누가 알지? 누가, 나를, 용서해 주지?"

진경은 계속 입을 다물고 있었고, 도경은 길게 한숨을 내쉰 후 등을 돌려 누우며 덧붙였다.

"나도 타운 주민이 되고 싶어."

타운 주민. 주민. 그리고 한 달 후, 도경은 수와 함께 714호로 독립해 나갔다.

진경은 뜬눈으로 밤을 새우다 아침에야 잠이 들었다. 먼지처럼 부옇고 가벼운 소음이 꿈 위로 내려앉았다. 주말 아침, 닫힌 방문 너머로 띄엄띄엄 새어 들어오던 텔레비전 소리 같아 진경은 꿈을 꾸고 있는 줄 알았다.

"에헤이! 스톱스톱!"

영감 목소리. 진경은 벌떡 일어났다. 현관을 열고 복도로 나와 앞마당을 내려다보니 내내 비어 있던 주차장에 두 대의 경찰 버스가 들어오고 있었다. 새벽마다 상추와 오이, 방울토마토를 따던 꽃님이 할머니는 텃밭 한켠에 서서 그 모습을 지켜보고 있고 관리실 영감은 차의 뒤꽁무니를 두드리며 주차를 도왔다.

사하맨션은 3분의 1 정도가 비었다. 처음에는 빈집을 마음대로 차지하고 살면 그만이었다. 그러자 한 가족이 여러 집을 쓰기도 하고 이 집 저 집 옮겨 다니며 맨션을 더럽히기도 했다. 타운 주민과 L2들이 사하맨션을 도피처 삼아 숨어들거나 철없는 학생들이 어른들의 눈을 피해 드나드는 바람에 어느 집이 비었고 어느 집에 사람이 사는지도 제대로 알 수 없었다. 입주민 모임에서 모든 집에 자물쇠를 채우기로 결정했다. 빈집 열쇠들은 관리실 캐비닛에 있고 관리실 캐비닛 열쇠는 입주민 대표가 보관한다.

그런데 영감과 마주 서서 얘기 나누는 경찰의 손에 그 열쇠 뭉치가 들려 있었다. 영감과 우미가 열쇠를 내주었다는 뜻이다. 난간을 붙잡은 진경의 손이 떨렸다. 옷을 챙겨 입으려 돌아서서 현관 손잡이를 잡아 여는 순산 뒤에서 누군가 진경의 어깨를 붙잡았다. 진경이 반사적으로 팔을 휘돌려 어깨 위의 손을 맞잡아 거꾸로 꺾었다. 남자는 비명을 질렀고 옆에 서 있던 젊은 남자가 진경에게 총을 겨누었는데 팔을 꺾인 남자는 이상할 정도로 머리가 새하얬다. 흰머리의 남자가 다른 손을 들어 젊은 남자를 진정시키더니 진경에게 말했다.

"아, 경찰입니다. 일단 팔 좀 놓으시고."

진경이 서서히 팔을 풀자 총구도 같은 속도로 내려갔다. 경찰은 예상했다는 듯 여유롭게 웃으며 꺾였던 어깨를 주물렀다.

"누나시죠?"

진경은 대답하지 않았다. 정보가 없는 상태에서 섣불리 행동할 필요도, 말을 흘릴 필요도 없었다.

"수, 아세요?"

진경은 고개를 저었다. 경찰은 수첩에서 사진 한 장을 꺼내 보여 주었다.

"여기 와서 애들 치료도 해 주고 그랬다던데. 아, 애가 없어서 모르시나 보구나. 얘기는 들어 보셨죠? 요 앞 소아과 의사."

또 고개를 저었다. 경찰은 손을 자신의 입가에 가져다 대고 엄지와 검지를 붙였다 뗐다 하며 천천히 물었다.

"혹시, 말을, 못, 해요?"

"아, 아닌데."

"근데 왜 말을 안 합니까? 난 또 말을 못하는 줄 알았네. 좀 들어갑시다. 영장은 가져왔고."

그가 느릿느릿 서류 한 장을 펼치는 동안 젊은 경찰이 진경보다 먼저 집 안으로 들어갔다. 진경이 급히 뒤따르며 신발도 벗지 않은 채 현관에 오른발을 올리는데 또 어깨에 손이 얹혔다.

"며칠 전에 공원에서 죽은 여자 의사 말입니다. 동생분이 그 여자를 좀, 괴롭힌, 스토킹이라고들 하죠? 그런 말이 있어요. 봤다는 사람도 주변에 많고. 그래서 병원도 그만뒀다고 하던데. 동생은 어디 갔어요?"

"어디 간다 온다 말하고 다니는 사이가 아니라서……."

경찰은 그럴 수 있다는 듯 고개를 끄덕였다.

"언제 나갔어요?"

"오늘은 못 봤어요. 각자 알아서 사는 거죠, 이제."

"동생분 집이 잠겼던데. 비상 키 같은 거 있으시죠?"

"없는데요."

잘 모른다는데도 경찰은 계속 도경의 근황을 꼬치꼬치 캐물었다. 진경은 혹시나 말실수를 할까 감정을 누르며 차분하게 대답하려고 애썼다. 그때 젊은 경찰이 문 앞에 선 진경을 밀치며 나왔다. 왼손에 비닐 팩이 들려 있는데 안에 낡은 칫솔, 빗, 도경이 예전에 쓰던 면도기 같은 것이 보였다. 진경은 순간적으로 아랫입술을 꽉 물었다. 그렇게 하지 않으면 소리를 지를 것 같았다. 머리가 하얀 경찰이 위로하듯 진경의 어깨를 한 번 툭 치고는 돌아섰다.

도경이 스토킹을 했다고 한다. 스토킹, 스토킹, 스토킹. 진경은 콧잔등을 간질이며 나오는 그 발음이 왠지 음흉한 느낌이 들어 몇 번이나 낮게 중얼거렸다.

진경과 도경은 3년 전 사하맨션에 왔다.

언제나처럼 술에 취했던 새벽의 귀갓길, 진경의 아버
지는 강도를 만나 돈을 뺏기고 죽을 정도로 맞아서 겨우
숨만 쉴 수 있게 되었다. 두 번이나 아버지에게서 달아났
던 진경의 엄마는 정작 아버지가 쓰러지자 믿을 수 없을
정도로 성실하게 병상의 아버지를 보살피고 가족의 생
계를 책임졌다.

모든 집에는 그 가족 특유의 공기 같은 게 있다. 진경
의 집은 주검처럼 누워 있는 아버지와 튀어나와 꺾인 못
과 깜빡이는 형광등, 모서리의 거미줄, 텅 빈 냉장고의
냉기 같은 것이 집안 공기가 되었다. 그 나른하고 느슨하
게 가라앉은 분위기가 견딜 수 없던 어느 날, 어린 진경
은 엄마에게 아버지가 죽어 버렸으면 좋겠다고 말했다.
엄마는 놀라지도 혼내지도 않고 심드렁하게 이유를 물
었다. 진경이 되물었다.

"엄마는 그렇게 생각 안 해요?"

"그런 생각 안 해. 난 늬 아버지가 계속 이렇게 살면 좋겠다."

"왜요?"

"나는 이제 늬 아버지를 보살피는 사람이니까. 말도 못하고 누운 늬 아버지에게 원망과 저주를 쏟아붓는 사람이 되었으니까. 그것밖에는 아무것도 아니니까. 늬 아버지가 없으면 나는 아무것도 아닐 것 같다."

기도로 연결되는 작은 구멍에 석션 튜브를 넣을 때마다 나무토막 같던 아버지는 살아 있다는 것을 증명하듯 두 눈을 부릅뜨며 온몸을 부르르 떨었다. 진경의 엄마는 낮게 노래를 불렀다. 이 모든 죄 나에게 있음을. 주 앞에 엎드리오니 용서하소서, 구원하소서…….. 엄마는 종교가 없는데 수녀가 교장인 가톨릭 재단의 여고를 다닐 때 성가를 많이 들었다고 한다. 무심히 아버지의 굳어 버린 몸을 일으켜 등을 두드리고 몸을 닦고 몸 곳곳에 연결된 의료기들을 소독하는 엄마를 볼 때마다 진경은 묻고 싶었다. 엄마한테 대체 무슨 죄가 있나요? 왜 엄마가 엎드리나요? 엄마가 뭘 용서받아야 하나요? 그렇게 식물인간 상태로 6년이 넘게 살았던 아버지는 진경이 열일곱 살

되던 해 봄에 죽었다.

그때 진경의 엄마는 이사업체에서 그릇, 냄비 같은 주방 살림과 아이들 짐, 옷가지들을 정리하는 일을 했다. 아버지의 장례를 치른 다음 날에도 평소와 똑같이 아침 7시에 나가 책과 장난감이 많은 어느 단란한 가족의 살림살이를 마당이 넓은 집으로 옮겼다. 세간들이 상하지 않도록 에어캡으로 일일이 감싸 상자에 담고, 짐차에 싣고, 두 시간을 달려 새집에 부리고, 제자리에 모두 정리하고, 청소하고, 딸과 아들이 라면으로 저녁을 때운 후에야 집에 돌아왔다. 다음 날도, 그다음 날도, 엄마는 매일매일 진경에게 동생을 잘 챙기라고 말하고 아침 일찍 집을 나섰다.

그날도 그랬다. 배웅하는 진경의 어깨에 다정하게 손을 올리고는 간다, 했다. 다른 말은 없었다. 표정도 다른 아침과 같았고 머뭇거리거나 돌아보지도 않았다. 조문을 온 이사업체 동료들도 같은 말을 했다. 평소와 전혀 다르지 않았다고. 피곤하다며 중간에 커피를 한 잔 더 마셨고 내내 노래를 흥얼거렸고 점심도 한 그릇 싹 비웠다고. 그리고 고객의 새 아파트 10층 베란다에서 빨래 바구니와 세탁 세제들을 정리해 놓고 1층 화단으로 떨어졌다.

　　장례식장은 한산했다. 살아가는 일만으로도 버거웠던 진경의 엄마는 사람들과의 인연을 오래 붙잡고 있지 못했다. 연락하고 지내는 피붙이라고는 큰언니, 그러니까 진경의 큰이모뿐이었는데 진경은 이모의 전화번호를 몰랐다. 친구라고 부를 만한 사람도 없었나. 넉 달 전 아버지의 장례식에 다녀간 것으로 도리를 다했다고 생각했는지 아버지 쪽 가족들도 거의 오지 않았다. 삼촌은 혼자 와서 계속 술만 마시다가 인사도 없이 갔고 사촌 동생은 큰아버지를 대신해 부의금 봉투만 전했다.

　　의외로 이사업체 동료들이 눈물을 보였다. 일하는 시간 이외에는 진경의 엄마와 별다른 교감도 소통도 없는 중년 남자들이었다. 힘든 작업, 갑작스러운 사고, 경찰 조사가 잇따라 불러온 긴장과 압박에 눈물이 터진 듯했다. 어쩌면 슬픔보다는 두려움의 눈물이었을지 모른다. 저 사고가 자신에게도 일어날지 모른다는, 자신의 아이들도 저렇게 어리고 나약하다는, 알면서도 할 수 있는 게 전혀 없다는 공포. 그들은 어울리지 않게 오래도록 진경과 도경의 마른 손을 잡고 있었다. 마지막으로 참고인 조사를 받고 뒤늦게 달려온 사장이 사고가 아니라 자살이라고, 회사의 손해가 너무 크지만 추모 외에는 아무것도 하지 않겠다고 점잖게 말하자 슬그머니 손을 뺐다.

그들은 밤새 빈소를 지켜 주었다. 게임도 하지 않고 술과 음식에도 전혀 손대지 않고 말없이 마주 앉아만 있다가 향이 다 타서 꺼질 즈음이면 한 명씩 영정 앞으로 가 향을 올렸다. 살아 있었다는 희미한 증거처럼 향에서는 가느다란 연기가 피어올랐다가 허공으로 풀리며 사라졌다. 알싸한 향내가 채워 주지 않았다면 아무것도 없었을 공간.

진경이 벽에 등을 기대지도 않고 기우뚱 앉아 울다 졸다를 반복하는데 어디선가 노랫소리가 들렸다. 이 모든 죄 나에게 있음을. 주 앞에 엎드리오니 용서하소서, 구원하소서……. 순간 진경은 영혼의 배열이 통째로 뒤집히는 것을 느꼈다. 시신경이 툭 끊어진 것처럼 눈앞에 아무것도 보이지 않았다. 웅 하고 귓가를 울리던 정체 모를 소음의 음량이 서서히 낮아지며 낯선 고함과 비명, 도경의 울음소리가 들렸다. 그날 진경은 태어나 처음이자 마지막으로 동생을 때렸다. 그것도 눈이 감기지 않고 입술이 다물어지지 않을 정도로 때렸고 도경이 부러진 앞니를 하나 뱉어 낸 후에야 정신을 차리고 주먹질을 멈출 수 있었다.

이후로 도경은 무서울 정도로 누나에게 집착했다. 얼핏 부모를 모두 잃은 어린애가 하나뿐인 피붙이에게 의지하는 것으로 보였는데 사실 도경의 삼정은 그렇게 간단하지 않았다.

진경은 학교를 그만두고 낮에는 주유 아르바이트, 밤에는 서빙 아르바이트, 새벽에는 편의점 아르바이트를 했다. 피로를 어깨에 얹고 집에 돌아온 어느 아침, 씻으려는데 칫솔이 없었다. 그때만 해도 대수롭지 않게 생각했다. 일주일쯤 후에 또 칫솔이 보이지 않았고 이번에는 도경에게 물었다. 도경은 모른다고 했다. 한 달쯤 후에 또 칫솔이 보이지 않자 도경에게 화를 냈다. 버렸냐고, 청소하다 떨어뜨렸냐고, 왜 같은 칫솔꽂이에서 항상 내 것만 없어지느냐고. 도경은 왜 자신에게 화를 내는지 되물었고 진경이 사과했다.

도경이 학교에 간 후 진경은 집 안을 뒤졌다. 쓰레기통과 신발장과 냉장고까지 다 뒤엎었지만 칫솔은 나오지 않았다. 아르바이트 갈 시간이 다 되어 포기하고 옷을 입으려는데 도경의 앉은뱅이 책상 위에 덩그러니 놓인 낡은 철제 필통이 눈에 들어왔다. 설마. 찌그러져 잘 열리지 않는 뚜껑을 우겨 열자 좁은 통 안에 눌려 담겨 있던 누렇게 색이 바랜 칫솔모들이 펑, 하고 꽃피듯 펼쳐졌다. 진경이 쓰던 칫솔들이었다. 한 개는 칫솔모가 많이 휘었고, 세 개는 거의 새것이었다.

"누나가 도망갈까 봐."

도경은 알 수 없는 대답을 했다. 진경이 아무리 다그쳐도 도경은 고개를 저으며 울기만 했다.

"대답해 보라고! 내가 왜 도망가? 어딜 도망가? 칫솔을 숨겨 놓으면 뭐가 달라져?"

"나도 모르겠어."

진경은 더 이상 묻지 않았다. 도경의 대답이 사실이라는 생각이 들었기 때문이다.

처음에는 사장이 도경을 알아보지 못했다. 취직을 하고 싶어서가 아니라 오로지 사장을 만나기 위해 도경은 이 사업체에 이력서를 냈고, 서류 전형, 실무자 면접 과정을 통과하고 마지막으로 사장과의 단독 면접 기회를 얻었다.

"우리 엄마는 자살하지 않았어요."

작은 방에서 도경이 사장에게 했던 유일한 말이었다. 응? 뭐라고? 이 자식 뭐야? 계속 되물어도 도경은 같은 내답만 반복했다. 우리 엄마는 자살하지 않았어요. 어이없는 표정으로 적당히 손때가 묻어 반질반질한 원목 탁자를 짚고 일어서던 사장은 갑자기 찬 기운이 든 것처럼 부르르 떨었다. 도경의 오른쪽 눈과 왼쪽 눈을, 콧잔등과 인중을, 윗입술의 능선을, 입꼬리를, 찬찬히 뜯어보고는 말했다.

"너희 엄마는 자살했다."

"우리 엄마는, 자살하지 않았어요!"

"너희 엄마는 자살했어. 하필 고객의 새집 베란다에서 뛰어내려서 나도 피해가 이만저만이 아니었다. 안전바는 허리보다 높았어. 선반을 정리하다가 사고로 떨어졌다는 건 말이 안 된다."

도경은 같은 말을 반복했고 사장은 더 이상 참아 줄 수 없다는 듯 고개를 절레절레 흔들며 몸을 완전히 일으

켰지만 한 걸음도 움직이지 못했다. 도경이 먼저 사장의 옆구리에 공업용 커터칼을 꽂았기 때문이다. 도경은 컥 소리를 내며 나자빠진 사장의 몸에 올라타 어깨와 명치 부근을 네 번 더 찌르고 마지막으로 목에 칼을 꽂아 놓은 채로 도망쳤다.

두 손과 팔, 옷이 검붉은 피로 흠뻑 젖어 덜덜 떨고 있는 도경을 보며 진경은 오래된 맨션을 생각했다. 수십 년 전에 독립했다는 남쪽 어딘가의 작은 도시국가. 세상을 향해 높고 단단한 벽을 쌓아 올린 나라. 그 안에 다시 섬처럼 고립된 어느 맨션. 이토록 완벽한 은신처가 또 있을까. 진경은 절대 붙잡히지 않을 거라고 생각했다. 그곳으로 숨어들 수만 있다면. 그곳이 정말 거기에 있다면.

두 사람은 화물선에 숨어 바다를 건넜다. 화물선이 타운의 선착장에 멈춰 서자 죽을 각오로 배에서 뛰어내려 해가 질 때까지 바닷물 속에 몸을 숨기고 있었다. 이른 봄 밤바다를 헤엄쳤고 새벽바람을 맞으며 정신없이 달렸다. 사하맨션은 정말, 거기에, 있었다.

관리실에 도착했을 때 진경과 도경의 얼굴에는 얇게 얼음이 끼어 있었다. 도경은 바닥에 쓰러져 버렸고 진경은 도와 달라고, 살려 달라고 말하려 했지만 얼어붙은 입술이 전혀 움직이지 않았다. 영감은 두 사람을 관리실에 딸린 자신의 숙소로 데려갔다. 기계실에서 더운 물을 퍼와 욕조에 채우고 벗길 수 있는 데까지 옷을 벗긴 후 몸을 담그게 했다. 물에 타올을 푹 담갔다가 두 사람의 머리에 덮어 씌우며 진경에게 당부했다.

"타올 식지 않게 물 계속 묻혀서 얼굴부터 녹여. 많이 아플 거야. 조금만 참아. 그리고 정신 놓지 마. 이대로 놓아 버리기엔, 여기까지 온 게 너무 아깝다."

진경은 젖은 수건으로 계속 도경의 얼굴을 녹이며 영감의 말을 되풀이했다.

"정신 놓지 마. 이대로 놓아 버리기엔, 여기까지 온 게 너무 아깝다."

도경은 어금니를 꽉 물고 고개를 끄덕였다.

긴 입주자 회의 끝에 맨션은 진경과 도경을 받아들이기로 결정했다. 주민 자격을 잃고 L2가 된, 혹은 L2조차 되지 못한 원주민과 그들의 아이들이 아닌 완전한 이방인은 영감 이후로 10년 만이었다. 영감은 마치 거절당한 이들을 위로하는 듯한 표정으로 진경에게 열쇠를 건 넸다.

"환영도 못 하고 축하도 못 하겠다. 사는 걸로 됐다 하면서 살아."

집 정리를 대강 마무리해 놓고 진경은 영감이 시키는 대로 직업소개소에 다녀왔다. 타운에서 살기 위해 가장 먼저 해야 할 일이라고 했다. 어쨌든 돈이 있어야 생활 이 가능하고 돈을 벌기 위해서는 일을 해야 하는데 사하 들은 이력서 내고 면접 보는 평범한 방식으로 일을 구할 수 없다.

소개소는 맨션에서 멀지 않은 오피스 건물 안에 있 었다. 정면의 커다란 회전문으로 말끔한 옷차림의 직장 인들이 끝도 없이 드나들었다. 진경은 영감이 가르쳐 준 대로 건물 뒤편으로 돌아갔다. 주차장으로 들어가는 차 량 출입구 옆, 아무 팻말도 없이 굳게 닫힌 쪽문을 당기 자 좁고 천장이 낮은 복도가 나왔고 그 끝에 또 철제 쪽 문이 하나 있었다. 역시 아무 팻말도 없는 그 쪽문을 열 자 정면에 맨들맨들하게 닳은 2인용 소파가, 그 옆에 커 다랗고 낡고 견고한 나무 책걸상이 보였다.

소장은 책상에 앉아 또각또각 손톱을 깎고 있었다. 책상 위에 화장지를 깔아 놓긴 했지만 잘린 손톱 조각들은 화장지 너머 사방으로 뒹겨 날아가 버렸다. 흔한 니트 셔츠에 도톰한 반지를 하나 낀 할머니. 입술을 짙게 칠했고 새하얀 머리를 무척 곱슬곱슬하게 파마했다. 어찌 보면 평범한 또래의 할머니처럼 보이기도 했고 어찌 보면 제정신이 아닌 할머니로 보이기도 했는데, 눈 밑 상처가 아주 도드라졌다. 칼로 푹 찌른 듯한 가로 2센티미터 정도의 흉터. 다쳤을 때 제대로 치료를 받지 못했는지 어느 부분은 푹 패였고 어느 부분은 우둘투둘 살점이 튀어나왔고 흉터를 중심으로 그 주변의 살들까지 검게 색이 변해 있었다.

나이는 못해도 여든. 행동이 둔하고 말이 느리고 잘게 몸을 떨었다. 떨리는 손으로 고급 만년필을 꼭 쥐고는 서류를 직접 작성했다.

"몇 동 몇 호?"

"A동 701호."

"제일 불편하고 추운 데를 골랐네. 나이는?"

"저는 서른, 동생은 스물다섯."

"전에 무슨 일 했어?"

"저는 뭐, 식당 비슷한 데서 일했고 동생은 학생."

소장이 진경을 위아래로 훑더니 천천히 고개를 끄덕이며 일이 들어오면 관리실로 연락을 주겠노라고 말했다.

맨션으로 돌아오는 길 양옆으로 목련나무가 빽빽하게 늘어서 있었다. 메마른 가지 위로 고급 티슈처럼 매끈하고 하얀 꽃봉오리가 맺혀 있었다. 해가 지고 있었고 목련의 흰 봉오리가 노을빛에 붉게 물들었고 나무 사이로 드문드문 꽂혀 있는 깃발이 게으르게 펄럭였다. 깃발에는 처음 보는 도형이 그려져 있었다. 모서리가 일곱 개인 별. 직업소개소가 있던 건물 입구에서도 이 도형이 그려진 액자를 보았다.

진경은 관리실에 들러 국기에 대해 물었다. 영감이 입을 삐죽 내밀고 고개를 갸우뚱하더니 되물었다.

"국기? 그런 거 본 기억 없는데. 뭐 이 미친 나라에도 국기라는 게 있긴 하겠지만. 그런데 별이라면 칠망성 말하는 거야? 총리단 표장이 칠망성이야."

관리실 창문 아래에는 길고 홈이 많이 팬 나무 책상이 놓여 있다. 책상 아래에는 비밀번호로 잠가 놓은 금고, 책상에 비해 턱없이 낮은 바퀴 의자, 책상 옆에는 작은 냉장고. 딱 한 사람 정도 앉아 일하기에 적당했다.

진경은 영감이 내놓고 싫은 내색을 하는데도 아랑곳않고 좁은 관리실에 수시로 드나들었다. 책상 위나 의자 팔걸이에 아무렇게나 걸터앉고 때로 맨바닥에 주저앉기도 했다. 오래도록 누워만 있다 돌아가신 아버지와 표현도 반응도 없던 어머니. 어른을 일상에서 대해 본 적이 별로 없어서인지 진경은 나이 많은 사람들이 어려웠다. 그런데 영감에게는 마음이 갔다. 말이 많고 그 말의 대부분이 누군가의 험담이거나 한탄이거나 극단의 비관임에도 상대를 편안하게 만드는 무언가가 있었다. 진경이 문도 두드리지 않고 들이닥칠 때마다 영감은 관리실이 좁다고 타박하면서도 접어 놓았던 간이 의자를 꺼내 펼쳐 주곤 했다.

진경이 간이 의자의 먼지를 털어 내고 있는데 책상 위에 놓인 작은 텔레비전에서 뉴스 시그널이 흘러나왔다. 영감은 텔레비전 쪽으로 손을 뻗어 볼륨을 높였다. 텔레비전도 라디오도 채널은 하나뿐이다. 진경이 채널 버튼 없는 텔레비전을 신기해하자 영감은 화면에 시선을 둔 채 말했다.

"이건 바보상자야, 바보상자. 사람을 진짜 바보로 만들어. 그러니까 안 보는 게 제일 좋지."

총리단 대변인의 일일 보고가 방송됐다. 뉴스가 시작되기 전, 항상 대변인 보고가 나오는데 매일의 의결 사항과 사업 진행 상황, 논평 등을 국민들에게 전하는 것이다. 의료보험 확대 실시 및 보험료 구간 조정, 사립 보육 기관들의 단계적 공립 전환, 제3주거지구의 공공화가 결정되었다. 국립의료원 산하 일부 연구소를 세계 최대 규모의 해외 의료 재단에서 인수하기로 했고 생활산업부를 정부 부처에서 독립시켜 공사화하기로 했단다.

"좋네. 좋겠어요, 타운 주민들."

진경의 말에 영감이 쓰게 웃었다.

"여긴 그냥 거대한 기업이야. 공공이라는 이름의 회사가 몸집을 불리고 있는 것뿐이지. 돈이 없는 사람들은 병원도 못 가고 애도 못 키우는데, 돈이 되는 기관들은 누군가의 주머니로 들어가고 있다는 뜻이야."

화면 속, 대변인 발언대에 새겨진 칠망성 마크를 보며 진경은 거리에 휘날리던 깃발들을 생각했다. 진경이 도망친 나라에서는 국기도 찾아보기 힘들었다. 거리 곳곳에 국기도 아닌 총리단 깃발이 꽂혀 있는 나라, 자신들의 결정을 매일 발표하는 총리들, 그 일방적인 발표를 의사소통이라고 믿는 국민들. 총리단 발표가 끝나고 뉴스가 시작되자 영감은 텔레비전의 전원을 껐다.

"신기하지? 타운에서는 왜 이 맨션에 사하들이 실도록 그냥 두는 걸까?"

"그렇게 정했나 보죠, 총리들이."

"총리들은 왜 그렇게 정했을까?"

대답을 원하는 질문으로 느껴지지 않아 진경은 꺼진 텔레비전 화면에 비친 영감의 모습만 물끄러미 보고 있었다. 영감이 혼잣말처럼 중얼거렸다.

"타운 주민들이 그렇게 정했나?"

화면을 통해 진경은 영감과 눈이 마주쳤다. 영감은 웃고 있지 않았다.

불이 난 것은 초여름이었다. 여름은 시작부터 맹렬했다. 햇볕이 내리쬐는 낮보다 후끈한 밤의 공기가 더 사람을 숨 막히게 했다. 열대야를 견디느라 녹초가 된 영감은

관리실의 모든 문과 창을 열어 놓고 아침부터 졸고 있었
다. 뜨거운 바람만 뿜어 대는 선풍기에서 비교적 시원한
바람이 나올 때면 언뜻 정신이 들었다가 곧 다시 잠에
빠졌다. 얕은 잠 사이로 정중한 노크 소리가 들렸다. 똑,
똑, 똑. 너무 빠르지도 너무 느리지도 않게 정확히 세 번.
소리를 뻔히 듣고도 영감은 눈을 뜨지 못했다. 다시 똑,
똑, 똑. 누군가 선풍기 바람을 막고 섰다는 것까지도 알
겠는데 영감은 도저히 몸이 움직여지지 않았다.

"괜찮으세요?"

선풍기 바람을 막고 선 그 누군가가 어깨를 흔들어서
야 영감은 잠에서 깼다.

"가위눌리셨나. 어이구, 땀 좀 봐. 오늘은 어제만큼 덥
지도 않은데."

영감은 단번에 남자가 거슬렸다. 다정하고 친절한 듯
교묘하게 끝을 놓는 말투였다. 영감이 고맙지도 궁금하
지도 않은 표정으로 빤히 쳐다보자 남자는 뒷주머니를
뒤적이더니 신분증을 꺼내 보여 주었다. 경찰이었다.

"어젯밤에 불났는데. 저기 시내 사거리에. 들으셨나?"

"못 들었다, 새끼야."

경찰이 피식 웃었다. 그리고 관리실 밖에 놓인 의자를 끌어다 영감과 눈높이를 맞춰 앉으며 말했다.

"누가 칠방성 깃발에 불을 놨어요. 겁도 없이 시내 한복판에서 시작해서 국회 가는 길을 따라 쭉 붙였더라고요. 다행히 크게 번지지 않아서 금방 껐는데 사람은 못 잡았네요. 혹시 새벽 3시 선후로 수상한 사람 못 보셨어요?"

흔한 일이었다. 대상을 특정하지 않은, 그래서 용의자의 범위를 좁히기 어려운 범죄가 발생하면 범행 장소가 어디든 경찰 한 사람쯤은 사하맨션을 찾아온다. 영감은 손을 내저었다.

"몰라. 시내에서 불낸 놈을 왜 여기 와서 찾고 있어?"

그때 A동 2층에 사는 40대 남자 하나가 기름진 머리를 하고 맨션으로 들어오며 길게 하품을 했다. 남자는 눈을 제대로 뜨지도 못한 채 관리실을 향해 고개를 꾸벅 인사하다가 낯선 얼굴과 마주쳤다. 느릿느릿 계단을 오르는 남자를 경찰은 한참 쳐다보았다.

"저 사람, 이제 들어오는 거예요?"

"야간에 도로 청소해. 여기 그럴 사람 없다. 내가 장담해. 그러니까 일만 터지면 찾아와서 시간 낭비들 좀 하지 말고 타운이나 뒤져 봐."

"사람 일을 어떻게 알고 장담씩이나 하세요? 맨션 사람들 전적이 화려한데."

맨션에서는 사소한 싸움이 자주 일어났다. 타운 주민을 때리거나 난동을 피워 경찰에 끌려가는 경우도 적지 않았는데 상대는 대부분 약속을 지키지 않은 업주였다. 결국 맨션 사람들이 돈을 못 받거나 치료를 못 받는 것으로 사건은 마무리되었다. 대가가 보장되지 않는 단순한 일을 기계처럼 반복하는 삶은 뒷걸음질 같았다. 두렵고 더디고 힘들게 도착하고 보면 늘 더 못한 자리. 맨션 사람들은 어려지고 유치해지고 단순해졌다.

아침에 퇴근한 A동 2층 남자를 비롯해 진경과 도경, 그리고 두 명의 20대 주민이 경찰 조사를 받았다. 이튿날 실제 방화범이 자수를 하면서 귀가 조치를 받긴 했는데 맨션으로 들어서는 진경의 팔에 커다란 멍이 있었다. 진경은 돌아오는 버스에서 내리며 문에 부딪혔다고 했다.

"무슨 멍이 부딪히자마자 올라와?"

영감은 서랍에서 물파스를 꺼내 진경에게 건네며 경

찰이 사하맨션 사람들에 대해 너무 모른다고 투덜댔다.

　방화범은 영감의 짐작대로 L, 그러니까 주민이었다. 평범한 60대 은퇴자. 범행 당시 술을 마시지 않은 상태였다.

　평생을 공무원으로 살았던 그는 은퇴 후 구청에서 민원인들을 안내하는 자원봉사를 했다. 평소에도 위험한 발언을 종종했다고 한다. 틈만 나면 직원이건 주민이건 아무나 붙잡고 타운은 정식 국가가 아니라거나 타운의 주민 관리 방식은 대형 마트의 상품 관리 방식과 다를 바 없다고 말하기도 했고, 익명의 공동 총리 제도를 당장 폐지하고 국제기구에 가입해 국제법을 따라야 한다고도 주장했다. 그저 늙은이의 망언으로 넘기기에는 사리 분별이 안 될 정도로 많은 나이도 아니었고 세상 물정 모르는 무지렁이도 아니었다. 여러 차례 주민들로부터 항의를 받고 구청 관계자들도 숱하게 주의를 주었지만 조금도 달라지지 않았다. 오히려 갈수록 과격해졌다.

　타운 밖으로 한 발짝도 나가 본 적이 없는 사람이다. 지금은 타운으로 독립한 평범한 지방 소도시에서 태어나, 그곳에서 학창시절을 보내고, 타운의 공무원 시험에 합격해, 타운에서 직장을 얻고, 타운의 여자와 결혼해, 타운에서 살아왔다. 그랬던 그가 이상한 주장을 시작한 것은 아버지의 장례를 치른 3년 전이었다.

충분히 장수했던 그의 아버지는 간암으로 돌아가셨다. 나이가 너무 많고 몸이 노쇠해 항암 치료도 받을 수 없었던 아버지는 슬퍼하거나 당황하지 않고 마약성 진통제를 과다 복용하며 차분히 생을 정리했다. 집과 책과 재산을 정리해 기부했고, 아끼던 사람들을 만나 마지막 인사를 했고, 손주들에게 직접 요리를 해 주며 그 과정을 사진과 글로 기록해 '간암 할아버지의 부엌' 원고를 완성했다. 그리고 손녀의 조언에 따라 '간암'을 빼고 '할아버지의 부엌'으로 제목을 고쳤다. 눈을 감기 전 마지막으로 며느리에게는 고맙다는 말을, 손자에게는 사고 치지 말라는 말을, 손녀에게는 요리책을 출간해 달라는 말을 남겼다. 그리고 아들인 그에게는 이렇게 말했다.

"살면서 후회되는 일이 딱 한 가지 있는데 그 한 가지 때문에 내 인생이 통째로 후회된다."

그의 아버지가 후회했다는 딱 한 가지 일에 대해 가

족들은 전혀 짐작하지 못했다. 아버지를 존경할 뿐 대화는 나누지 않았던 그 역시 모르기는 마찬가지였다.

덤덤히 장례식을 치른 그는 예전처럼 구청에 나가 친절한 얼굴로 사람들을 안내했고 밤이면 평소 마시지 않던 위스키를 네댓 잔씩 마셨다. 아내는 그저 아버지를 잃은 슬픔 때문이라고 생각하고 대수롭지 않게 넘겼는데 결국 그는 구청 화장실에서 배를 움켜쥐고 쓰러져 응급실에 실려 갔다. 두 시간 만에 겨우 정신을 차린 그가 의사에게 처음 한 말은, 의사가 아픈 사람을 치료하지 않으면 그래도 의사냐는 것이었다.

차라리 방화로 처벌을 받는다면 다행일 것이다. 그가 특별법에 의해 기소되고 처벌받는다면 형량은 예상이 불가능하다. 특별법에는 기준이나 근거가 없고 재고의 여지도 없다. 가족들은 그가 평생을 공무원으로 타운을 위해 일했고, 젊은 시절 업무 중 교통사고로 다리를 다쳐 장애를 얻었고, 아버지의 사망으로 큰 충격을 받았고, 이후 우울증을 앓아왔다는 사실을 강조했다. 그가 저지른 일은 그런 일이다. 죽을 짓이거나 미친 짓이거나.

다음 날 진경이 물파스를 돌려주자 영감은 진경의 팔을 흘끔 훑어 보았다. 시퍼렇던 멍 자국이 노랗게 변하긴 했지만 아직 없어지지는 않았다.

"가져."

"영감님 건데."

"땀내 나는 맨살에 문지르던 걸 도로 가져가라는 거야?"

"영감님도 쓰던 거 주서 놓고."

"난 땀 안 흘려."

진경은 괜히 물파스 뚜껑을 열어 팔뚝을 스윽스윽 문질러 보았다. 파스가 휘발되어 날아가며 팔이 시원했다.

텔레비전에서 방화범에 대한 뉴스가 나왔다. 영감은 화면에 시선을 꽂아 놓은 채 연신 미친놈이라고 중얼거렸다. 방화범은 커다란 마스크를 하고 야구 모자까지 깊게 눌러써 이목구비를 다 가렸지만 둥근 턱선은 감추지 못했다. 말끔하게 면도한 매끈하고 새하얗고 퉁퉁한 얼굴. 그동안의 풍요롭고 안정된 생활이 보이는 듯했다. 진경은 멍든 팔을 들어 자신의 뺨을 쓸어 보았다. 햇볕에 오래 말린 수건처럼 뻣뻣하고 거칠었다.

"다 가진 놈이 뭐가 아쉬워서……."

진경이 중얼거리자 영감은 아무 대꾸 없이 리모컨을 들어 텔레비전을 껐다. 한참만에 무거운 생각이 말끝을 누르는 듯 느릿느릿 말했다.

"그런데 잃을 것도 없는 우리는, 왜 저런 짓을 못 하나 모르겠다. 나비 혁녕이 처음이자 마지막이 됐네."

타운 독립 초기, 새 정부에 반대하는 L2와 사하들의 대규모 시위가 있었다. 사람들은 시위라고도 폭동이라고도 혁명이라고도 했는데 영감은 '나비 혁명'이라고 말했다. 왠지 영감도 그때 그 자리에 있었을 것 같았지만 진경은 묻지 못했다. 그리고 생각했다. 정말, 왜, 우리는 저런 짓을 못 하고 있을까.

*

한차례 개별 호 검문이 끝나고 또 하루가 지나자 잠복 중인 경찰들도 긴장이 풀렸는지 무료한 얼굴로 아무렇게나 돌아다니기 시작했다. 진경이 복도 난간을 붙잡고 멍하니 맨션을 내려다보고 있었다. 고개를 푹 숙인 진경의 시선 안으로 엄지발톱에 하늘색 매니큐어를 칠한 갸름한 발 두 개가 들어왔다. 사라였다. 사라는 부드럽고 긴 손가락으로 진경의 손을 감싸 쥐었고 진경은 어깨를 한 번 움찔, 떨며 손을 뺐다. 사라를 볼 때마다 마음이 무거웠다. 빙하처럼 하얀 흰자위. 깊이를 알 수 없이 은은하게 반짝이는 파란 눈동자. 이렇게 예쁜 눈이 하나뿐이라니. 눈 때문이 아닌데 사라는 눈 때문이라고 생각하는 것 같았다. 사라가 진경의 손을 다시 잡으며 말했다.

"도경이 오빠 우리 집에 있어."

"뭐?"

사라는 몸을 낮추며 주위를 한 번 돌아보았다.

"여자 혼자 사는 집이라 그런지 막 뒤지고 그러지는 못하더라. 냉장고 안에 숨어 있었어."

"별일 없었고?"

"응. 근데 아니야. 난 알아. 도경이 오빠랑 그 의사 선생님 우리 바에도 왔었어."

진경은 일단 마음이 놓였고 곧 미친 듯이 불안해졌다. 작은 냉장고 안에 몸을 구기고 들어가 숨어서 도경은 무슨 생각을 했을까. 진경은 사라의 손을 꼭 맞잡았다.

"이제 나한테 오지 말고."

사라는 진경의 눈을 마주 보았다.

"근데 언니, 나도 무서워."

진경은 난간을 잡고 선 사라를 앞마당에서 보이지 않을 계단 쪽으로 데리고 가서 한 번 꼭 안았다.

"부탁할게."

사라는 고개를 여러 번 크게 끄덕이고는 계단을 뛰어내려갔다. 사라는 태어날 때부터 오른쪽 눈이 없었다. 여섯 살에 스스로 안대를 하기 시작해 한 번도 벗은 적이 없다. 엄마가 죽었을 때도, 장례를 치르는 동안도, 처리할 방법이 없어 시신을 연구소에 넘기는 순간에도 안대가 젖을까 봐 울지 않았다.

맨션 안팎으로 사라에게 마음을 쓰는 사람들이 많은데 사라는 모두 거절했다. 진경 때문이었다. 하지만 진경은 사라의 마음도 자신의 마음도 알지 못했고 그 채로 사라를 안고 도경을 부탁했다.

214호, 사라

일할 때는 절대 술을 마시지 않는다. 그런데 그날은 코냑의 향이 이상하게 코끝에 오래 맴돌았다. 사라가 좋아하는 코냑이었다. 캐러멜 같은 첨가물을 넣지 않고 오로지 오크 통에서 숙성만 했다는데 묘하게 달콤하고 과일 향이 나서 종종 칵테일로 만들었다. 단골들에게 권했더니 반응이 좋아 사장이 몇 병 더 주문해 놓은 참이었다. 작은 잔에 술을 따라서 천천히 입술부터 혀로 적시며 흘려 넣자 달고 신선한 향이 입안 가득 퍼졌다. 기분이 좋아 그렇게 조금씩 주금씩 마시다 보니 술이 줄었다는 것이 눈에 띌 정도가 됐다.

"오늘 무슨 일 있어?"

내내 모른 척하던 사장이 사라 쪽으로 시선을 돌리지 않으며 물었다. 아무 일도 없다. 아무 일도 없는데 왠지 불안하고 들떠 사라도 이상하다고 생각하고 있었다. 사라는 일부러 과장되게 웃으며 대답했다.

"아무 일도 없어요. 무슨 일이 생기려나? 이왕이면 좋은 일이면 좋겠네요."

사장은 사라의 말을 들으니 갑자기 생각났다는 듯 아, 참, 하고는 선반 아래쪽에서 종이 가방을 하나 꺼내 건넸다.

"쇼윈도에 걸려 있는 게 예뻐 보여서 샀는데 나한테는 좀 꽉 끼네. 움직이기 불편해. 사라한테 맞을 것 같은데 입을래? 월요일부터 갖다 놓고 계속 잊고 있었지 뭐야."

원피스였다. 얼핏 정장 블라우스 같은데 무릎 길이까지 내려와 원피스가 되는 형태고, 어깨만 각이 잡혀 있을 뿐 스커트 부분은 플레어로 넓게 퍼져서 크게 사이즈에 구애받지 않을 디자인이었다. 사장은 사라보다 키만 조금 클 뿐 체격도 비슷하다. 사장이 무슨 마음으로 원피스를 사고, 불필요한 설명들을 덧붙이는지 사라도 잘 알고 있다. 향수, 립스틱, 구두, 가방 들을 같은 이유로 받은 적이 있고 거의 혹은 완전히 새것이었다.

"고맙습니다. 정말 좋은 일이 있으려고 그랬나 봐요."

불편해하거나 난감해하지 않고 기쁘게 받기. 고마운 마음을 분명하게 표현하기. 비슷한 일이 몇 번 있고 나서 사라가 내린 결론이다. 내일 꼭 이 원피스를 입고 출근해야겠다고 생각했다. 그리고 기분이 좋아져서 코냑을 한 잔 더 마셔 버렸다.

손님이 없어 조금 일찍 퇴근했다. 오랜만에 푹 자겠다 싶었는데 어설프게 술을 마셔서 그런지 사라는 오히려 잠이 오지 않았다. 잠이 들 듯하다 정신이 번쩍 나고, 또 잠이 들 듯하다 깜짝 놀라며 깨기를 반복했다. 차라리 취하도록 마시려고 일어나 냉장고를 여는데 현관문이 덜컥덜컥했다. 바람인가. 잠시 후 이번에는 분명하게 똑, 똑 하고 문을 두드리는 소리가 났다. 사라는 냉장고 앞에 그대로 얼어붙어 버렸다. 다시 한 번 똑 똑 했고, 사람 목소리가 들리는 것도 같았다.

"뭐야!"

누구세요라고 물으려다가 마음을 바꿔 그렇게 소리쳤다. 바람이 스치듯 작고 흩날리는 목소리가 대답했다.

"열어 줘."

도경의 목소리였다. 사라는 무릎걸음으로 재빠르게 현관으로 가서 다시 한 번 확인했다.

"누구세요?"

"나 도경이야."

진경의 동생. 수와 함께 7층에 살고 있다. 그걸 함께 사는 거라고 할 수 있을까. 정확히 말하면 도경의 집에 수가 자주 와서 머문다고 해야겠지.

701호에 서른 살, 스물다섯 살 남매가 입주했다는 얘기를 전해 들었을 때 사라는 진짜냐고 두 번 되물었다. 작은방 하나, 작은 베란다가 딸린 거실 겸 방 하나. 분명 불편한 부분이 있을 텐데, 누나에게도 동생에게도. 2년 후 동생인 도경이 맨션 아이들을 진료하는 의사와 같이 살게 됐다고 들었을 때는 진짜냐고 네 번을 되물었다.

타운의 주민들은 병원비를 따로 부담하지 않는다. 대

신 의료보험료가 공공요금이라고 믿을 수 없을 만큼 엄청나다. 보험료를 연체해 재산이 압류되어 파산하거나 보험료를 감당하지 못해 스스로 주민 자격을 포기하는 사람들도 있다. 보험 번호가 없으면 병원이나 약국에 접수하는 것 자체가 불가능하기 때문에 맨션 사람들은 마트에서 파는 몇 가지 진통제로 모든 병을 견뎠다. 튀어나온 못에 긁히거나 벌레에 물리는 사소한 사고에도 크게 앓았다. 병들고 다치는 일을 거스를 수 없는 거대한 운명처럼 느꼈다.

특히 아이들이 많이 아팠다. 보건국에서는 정기적으로 맨션을 방문해 영아들의 건강 상태를 확인하고 필수 예방접종을 해 주었지만 그게 끝이었다. 아주 긴급한 전염성 질환이 아닌 한 아이들이 병들고 다쳐도 치료해 주지 않았다. 성실하게 청진하고 채혈하고 몸속을 들여다본 후에 다정한 얼굴로 어떤 질병이 있고 어떤 조치가 필요한지 알려 주고 떠났다. 그래서 더 절박하고 애달픈 아이들을 치료해 준 유일한 의사가 수였다.

사라는 두 사람이 처음 바에 왔던 날을 기억한다. 묵직한 바의 유리문을 힘껏, 그러니 ㄴ끼게 밀고 앞장서 들어온 사람은 수였다. 수는 평범하고 태연한 표정으로 바 내부를 둘러보고는 모든 손님이 선호하는 창가 자리 쪽으로 걸음을 옮겼고, 곧바로 고개를 푹 숙인 한 사람이 수의 뒤를 따라 들어왔다. 낯익은 운동화. 인조가죽 같은데 자연스럽게 색이 바래서 오히려 고급스럽게 보였다. 정장용 구두나 단화가 아니라 분명 끈을 교차해서 묶는 운동화가 맞는데 재질은 가죽이고, 또 그게 어색하지 않아 사라에게 인상적으로 남았다. 사라는 도경을 생각하면 운동화부터 떠올랐다. 바로 그 운동화였다.

두 사람은 작은 테이블을 가운데 두고 마주 앉았다. 도경이 너무 고개를 푹 숙이고 있어 사라는 모른 척해 줘야 하는 건가, 하지만 주문받으러 안 갈 수는 없지 않나, 잠깐 고민했다. 그때 도경이 사라 쪽을 돌아보며 왼손을 작게 흔들었다. 나야, 나, 하는 듯했다. 사라는 다른 손님들을 대할 때와 똑같이 주문받고 똑같이 술과 음료를 가져다주었다. 도경은 눈인사만 한 번 보냈을 뿐 따로 안부를 묻거나 수를 소개시켜 주지는 않았다. 수는 테이블에 거의 엎드린 자세로 오른팔을 뻗어 머리를 기대고 앉았고 도경은 그런 수의 오른손을 잡고 있었다. 거의 도경이 말하고 수가 들었는데 가끔 수는 어깨가 들썩이도록 웃었다.

세 번쯤 더 바에 온 후로는 수도 사라에게 눈인사를 건넸다. 사라는 새로 만든 칵테일을 맛보라고 주기도 하고 잠시 테이블에 앉아 얘기를 나누기도 했다. 한번은 수가 전에 만나던 남자에 대해 험담을 했다. 남자가 너무 준비 없이 데이트에 나와 어디에 가서 뭘 하고 뭘 먹을지 수가 혼자 고민해야 했단다. 도경은 남자가 왜 그랬는지 알 것 같다고 했다.

"당신 주장이 너무 강해서 그래. 지금도 당신은 꼭 해야 하고 가야 하고 먹어야 하는 게 너무 많고 결국 내 뜻대로 하는 경우는 거의 없잖아?"

"그래서 내 잘못이라는 거야?"

"꼭 잘못이라기보다는. 오늘도 당신이 여기 오자고 해서 온 거니까."

"와, 웃긴다. 여기 처음 오자고 한 게 누군데? 여기가 제일 편하다고 한 게 누군데?"

안절부절못하는 사라를 가운데 두고 둘은 아무렇지도 않게 목소리를 높였고 그러다가 도경이 미안하다고 하자 곧바로 손을 맞잡고 다정하게 다른 얘기를 했다. 사라는 전 남자 친구 얘기를 하는 것도, 자신을 옆에 두고 싸우는 것도, 미안하다는 한마디에 쉽게 화해를 하는 것도 다 신기했다. 참 이상한 커플이다, 이상하고 잘 어울린다, 생각했다.

그 밤 사라의 현관을 두드린 사람은 도경 혼자였다. 도경이 숨겨 달라고 말했고, 사라는 무슨 일인지 묻지 않았다. 또 누구를 죽인 건가. 그럴지도 모른다고 생각했지만 그렇다고 도경이 두렵지는 않았다.

*

사라의 엄마, 연화는 타운 독립 당시 주민 자격을 얻지 못한 원주민이었다. 스무 살이었다. 학생은 아니었고 그렇다고 제대로 된 직장인도 아니었다. 대학 입시에 실패하고 여러 아르바이트를 전전하며 다시 대입 시험을 준비하는 중이었다. 오전에는 편의점에서 일하고 오후에는 옷 가게에서 일했더니 밤이면 펼쳐진 책에 엎드려 잠만 자게 됐다. 아르바이트를 하나 줄이고 싶었지만 집에 생활비도 보태고 본인 용돈도 쓰려면 도저히 일을 줄일 수는 없었다. 그렇게 이도 저도 아닌 신분으로, 하지만 누구보다 성실하게 하루하루 살아가고 있을 즈음 타운이 독립하며 주민허가제가 시행됐다.

연화의 가족 누구도 주민 자격이 되지 않았다. L2가 된 연화의 아버지는 다니던 물류 회사에서 2년 계약직으로 전환되었고 월급도 절반 가까이 줄었다. 아버지는 버티다 버티다 회사를 그만두고 새 일자리를 구해 집을 떠났다. 마찬가지로 L2가 된 연화는 혼자 어린 동생을 둘이나 돌볼 수가 없어서 역시 버티다 버티다 동생들을 보육원으로 보냈다. 그리고 가족들과 살던 크고 버거운 집에서 힘겹게 월세를 감당하며 혼자 지냈다. 가족들이 다시 돌아올 곳이 있어야 한다는 생각이었다. 하지만 L2가 된 후로 연화는 화장을 안 하고 출근했다거나 상사에게 먼저 인사를 안 했다는 등의 납득할 수 없는 이유로 해고되는 일이 잦았다. 월세가 계속 밀렸다. 결국 집에서 나와 사하맨션에 들어오며 아버지와 연락이 끊겼고 동생들에게도 거의 찾아가지 못했다.

연화는 어렵게 들어간 대형 병원의 조리실에서 또 해고되었다. 사하맨션에 살고 있다는 것이 이유였는데 그렇다고 L2가 직원 기숙사에 들어갈 수 있는 것도 아니었다. 병원에서는 더 깨끗하고 안전한 거처를 구하면 언제든지 다시 고용하겠다고 했지만 일이 없고 돈이 없는데 깨끗하고 안전한 거처를 구할 수는 없는 노릇이었다.

갈 곳도 없고 할 일도 없는 연화는 맨션 앞마당으로 내려와 삐걱이는 시소에 앉았다. 갑자기 눈물이 쏟아져 손바닥으로 얼굴을 감싸 가리고 있는데 관리실 남자가 느릿느릿 걸어오더니 시소 맞은편에 앉았다. 시소는 부러질 듯 요란하게 끼익 소리를 내며 순식간에 반대쪽으로 기울었고 손잡이를 잡지 않고 있던 연화가 붕 떠오르며 휘청했다. 덩치가 크고 얼굴의 좌우대칭이 많이 어긋나 기괴해 보이는 인상의 관리실 남자가 어울리지 않게 순박한 표정을 지으며 웃었다.

"직업소개소가 있어요. 저기 길 건너 제일 큰 건물 주차장에."

"네?"

"맨션 사람들 대부분 거기 소장 아주머니한테 소개받아서 일해요. 거친 일들이기는 한데, 그러니까 우리 같은 사람들을 쓰겠죠. 정 급하면 한번 가 봐요."

연화는 고개를 끄덕이지 않았다. 가 볼 생각이면서도 그랬다. 이후로 소장 아줌마가 연결해 주는 곳에서 짧게는 하루, 대체로 일주일 정도, 길게는 몇 달씩 일했다. 물건 개수를 세거나 포장을 하거나 그 포장을 뜯거나 정리하고 청소하고 소독하고 버리는 일들이 대부분이었다. 가끔 행사장 입구에 예쁜 옷을 입고 서서 사람들을 불러 모으는 일도 했다. 이쪽이 일도 훨씬 수월하고 시간당으로 계산하면 급여도 높았는데, 대부분 일회성이고 몇 시간이면 끝나서 제대로 돈벌이가 되지 않았다.

일은 할수록 힘들고 돈은 모이지 않고 가족들을 다시 만날 길은 요원했다. 연화는 열심히 일해서 경제력을 갖추고, 기술을 배워 자격증도 따고, 그래서 타운 주민이 되려고 했다. 아버지도 찾고 동생들도 다시 데려오려고 했다. 하지만 밤낮없이 일해도 통장 잔고는 늘 제자리고 주어지는 일들은 자격이나 기술 따위 아무 상관도 없는 단순한 일들뿐이었다. L2 체류 기한을 연장하며 같은 삶을 반복했고 이러다가는 주민은커녕 L2로도 남지 못할 것 같았다.

가족들을 생각해도 더 이상 애틋하지 않았다. 아버지에 대한 원망과 동생들에 대한 부담감, 죄책감만 깊어졌다. 크게 뛰어난 것도 없고 죽을 만큼 열심히 살았다고도 할 수 없지만 대체로 성실하게 살아왔다. 그럼 적어도 이렇게까지 벼랑 끝으로 내몰리지는 않아야 하는 거 아닌가. 연화는 이 모든 상황에 넌더리가 났다.

크리스마스를 며칠 앞둔 저녁이었다. 유난히 추운 겨울이었고 아침부터 하늘이 흐려지며 구름이 자꾸만 짙어 가는 게 곧 눈이 쏟아질 것 같았다. 개업한 식당 앞에서 짧은 치마를 입고 두 시간 동안 덜덜 떨면서 호객을 하고 돌아온 연화는 어쩌면 화이트 크리스마스가 될지도 모르겠다고, 그러거나 말거나 자신과는 상관없다고 생각하며 이불을 뒤집어썼다. 얼었던 몸이 스르르 녹으며 깜빡 잠이 들려는데 누가 현관문을 쾅쾅 두드렸다. 관리실 남자였다. 연화는 이불을 뒤집어쓴 그대로 문도 열지 않고 무슨 일이냐고 소리쳤다. 소개소에서 연락이 왔는데 급한 일인 것 같으니 얼른 내려오란다.

전화기 너머의 소장은 대규모 크리스마스 파티의 주방 일이 들어왔는데 파티가 당장 내일이라고 했다. 전에도 일을 해 본 적 있는 행사 업체라며 딱 연화를 지목해 왔다고 한다.

"왜 하필 저를요?"

— 그러게 말이다. 네가 손이 야무진 것도 아닌데. 뭐 그냥 네가 마음에 들었나 보다. 그거야 부리는 사람 마음이지.

연화는 문득 다 놓고 싶어졌다. 그래서 안 하겠다고 대답했다. 안 하겠다고, 아무 일도 안 하고 싶다고, 이제 자신에게 연락하지 말라고 말하자 소장은 어이없다는 듯 웃었다.

— 굶어 죽게?

"굶어 죽는 게 낫겠어요. 소장님이 소개해 주는 일들 아무리 열심히 해 봐야 몸만 바스라질 뿐이라고요. 인생이 뒤집힐 일 아니면 이제 연락하지 마세요."

먼저 전화를 끊고 관리실에서 나와 계단을 오르며 연화는 굶어 죽으나 바스라져 죽으나 마찬가지라고 생각했다. 다시 이불 속에 들어와 몸을 녹이니 그냥 그 순간 그곳이 천국 같았다.

얼마 후 소장은 연화에게 정말 인생이 뒤집힐 만한 일을 제안했다. 결혼. 타운 주민 남자와의 결혼. 여성의 경우 주민인 남자와 혼인신고를 하고 그 남자가 보증하면 주민 자격을 얻을 수 있다. 결혼이라는 것을 하고 싶은데 하지 못하고 있는 타운 남자들이 거의 마지막으로 선택하는 방법이다. 어쨌든 타운 주민 자격을 갖추었으므로 경제적으로나 사회적으로 무능력한 남자는 없다. 나이가 너무 많거나 외모나 건강에 치명적인 이상이 있거나 가족 문화, 주거 환경, 원하는 결혼 형태 등이 상식에서 많이 벗어난 남자들이 대부분이다. 소개소에서는 일을 하느라 혼기를 놓쳤다, 소심해서 여자를 못 사귀었다는 식으로 남자들을 포장했지만 솔직히 그런 경우는 한 명도 없다.

연화가 소개받은 남자는 나이가 많았다. 예순여덟이라고 했다. 아내와는 1년 전 사별했고, 하나 있는 아들은 이미 결혼해 따로 살고 있는데 사이가 좋지 않다고 했다. 대략 10년 전쯤 찍은 게 아닐까 싶은 사진을 내밀며 소장이 말했다.

"나도 별로 내키지는 않는데 네가 한 말이 생각나서 그냥 물어나 보는 거야. 하여간 돈이라면 차고 넘치는 인간이야. 지금 로얄빌라에 혼자 살거든. 죽어도 아들한테는 한 푼 안 물려줄 거래. 착하고 고분고분한 여자한테 의지하면서 살다가 그 여자한테 다 넘겨주고 가고 싶대. 만나 봤는데 뭐 평범해. 너보고 나이가 많다는 걸 보니 썩 평범하지 않을 수도 있지만. 내가 동행해서 혼인신고하고 신원 보증서도 내기로 약속했어. 어때? 같이 살래?"

"그냥 만나 보는 것도 아니고 같이 살 건지를 지금 결정해야 해요?"

"일단 한번 만나고 그다음에 밥 먹고 영화 보고 손잡고? 연애하겠다는 거야? 그러는 동안 저 영감 죽어. 그냥 돈만 봐. 눈 딱 감고 살지, 말지, 그것만 지금 결정해. 뭘 만나 보고 말고야. 여러 번 만난다고 칠순 다 된 노인네가 좋아질 리도 없는데."

연화는 자신의 아버지를 생각했다. 그때 연화 아버지는 오십 대였다. 예전에는 결혼을 더 빨리 했으니까 살아 계시다면 할아버지의 나이는 팔십 정도…… 연화가 손가락을 접어 가며 세 사람의 나이를 계산하고 있는데 그 모습을 물끄러미 보던 소장이 말했다.

"아버지보다 몇 살 많은가, 할아버지보다 몇 살 어린가, 그런 거 계산하지 마. 어차피 서로 얼굴도 못 볼 사이들이잖아. 괜히 네 기분만 더러워져."

인생을 뒤집을 방법은 정말 이 정도뿐인 것 같다. 연화는 잠깐 고민하다가 소장에게 물었다.

"최악의 상황은 뭘까요?"

"글쎄. 영감이 널 죽이는 거? 근데 돈은 합법적으로 투자해서 불렸지 지저분한 사람들하고 일하는 스타일은 아니야."

"그럼 가능성 있는 최악의 상황은 뭔데요?"

"네 마음이 너무 싫은 거? 노인네랑 사는 게 너무 싫은 거. 노인네가 좋다고 이쁘다고 그럴수록 징그럽고 끔찍하고 너무 싫은 거. 정 못 살겠으면 도망쳐. 나는 곤란할 것 없고 널 숨겨 주진 않겠지만 나무라지도 않을 거야. 대신 너는 L2도 아닌 사하가 되겠지."

연화는 결혼하겠다고 대답했다. 최악의 상황이 된대도 지금보다 나쁠 게 없다. 돌아보니 이제껏 이익이 큰 쪽을 선택해 본 적이 없다. 늘 잃게 되는 것을 떠올린 후 그나마 덜 잃는 쪽을 선택했다. 모두 스스로의 선택이었으므로 그 결과를 온전히 책임져야 했다.

소장의 예상과는 전혀 달랐다. 처음에 늙은 남편은 어린 아내를 사랑했다. 너무 사랑했다. 연화는 볕이 넘치도록 쏟아지는 집에서 향이 좋은 음식을 먹고 부드러운 옷을 입고 새하얀 침구를 덮고 잤다. 하지만 그 창을 매일 얼룩 없이 닦고 재료 고유의 향을 살려 요리하고 정확한 세탁법에 따라 옷이 항상 포근포근하도록 관리하고 사흘에 한 번씩 침구를 빨고 다려야 했다. 남편은 연화에게 곧 이 집도, 옷도, 이불도, 모두 네 것이 될 텐데 더 소중히 여기고 아끼고 관리를 잘하라고 쉴 새 없이 잔소리를 해 댔다. 연화에게 이 집이 자신의 것이 될 날은 너무나 까마득했다. 솔직히 그런 날은 영원히 오지 않을 것 같았다. 남편은 연화보다 훨씬 생기 있고 건강했다. 낮에는 집안일을 하나하나 간섭하며 연화의 숨통을 조였고 밤이면 넘치는 성욕을 주체하지 못해 연화를 들볶았다. 연화는 남편이 역겨웠지만 견뎠다. 이전의 더럽고 춥고 불안하던 때로 돌아가고 싶지는 않았다. 그런데 얼마 지나지 않아 남편이 드러나게 연화를 지루해했다.

　어느 저녁, 부부가 나란히 거실 소파에 앉아 차를 마시는데 창 너머 하늘에 비행운이 기다랗게 늘어져 있었다. 어릴 때, 막내는 구름이라고 둘째는 비행기 연기라고 한참 싸우다 연화에게 물어 온 적이 있다. 연화는 잘 모르면서 혼자 생각대로 구름이라고 대답했고 막내가 의기양양 형을 비웃었다. 나중에야 자신이 맞았다는 것을 알게 된 둘째가 연화를 두고두고 원망했다. 연화는 문득 생각난 얘기를 남편에게 했다. 동생들도 이제 보육원에서 나온 지 한참일 거라고, 예전의 자신이 그랬던 것처럼 위험한 일을 하며 불안하게 살고 있을 거라는 말을 덧붙였다. 가만히 연화의 이야기를 듣고 있던 남편이 몸을 일으켜 앉더니 연화의 얼굴을 한참 뜯어보았다.

　"목적이 그거였어?"

　연화는 대답하지 않았다. 남편이 같은 질문을 두 번 더 했지만 연화는 두 번 다 대답하지 않았고 처음으로 남편에게 맞았다. 연화는 주방으로 가 스푼 아래에 받치는 작은 체크무늬 냅킨을 꺼내 학을 접었다. 냅킨치고는 도톰하고 단단해서 조심조심 다루니 충분히 원하는 모양대로 접을 수 있었다. 이후로 연화는 남편에게 맞을 때마다 냅킨 종이학을 접었다. 하루에 한 개만 접는 날도 있고 서너 개씩 접는 날도 있었다. 창틀 위에 일렬로 세워 놓은 종이학이 100마리가 되던 날, 연화는 남편에게서 도망쳤다.

연화가 갈 곳은 이번에도 사하맨션뿐이었다. 214호는 여전히 비어 있었지만 이번에는 214호로 가지 않고 관리인 숙소에 숨었다. 정말 꽁꽁 숨었다. 맨션 사람들은 연화가 돌아온 게 맞냐고 왜 214호는 계속 비어 있냐고 연화를 본 사람이 있냐고 물었다. 맨션의 누구도 고개를 끄덕이지 않은 채로 계절이 세 번 바뀌고, 더 이상 연화의 남편과 남편이 보낸 사람들이 찾아오지 않을 즈음 연화는 214호로 돌아왔다. 배가 불러 있었다. 연화는 전남편의 아이이며 맨션에서 혼자 낳아 혼자 키우겠다고 했다. 그렇게 사라가 태어났다. 굳이 거꾸로 날짜를 계산해 가며 아이의 아빠를 짐작해 보고 거기에 말을 보태는 사람은 없었다.

앞마당이 엉망이었다.

"며칠째 쉬지도 못하고. 이런 씨팔!"

어린 경찰들은 들으라는 듯 욕지거리를 내뱉으며 꽃
님이 할머니가 키운 상추와 오이, 토마토 들을 잡히는 대
로 뜯어 먹고 버리고 밟았다. 누가 있건 말건 웃옷을 벗
고 수돗가에서 등목을 하다가 수도꼭지 끝을 손으로 비
스듬히 막아 서로에게 물을 쏘는 장난을 했다. 누군가 물
살에 맞으면 깔깔대며 웃었고 또 누군가 눈살을 찌푸리
거나 싫은 소리를 하면 물통을 걷어찼다.

사라는 언제나처럼 바에 가는 길에 맨션 고양이들의
먹이를 챙겨 나왔다. 그릇들이 빈 것을 확인하고 빈 그릇
들에 사료와 물을 각기 채웠다. 해가 길어져 아직 날이
너무 밝은 것도, 맨션에 낯선 사람들이 많은 것도 마음에
걸려 발이 떨어지지 않았다. 잠시 관리실 처마 그늘에 서
서 고양이들을 기다렸다.

밥그릇이 채워지는 시간을 잘 아는 야붕이가 A동 뒤
에서 고개를 삐죽 내밀었다. 절대 쓰레기통을 뒤지거나

버려진 음식을 먹지 않는 야붕이는 한참 배가 고플 텐데도 서두르지 않았다. 세 개의 다리로 절룩이며, 하지만 허리와 꼬리는 우아하게 뻗은 채 음식물 쓰레기통을 지나 맨션 사람들이 세워 놓은 자전거 뒤를 지나 관리실 앞 의자를 지나갔다.

야붕이는 밥그릇에 코를 박고 냄새를 한 번 맡너니 하품하듯 입을 크게 한 번 벌렸다 다문 후 주위를 살폈다. 그러다 사라와 눈이 마주쳤다. 우뚝 선 야붕이를 향해 사라가 눈을 천천히 깜빡여 인사를 건네자 야붕이는 아기처럼 으앙 하고 대답한 후 사료를 먹기 시작했다. 그때 뭔가가 야붕이를 향해 무서운 속도로 날아들었다. 하나밖에 없는 앞다리를 빗맞은 야붕이가 찢어질 듯 비명을 지르며 펄쩍 뛰어올랐다. 야붕이는 B동 쪽으로 도망쳤다.

"저 도둑고양이 새끼!"

경찰 둘이 야붕이를 쫓으며 계속 돌을 주워 던졌다. 사라가 정신없이 뛰어가 그중 한 사람의 팔을 붙잡았다.

"그만하세요!"

팔을 붙잡힌 경찰이 사라를 향해 천천히 돌아섰다.

사라의 손가락을 풀더니 안대를 향해 손을 뻗었다. 사라가 그 손을 탁 쳐 내자 경찰이 입꼬리를 올리고 웃었다.

"야, 눈 병신. 저 다리 병신 고양이가 네 거야?"

사라가 대답하지 않고 몸을 돌리려는데 경찰이 사라의 팔을 꽉 붙들었다. 길고 시커먼 손톱이 사라의 하얀 팔뚝을 파고들었다.

"대답 안 해? 네가 저 병신 고양이 주인이냐고 묻잖아!"

표적이 바뀌었다. 다른 경찰도 손아귀 안에서 빙글빙글 돌리던 돌멩이 두 개를 바닥에 툭 떨구고는 사라의 앞을 가로막고 섰다. 사라는 두 사람 사이로 빠져나가 보려고 했지만 젊은 남자들의 힘을, 분위기와 기운을 이길 수가 없었다. 경찰 하나가 오른손의 손가락 네 개를 붙여 자신의 오른 눈을 가리고는 물었다.

"너 저 뒷길 바에서 일하는 그 에꾸 바텐더 맞지? 너 아주 유명하더라? 그 병신 눈은 침대에서만 보여 준다며? 어디 나도 그 대단한 눈깔 한번 보자."

그러자 다른 한 사람이 사라의 뒤에 서서 한 팔로는 사라의 목을 휘감고 다른 한 손으로는 턱을 붙잡았다. 사라가 소리치며 발버둥 쳐도 빠져나갈 수가 없었다. 마주선 남자가 사라의 눈앞에 얼굴을 바짝 갖다 댔고 사라는 남자에게 쓰러지는 척하면서 어깨를 힘껏 물어 버렸다. 남자가 자신의 어깨를 감싸 쥐며 비명을 질렀다. 그때 영감이 그보다 더 크게 소리치며 달려왔다.

"그만 둬!"

A동 지하실에서 낡고 커다란 자루와 녹슨 집게를 들고 뛰어나오던 영감은 발을 헛디뎌 미끄러지며 한 번 더 외쳤다.

"사람들 부를 거야! 당장 그만둬!"

창 너머로 지켜만 보고 선뜻 나서지 못하던 사람들도 하나둘 나오며 한마디씩 거들었다. 거, 그만 하시죠! 경찰들이 지금 뭐하는 겁니까? 우리한테 이래도 되는 겁니까? 맨션 사람들이 사라와 두 남자를 에워쌌고, 영감은 넘어지며 바닥에 쓸려 피와 흙 범벅이 된 손으로 사라의 손목을 잡아끌었다. 눈물로 화장이 다 뭉개져 얼굴이 엉망인 와중에도 사라는 비뚤어진 안대를 바로잡으며 앞마당에 둘러선 사람들을 돌아보았다. 진경의 모습이 보이지 않았다. 서운함과 안도가 뒤섞여 마음이 복잡했다.

사라는 내내 일이 손에 잡히지 않았다. 컵홀더에서 목이 긴 와인 잔을 꺼내는데 이상하게도 잔이 물컹해지더니 손가락 사이로 흐르듯 빠져나갔다. 파사삭 소리를 요란하게 내며 산산조각 난 잔을 물끄러미 보는데 맨션에서 느꼈던 공포가 여진처럼 밀려왔다.

사장에게 양해를 구하고 평소보다 일찍 퇴근했다. 아직 자정도 되지 않았는데 관리실 조명이 꺼졌고 영감도 보이지 않았다. 낮 동안 아무 데나 널브러져 있던 경찰들도 없었다. 맨션은 연극이 시작되기 직전의 무대처럼 너무 어둡고 고요했다. 기분 나쁜 예감. 사라가 발뒤꿈치를 들고 조용히 걸음을 옮기는데, 누군가 뒤로 빠르게 다가와 사라의 입을 막았다. 귓가에는 뜨거운 숨이 와 닿았고 목덜미에는 금속의 차가운 기운이 와 닿았다. 익숙한 목소리.

"내가 네년 눈깔 꼭 보고 말거야."

사라는 목소리가 뒤에서 밀고 가는 대로 떠밀려 걸었다. 뒤따라오는 발자국이 엇박자로 바닥을 두드렸다. 두 사람이다. 사라가 몸을 버둥거릴 때마다 목덜미의 금속이 미세하게 목을 파고들었다. 목적지를 정해 둔 듯 그들은 망설이거나 헤매는 기색 없이 빠르게 걸음을 옮겼다. 사라도 자신이 어디로 가고 있는지 알 것 같았다. 경찰들이 숙소로 사용하는 101호는 늘 열려 있고 대부분 비어 있다.

사라는 1층 복도로 끌려갔다. 뒤따라오던 남자가 앞서 걸어가 사라의 예상대로 101호 손잡이를 잡아 서서히 돌렸다. 녹슨 현관문이 쇳소리를 내며 열렸고 안은 완벽하게 어두웠다. 어둠이 그 자체로 살아 있는 무엇인 것처럼 커다랗고 검은 입을 한껏 벌렸다. 사라는 목을 졸리고 있는 것처럼 숨이 막혔다. 은유나 비유가 아니라 말그대로 죽을 것 같은 공포를 느꼈다. 발뒤꿈치에 힘을 주어 버티고 섰는데 남자가 목에 댄 칼을 아주 살짝 당겼다. 날카롭게 벼려진 칼날이 순식간에 살갗을 벌렸고 사라는 감전된 것처럼 발작했다. 남자는 몸을 돌려 사라를 잡아끌면서 뒷걸음으로 집 안에 들어섰다.

사라는 바닥으로 내동댕이쳐졌고 현관문이 쿵, 요란하게 닫혔다. 남자는 손에 들고 있던 칼을 바지춤에 문지르며 나지막이 말했다.

"아이고 이런! 피가 묻었네? 이게 어디서 묻었을까?"

남자가 칼날을 세워 들고 사라에게 다가오는 순간 현관문이 벌컥 열리며 빛이 쏟아졌다. 휴대용 랜턴인 듯한데 눈이 멀 정도로 밝았다. 사라는 그 빛의 주인이 누구든 상관없다고 생각했다. 남자들이 당황하는 사이 눈을 꼭 감고 현관을 향해 뛰었다.

"누구야! 불 안 꺼?"

남자의 말처럼 불이 꺼졌다. 커다란 그림자가 그 부피감과 어울리지 않게 높고 가볍고 빠르게 남자를 향해 날아왔다. 퍽, 둔탁한 소리와 함께 달그락, 금속이 부딪히는 가벼운 소리. 그림자가 남자의 손목을 붙잡아 비틀자 남자의 손에 있던 칼이 바닥에 떨어졌다. 또 다른 남자가 몇 번 머뭇머뭇하더니 칼이 떨어진 곳으로 몸을 날렸다. 그림자는 칼을 쥐고 있던 남자의 손목을 여전히 꽉 쥔 채 칼을 주우려는 또 다른 남자의 손목과 명치를 차례로 걷어찼다. 그림자가 양손으로 두 사람의 멱살을 동시에 잡아 벽에 밀어붙이자 벽면에 달린 스위치가 남자의 등에 눌리며 거실등이 반짝 켜졌다. 남자들의 얼굴은 터질 것처럼 시뻘겠고 익사한 시체가 떠오르듯 검은 눈동자가 서서히 떠오르기 시작했다. 사라가 소리쳤다.

"언니! 그만해!"

우미였다. 우미는 남자들의 눈을 번갈아 보며 또박또박 말했다.

"왜 이 맨션을 철거하지 못하는지 알아? 괴물이 살기 때문이지. 내가, 바로, 그 괴물이야. 또 한번 이런 일이 생기면, 그땐, 진짜 괴물을 보게 될 거야."

우미는 두 남자를 집어던졌다. 남자들이 엉켜 바닥을 뒹굴며 컥컥대고 있을 때 비명을 들은 진경도 101호로 뛰어왔다. 두 손으로 목을 감싼 채 떨고 있는 사라와 주먹을 꼭 쥐고 풀썩 주저앉은 우미. 진경은 두 사람을 한번씩 보고는 우미를 먼저 부축해 일으켜 세우며 물었다.

"괜찮아?"

우미는 진경과 눈을 마주치지 않은 상태로 고개를 가볍게 끄덕였다. 사라가 불쑥 울음을 터뜨렸다. 예전의 사라였다면 여기서 끝나 다행이라고, 진심으로 괜찮고 고맙다고 말했을 것이다. 한쪽 눈이 없는 채로 태어났고 열두 살에 엄마가 죽었고 열일곱 살부터 술을 파는 바에서 일했다. 사라는 그 고단한 삶을 이상할 정도로 쉽게 받아들였다. 원망도 후회도 없이 심지어 때로는 감사하며 살았다.

사하맨션에서 태어나고 자란 사라에게 세상은 딱 그 크기, 그만큼의 빛과 질감, 그 정도의 난이도였다. 그런데 요즘 사라에게 너머의 세상이 보이기 시작했다. 그동안 당연하게 여겨 왔던 많은 일들에 화가 나고 억울했다. 사라는 왼손을 들어 왼쪽 눈에서 흘러나온 눈물을 닦았다. 우미가 물었다.

"괜찮아?"

"난 이제 지렁이나 나방이나 선인장이나 그런 것처럼 그냥 살아만 있는 거 말고 제대로 살고 싶어. 미안하지만 언니, 오늘은 나 괜찮지 않아."

사라의 말이 우미의 심장에 와 박혔다. 가슴께가 시리고 숨이 턱 막혀서 우미는 두 사람에게 등을 보이며 황급히 돌아섰다. 우미가 휘청휘청 꽃님이 할머니네 현관 안으로 들어선 후에야 진경은 아랫입술을 깨물며 떨고 있는 사라에게 다가갔다. 할 말이 있었다. 조금만 더 견뎌 달라고, 지금 다른 숨을 곳을 찾고 있으니 조금만 기다리라는 말을 도경에게 전하고 싶었다. 메모를 전하는 것은 위험하고 사라에게 전화를 하거나 찾아가는 것도 불안해 우연히 마주치기만을 종일 기다리고 있었다. 그런데 이런 식으로 마주쳤다. 게다가 우미의 안부를 먼저 챙겼다. 차마 말을 꺼내지 못하고 사라의 어깨를 힘주어 붙잡았다. 사라는 흐느낌인지 한숨인지 알 수 없는 숨을 내뱉으며 말했다.

"나한테 할 말이 있을 텐데, 아는데, 나중에 해."

이기적인 자신이 한심하고 한심한 마음을 들킨 게 무안해 진경은 살며시 손을 거두었다.

*

한밤의 소동이 정리되고 겨우 마음을 가라앉힌 사라가 잠자리에 누운 시간은 새벽 2시였다. 날마다 최고 기온을 기록하는 여름의 한가운데, 이상하게도 덥다는 생각이 들지 않았다. 오히려 가슴속에서부터 미세한 떨림이 퍼져 와 이불을 목까지 당겨 덮었다. 자신을 지나쳐 우미에게 다가가던 진경을 생각했다. 기억은 얼음이 녹아 흐르듯 조금씩 무너져 내렸고 사라의 머릿속에서 진경의 표정은 계속 바뀌어 놀랐다가 당황했다가 걱정했다가 애틋해졌다. 분명 특별한 감정이 담긴 얼굴이었다. 우미를 향한 진경의 마음은 뭘까. 어디서 왔을까. 왜 내게는 아닐까.

사라는 자리에서 일어나 화장대 앞에 앉았다. 오른쪽 눈을 가린 안대. 사라는 씻을 때만 안대를 벗어 놓는데 화장실 거울을 없애 버려서 안대를 벗은 자신의 얼굴을 볼 일이 거의 없다. 안대를 더듬어 보았다. 견딜 수 있을까. 받아들일 수 있을까. 으스스한 골목에서 뒤를 돌아보는 일, 미심쩍은 문을 굳이 열어 보는 일, 다 아물지 않은 피딱지를 부러 떼어 내는 일. 안 하는 게 낫다는 것을 잘 알면서도 확인하고 싶었다.

오른쪽 귀에 걸린 고무줄을 벗겨 내자 안대가 스르륵 뺨으로 흘러내렸다. 살결. 그저 새하얀 살. 아무런 굴곡이 없어 뺨이나 이마와 다를 바 없는 살. 뽀얗고 매끈했다. 사라는 화장품 상자에서 눈썹 그리는 펜슬을 꺼내 눈이 있어야 할 자리에 심 끝을 갖다 댔다. 왼쪽 눈을 동그랗게 뜨고 콧날을 중심으로 대칭이 되도록 선을 그어 나갔다. 커다란 눈, 여러 겹의 쌍꺼풀, 길고 숱이 적은 속눈썹, 선명한 눈동자. 눈을 깜빡였지만 새로 생긴 눈은 깜빡여지지 않았다. 반짝이며 젖어 들어가는 푸른 눈동자 하나와 영원히 감기지 않을 무섭도록 진한 회색 눈동자 하나. 초점 없는 눈이 부릅떠 허공을 응시하는 동안 다른 눈은 꼭 감은 채 눈물을 쏟아냈다.

목에 붙인 반창고 밖으로 핏물이 새어 나와 있었다. 사라는 항의하듯 반창고를 쭉 잡아뗐고 살갗이 당겨지며 아슬아슬하게 맞물렸던 상처가 푹 벌어졌다. 상처 끝에서 핏방울이 똑, 똑, 떨어져 셔츠를 적셨다.

"내 잘못이 아니야."

울음처럼 신음처럼 불쑥 내뱉어졌다. 사라는 손등으로 오른쪽 눈을 마구 문질러 지웠다. 멍든 것처럼 얼굴의 절반이 시커멓게 되어서야 눈물이 멈추었고 그제야 도경이 없다는 사실을 깨달았다. 벌떡 일어나 현관 손잡이를 잡아 돌리다 멈칫했다. 알릴 수 없다. 도움을 청할 수 없다. 사라는 뒹구는 신발 틈에 무력하게 주저앉아 버렸다.

사라는 커튼 너머가 조금씩 밝아질 즈음에야 깜빡 잠이 들었다가 금세 깼다. 머리가 아파 베란다에서 바람을 쐤다. 유리창을 끝까지 밀었는데도 바람이 느껴지지 않아 방충망까지 열었다. 바람의 방향이 문제였다. 바람은 집 안으로 불어 들어오지 않고 창을 스치며 지나갔다. 사라는 그 바람이 가볍게 뺨을 토닥여 준다면 정신이 들 것 같아 고개를 조금 내밀었고 그대로 부서진 난간과 함께 추락했다. 사실 사라도 잘 기억이 나지 않는다. 분명 아무 생각 없이 난간에 기댔을 것이다. 다행히 팔꿈치와 턱에 멍이 들었을 뿐 다른 상처는 없는 듯했다. 하지만 몸속 어딘가가 계속 불쾌하게 욱신욱신했는데 통증의 정확한 위치는 찾을 수가 없었다.

사라는 천천히 계단을 올라가 7층 진경의 현관을 두드렸다. 아무리 두드려도 대답이 없더니 사라가 언니, 하자 문이 열렸다. 턱이 보랏빛으로 멍들고 퉁퉁 부은 사라를 보고 진경이 놀라 물으려는데 사라가 먼저 말했다.

"도경이 오빠가 어젯밤에 없어졌어."

스스로 나간 것인지, 누군가 침입해 데려간 것인지, 도경이 없다는 것을 언제 알게 됐는지, 그때 집은 어떤 상태였는지, 진경은 궁금했지만 묻지 못했다.

"넌 괜찮고? 얼굴은 혹시 도경이 때문에?"

사라는 눈을 내리깔고 턱을 문지르며 고개를 저었다.

"아니야. 이건 그냥 나 혼자 다쳤어."

진경은 괜히 손끝으로 벽을 문질렀고 사라는 그런 진경을 멀뚱히 쳐다보다가 말했다.

"미안해."

"내가 미안하지. 미안하고……."

사라가 갑자기 눈물을 뚝뚝 떨어뜨렸다. 당황한 진경이 사라의 눈물을 닦아 주려 팔을 뻗자 사라는 반사적으로 안대를 손으로 가리며 물러섰다. 진경은 더욱 당황해 손사래를 치며 그런 게 아니라고 중얼거렸고 사라도 안대를 만졌다가 눈물을 닦았다가 다시 손톱을 뜯으며 안절부절 말했다.

"우리, 잘못한 것도 없는데 왜 서로 미안하지? 나한테 진짜 미안해야 할 사람은 누구지? 아무도 내게 사과를 안 해. 누군지도 모르겠어. 그래서 나는, 요즘 분해서 자꾸 눈물이 나."

진경은 잘못한 것이 있었다. 미안했고, 그래서 미안하다는 말을 하려다 사라를 또 울리게 될까 봐 입을 다물었다.

201호, 만, 30년 전

사람들은 손깍지를 끼고 있었다. 바로 앞에 선 사람이 일행인지 아닌지 알아볼 수 없을 만큼 깜깜한 새벽이었다. 구름에 가렸는지 달은 보이지 않고 간간이 별이 있지만 바다에 비칠 만큼 밝지는 않았다. 숨을 죽인 듯 조도가 낮은 선착장 조명이 검은 밤바다에 어른거리며 물빛을 탁하게 만들었다. 자신 없는 빛은 수면에 선명하게 반사되지 못하고 흐리게 스며들었다. 가족을, 연인을, 동료를 놓치지 않기 위해 서로의 손을 꼭 붙잡은 사람들이 알을 깨고 나온 곤충이나 양서류의 무리처럼 흐린 빛을 향해 한꺼번에 몰려들었다. 단단한 보도블록을 디디는 조심스러운 발소리, 모르는 어깨와 어깨가 스치는 소리, 당황한 숨소리, 도저히 참지 못하고 비어져 나온 훌쩍임. 바닷가는 대체로 고요했고 아기들도 울지 않았다.

작은 화물선 하나가 월요일 새벽마다 화물보다 더 많은 타운 사람들을 태우고 본국으로 떠났다. 추방형을 받았거나 받게 될 게 뻔하거나 당장이 아니라도 언제든 쫓겨나겠다 싶은 사람들이었다. 오로지 그 배만 별다른 입국 절차를 거치지 않았다. 버스를 타고 가다 집 앞 정류장에서 내리듯, 기차를 타고 가다 고향역에 내리듯, 그렇게 자연스럽게 배에서 내리면 됐다. 타운과 본국 사이에 어떤 합의가 있었는지는 알 수 없지만 월요일 새벽의 소형 화물선은 아무 조건 없이 타운 주민이 되지 못한 사람들을 본국의 항구로 데려다주었다.

배가 선착장에서 멀어지자 승객들은 제각기 적당한 자리를 찾아 몸과 마음을 내려놓았다. 어떤 물건이 들어 있는지 짐작도 할 수 없는 커다란 컨테이너에 기대어 어떤 이는 담배를 피웠고 어떤 이는 울었고 어떤 이는 갓난아기에게 젖을 물렸다.

갑판 위에서 보이는 것은 검은 바다뿐이었다. 성의 없이 부려 놓은 짐짝처럼 아무렇게나 널브러져 새벽 바다를 내려다보던 이들은 그곳이 바다 위라는 사실을 실감하지 못했다. 파도가 전혀 없는 고요하고 검은 바다는 거대한 젤리처럼 보였다. 난간 너머로 뭔가를 떨어뜨린다면 퐁 하고 경쾌하게 튀어 오를 것 같았다. 하지만 그 평화로운 수면 아래에서는 수억 년 비밀을 간직한 심해 생물이 헤엄을 치고, 지능이 없는 거대 식충 식물이 입을 벌려 먹이를 찾고, 회오리가 휘몰아 돌고, 화산이 폭발하며 산이 솟고 땅이 갈라지고 있었다. 평범한 사람들은 가늠할 수도 없는 수심. 아무리 아래로 아래로 내려가도 영원히 발끝이 닿지 않을 깊이.

사람들은 졸기 시작했다. 주위가 조금 밝아지긴 했지만 해가 아직 수면 위로 나타나기 전이었다. 그리고 배가 사라졌다.

배가 사라졌다는 것이 알려지기까지 오랜 시간이 걸렸다. 몰래 배를 탄 사람들이었고 기다리는 가족이 없는 경우가 많았다. 출항 기록도 없었다. 그날 그 새벽 그 항구에서 떠난 배는 공식적으로 없었다. 바다는 잔잔했고 해가 뜨고 있었다. 조류가 센 곳도 아니었고 해적이 출몰하는 곳도 아니었고 서너 시간이면 도착할 수 있는 가까운 거리였다. 그러나 배는 흔적도 없이 증발해 버렸다.

본국 언론이 실종 의혹을 몇 차례 보도한 게 전부였다. 아무런 증거가 없었다. 단 한 명의 실종자도 나타나지 않았고 컨테이너 하나, 선체 파편 한 조각, 구명조끼라든가 구명보트라든가 승객과 선원 들이 입고 들고 챙겼을 옷가지며 생필품 하나도 떠오르지 않았다. 월요일 새벽마다 본국으로 가는 배가 있었다는 사실이, 선착장의 불빛마저 조심스러웠다는 사실이, 맞잡은 차가운 손들이 있었다는 그 분명한 사실이 점점 희미해졌다. 의문을 품었던 이들마저 꿈이거나 착각이라고 물음표의 방향을 스스로에게 돌렸다. 간절함들은 한낱 뜬소문처럼 바람결에 흩어졌다.

모든 것이 완벽하게 사라진 후, 타운에 알 수 없는 전단지들이 붙기 시작했다. 까만 도화지 가운데에 흰 종이로 접은 배. 그리고 단 한 문장. '배는 어디로 갔을까'

국회 앞길 가로수에 수백 장이 붙은 것을 시작으로

다음 날에는 방송국 담을 따라 전단지 띠가 둘러졌고 그 다음 날에는 번화가 바닥에 유도 블록처럼 이어 붙었다. 법원, 교도소, 대학, 선착장…… 매일 새로운 장소에 같은 전단지가 떼로 나타났다. 밤사이 게릴라처럼 전단이 붙고 관공서들은 아침 첫 업무로 그 전단지를 찾아 제거했다. 배가 사라졌다는 소문이 퍼졌다. 실종 신고가 줄을 이었다. 가족과 친구, 동료의 소재를 확인하려는 이들로 경찰서와 관공서, 본국 임시 영사관은 몸살을 앓았지만 어떻게 해도 어디서도 알 수 없었다.

불법 전단에 대한 처벌이 강화된 후에도 전단지는 계속 붙었다. 전단지들을 붙이는 게 한 사람인지, 최초의 전단지를 붙인 그 사람인지, 아니면 제각기 움직이는 사람들인지, 조직된 사람들인지 밝혀지지 않은 채로 꾸준히 붙었다.

종이배 접는 것을 금지하는 법안이 제정되었다고 했다. 한 유치원에서 색종이로 배를 접어 바다 그림이 그려진 교실 벽에 붙이는 수업을 했다가 담당 교사와 원장이 벌금형을 받았다고 알려졌다. 교사는 수업 의도를 해명해야 했다. 경찰 조사는 강압적이었고 모욕감을 느낀 교사가 자살 기도를 했다가 한 종합병원에 입원했단다. 병원 이름도 떠돌았다. 모두 사실이 아니었다. 종이배 금지법 같은 것은 생기지 않았다. 중요한 것은 종이배 금지법이 생기지 않았다는 사실이 아니라 종이배 금지법이라든지, 유치원 교사의 벌금형 같은 소문이 그럴듯하게 받아들여졌다는 사실이다.

종이배 금지법은 사실 무근이며 근거 없는 소문을 퍼뜨리는 행위에 대해서 엄벌하겠다는 총리단 대변인 발표가 있던 날, 최초의 종이배 전단지 유포자가 잡혔다. 여섯 살짜리 딸 하나를 키우는 평범한 주부였다. 남편은 대학에서 행정직으로 일하고 있고 같은 대학에 다니는 남동생이 있었다. 열 살이나 어린 늦둥이 동생이었다. 부모님이 비행기로 여섯 시간을 날아가야 하는 따뜻한 나라로 은퇴 이민을 떠나신 2년 전부터 누나가 동생의 보호자 역할을 해 왔다.

남동생은 타운의 갑작스러운 변화를 못 견뎌 했다. 누나는 똑같은 곳에서 똑같은 사람들이 똑같이 살아가는데 별일이야 있겠느냐며 너무 걱정 말라고 차분히 동생을 타일렀다. 동생은 절망한 듯 고개를 파묻으며 말했다.

"무슨 일이 일어날 것 같다거나 누가 나를 해칠 것 같다는 뜻이 아니야. 그냥 나는 여기서 살 수 없는 사람이야. 아가미가 없는데 물속에서 살 수는 없잖아. 그 물이 설사 깨끗하고 따뜻하고 안전하다고 해도 그런 거잖아. 아예 못 사는 거잖아."

그리고 그날 그 시간 그 배를 탔다.

본인이 최초 유포자가 맞냐는 질문에 그녀는 모른다고 대답했다.

"본인이 한 일을 왜 본인이 모릅니까?"

"제가 종이배를 접어 붙이기는 했어요. 근데 제가 최초였는지 퍼뜨렸는지 그건 저도 모르죠. 전 그냥 하도 답답해서 국회 앞에 하나 붙였어요. 그게 끝이에요."

조사관은 접힌 부분이 닳아 너덜너덜 찢어지려는 종이배를 그녀의 눈앞에 들이밀며 물었다.

"본인이 접은 거 맞습니까?"

"모르겠는데요."

"본인이 접은 건지 아닌지를 왜 몰라요?"

"종이배를 뭐 유별나게 접는 사람 있나요. 지금 길에 나가서 아무나 붙잡고 접어 보라고 하세요. 다 이렇게 접지."

여자의 발갛게 튼 손과 기울어진 어깨와 화가 난 듯
앙다문 입술. 조사관은 순간 현기증을 느꼈다. 어떻게 저
렇게 당당하고 아무렇지 않을까. 정말 모르는 걸까. 여기
가 어디인지, 지금 무슨 일이 벌어지고 있는지, 이제 자
신이 어떻게 될지.

"배는 어디로 간 거죠? 사람들은요? 제 동생은요? 왜
다들 입을 다물고 있죠?"

"정신 차려요, 아줌마. 아줌마까지 어디로 가고 싶어
요?"

그녀는 곧바로 구속되었고 단심 재판을 거쳐 두 달
만에 사형됐다.

혼란하고 불안한 시기였다. 많은 시민 단체가 타운에
서 벌어지고 있는 일들에 대해 부지런히 우려와 항의의
뜻을 밝혔고 그로 인해 단체의 존립을 위협받았다. 그즈
음 가장 역사가 깊고 신뢰받던 시민 연대의 대표가 피살
됐는데 내부의 알력 다툼에 의한 사건으로 수사가 마무
리되었다. 아무도 수사 결과를 믿지 않았지만 아무도 의

혹을 제기하지 못했다. 그러다 평범한 아이 엄마의 죽음에 꾹꾹 눌러 놓았던 마음들이 터져 버렸다.

화가 난 이들이 거리로 나왔다. 헛헛한 마음과 무게 중심을 잃은 몸들이 타운 곳곳을 헤맸다. 비슷한 크기와 종류의 절박함, 죄책감, 분노들. 같은 감정들이 모여 쌓이자 중력이나 자력처럼 자연스럽게 어떤 움직임이 생겨났다. 마음이 몸을 움직였고, 다시 다른 마음들을 움직였다. 가족을 잃지 않은 사람들도 거리로 나왔다. 이 일은 뒤에 나비 폭동이라고 불리었다.

L2와 사하들뿐 아니라 주민들까지 모두 나와 국회 입구의 8차로를 가득 메웠다. 총리단을 공개하라. 주민 자격 제한 말라. 특별법을 폐지하라. 사람들은 국회 담장을 밀어붙였다. 100여 명씩 열을 이룬 후, 구령에 맞추어 동시에 달려가 벽에 몸을 부딪혔다. 그리고 다음 열, 그다음 열, 그다음 열…… 벽을 두드린 이들은 무리의 끝으로 다시 합류해 밤새 두드렸다. 사람들의 어깨에는 멍이 들었고 국회의 담장뿐 아니라 인근의 가로수, 건물까지도 흔들렸지만 끝내 담장은 무너지지 않았다.

밤이 지나자 절망과 피로와 실제의 고통이 뒤섞여 시

위대에는 나른한 기운이 퍼졌다. 무리는 눈에 띄게 작아졌고 구령에는 힘이 없었다. 담장을 향하는 사람들의 속도도 느려졌다. 그때 낡은 남색 트럭 한 대가 시위대 끄트머리에 와 서더니 뭔가를 내려놓고 떠났다. 얼기설기 사람 모양을 만들어 가면을 씌운 일곱 개의 허수아비 인형, 회장과 총리단 대변인의 사진, 국회 모형. 시위대가 갑자기 흥분했다. 약속한 듯 인형과 사진을 들어올려 머리 위로 빠르게 빠르게 전달해 인파 한가운데에 패대기치듯 쌓더니 라이터를 당기기 시작했다.

불이 제대로 붙지 않아 검은 연기만 소문처럼 새어 나오다가 한순간 불길이 훅 솟구쳤다. 사람들의 머리 위로 폭발하듯 한 번 올라왔다가 가라앉은 후로는 계속 너울거리며 타들어 갔다. 국회 모형의 재료인 종이 때문인지, 인형의 재료인 밀짚 때문인지 불길과 연기 사이로 재가 나풀나풀 날아올랐다. 작은 나비들 같았다.

북쪽 하늘 끝에서 소방 헬기들이 줄지어 날아왔다. 헬기들은 국회 담장을 따라 느리게 한 바퀴를 돌더니 시위대의 정수리로 물을 쏟아부었다. 위협이 될 만큼 큰 불길이 아닌데도 그랬다. 재로 만들어진 나비들은 무겁게

젖어 바닥으로 가라앉으며 주변을 온통 시꺼먼 잿물 웅
덩이로 만들었다. 어수선한 틈에 경찰들이 커다란 곤봉
을 들고 마구 달려들었다. 사람들이 너무 많이 다치고 죽
었다. 젊은 남자 하나가 곤봉에 맞아 튀어 나간 한쪽 눈
알을 찾느라 바닥을 더듬고 다니다 사람들에게 깔려 죽
었다. 인파는 뿔뿔이 흩어졌고 학교와 병원과 십지기들
이 쓰러졌고 지극히 평범한 삶들이 무너졌다. 그 잔해 위
에 타운은 깊고 견고하게 뿌리를 내렸다.

사람들은 극도의 혼란과 불안, 공포를 설명할 때 나
비 폭동에 비유했다. 왜 하필 '나비'인지는 아무도 모른
다. 불길에 하늘하늘 날아오르던 재가 나비 같아서라는
말도 있고 그날의 그 날갯짓이 타운과 타운 너머 다른
나라에까지 태풍을 몰고 왔기 때문이라는 말도 있다.

나비 폭동의 도화선이 되었던 여자의 남편에 대해서
는 더 이상 알려진 바가 없다. 딸을 죽이고 자살했다는
얘기도 있었고 역시 특별법에 의해 처벌받았다는 얘기
도 있었는데, 어느 것도 공식적으로 보도된 내용은 아니
었다.

젊은 조사관은 여자의 사형 집행이 있던 날, 외근 길에 택시에 치었다. 택시 기사는 조사관이 의도적으로 택시에 뛰어들었다고 주장했다. 차도로 한 발이 나와 있는 것으로 보아 택시를 잡을 것 같기는 한데 그렇다고 손을 들어 세우지 않고 빤히 보고만 있기에 확신이 들지 않았다고 한다. 마지막 차선으로 빠졌으면서도 완전히 속도를 줄이지는 않은 것은 그 때문이었다. 조사관도 자신의 과실이었다고 진술했고 기사는 처벌받지 않았다. 조사관은 생명에 지장은 없었지만 다리를 크게 다친 데다가 제대로 치료를 받지 않아 평생 절룩이게 되었다.

*

사하맨션에 말을 못 하는 남자와 말을 잘 안 하는 여자아이가 찾아왔다. 무해한 얼굴의 남자는 관리실 문을 두드리고 꾸벅 인사를 한 후에 "여기 살게 해 주세요. 부탁드립니다."라고 쓰인 메모지를 전했다. 글의 내용에 비해 너무 큰 메모지였고, 잉크가 거의 다했는지 중간중간 획이 끊겨 몇 번 덧쓴 흔적이 보였다. 혹시 서예를 배운 게 아닐까 싶을 만큼 글씨가 정갈했다. 그저 예쁘거나 단정한 정도가 아니라 인쇄된 것처럼 전형적인 명필. 예닐곱 살쯤으로 보이는 여자아이는 남자를 아빠아빠라고 불렀다. 한 번만 아빠, 하지 않고 늘 아빠아빠, 했다.

부녀를 맨션에 받아들일 것인지 입주민 회의를 얼었는데 쉽게 결론이 나지 않았다. 어리고 말수가 적은 아이와 아예 말을 못 하고 수어도 못 하는 어른은 자신들이 누구인지, 왜 어떻게 맨션에 오게 됐는지를 효과적으로 설명하지 못했다. 맨션의 최고령자이자 입주민 대표인 201호 왕할머니가 두 사람을 마주 앉혀 놓고 차분히 물었다.

"애기 아빠, 가족은 얘 하나예요?"

남자는 종이에 정갈하게 그러나 너무 천천히 글씨를 적어 나갔다. 제 딸과 저를 여기 살게 해 주십시오. 부탁드립니다.

"응, 그러니까 애기 아빠, 둘뿐이냐고. 식구가 둘이냐고."

그러면 남자는 또 천천히 썼다. 네, 감사합니다. 이런 방식의 엇갈리는 대화가 몇 차례 오갔고, 왕할머니는 한숨을 쉬고는 아이에게 물었다.

"아빠랑 둘이 사니?"

"네, 우리 아빠아빠고요, 우리 둘이 살아요."

"엄마는?"

아이는 입을 다물었다. 다른 가족은 처음부터 없었니, 그동안 어디서 살았니, 뭘 하면서 살았니, 어떤 질문에도 대답하지 않았다. 아이는 또박또박 좋아하는 음식과 좋아하는 색깔과 좋아하는 노래를 말하고, 박수로 박자를 맞춰 가며 그 노래를 부르고, 칭찬하는 어른들에게 감사하다는 인사도 잘해 놓고는 이름을 물으면 입을 다물었다. 신상에 관한 어떤 질문에도 대답하지 않았다. 딸은 생글생글 웃기만 했고 아빠는 그런 딸을 기특하게 바라보기만 했다. 왕할머니는 말을 못 하는 사람을 실제로 만난 것이 처음이었다. 그러고 보니 어떻게 이 나이를 먹도록 말 못 하는 사람, 못 듣는 사람, 못 보는 사람을 한 번도 마주치지 않고 살았을까 의아했다.

맨션 사람들은 손짓과 표정으로, 필담으로 부녀와 오래 이야기를 나누었다. 그래서 분명하게 알게 된 것은 딱

두 가지였다. 그들에게는 말을 할 수 있다 해도 말할 수 없는 사정이 있다는 것과 맨션이 아니면 갈 곳이 없다는 것. 그리고 확신할 수는 없지만 짐작할 수 있는 것도 있었다. 순한 사람들이라는 것, 안쓰러운 사람들이라는 것, 같이 살아도 문제를 일으키지는 않을 사람들이라는 것. 두 사람은 205호 열쇠를 받았다.

아빠는 딸을 계속 안고 다녔다. 딸은 걸음이 서툰 아기도 아니면서 이미 제법 길어진 다리를 흔들흔들하며 굳이 아빠에게 안겨 다녔다. 맨션 어른들이 한마디씩 했다. 다 큰 애를 왜 그렇게 안고 다녀? 이제 혼자 걸어야지? 핀잔을 듣고도 아빠와 딸은 맑게 웃으며 계속 그러고 다녔다.

두 사람은 앞마당 작은 놀이터에 있는 시소를 자주 탔다. 아빠는 딸을 시소 한쪽에 앉혀 놓고 반대편 자리를 살살 손으로 눌렀다 뗐다. 꾸욱 눌렀다 떼고, 또 꾸욱 눌렀다 떼고, 그렇게 몇 번 해서 익숙해졌다 싶으면 조금 더 빠르게 꾹, 꾹, 꾹, 꾹 눌렀다. 미소 짓던 딸은 윗니를 다 드러내며 환하게 웃었다. 다음에는 발로 쾅쾅쾅 밟았

다. 시소가 휘청휘청하면 딸의 작은 몸이 그 위에서 요동
치며 불규칙적으로 튀어 올랐다. 딸이 까르르까르르 웃
어 넘어가자 아빠도 입을 크게 벌리고 웃었다.

"시소가 그렇게 재밌어?"

관리실 남자가 시비인지 칭찬인지 모르겠는 말을 한
마디 던지고 지나갔다. 부녀는 환하게 웃기만 할 뿐 아무
말도 하지 않았다.

두 사람은 그림도 자주 그렸다. 딸에게는 맨션의 누
구에게도 없는 전문가용 50색 색연필 세트가 있었는데
아빠는 그 색연필과 미술용 도화지, 도화지를 받칠 단단
한 패널, 부드럽고 진한 미술용 연필과 지우개를 들고 딸
을 따라다니며 그림 그리는 것을 도왔다. 딸이 놀이터 입
구, 표지석 앞, 현관 입구나 마당 구석 아무 데나 자리를
잡고 앉으면 아빠가 그 앞에 미술 도구들을 작업하기 편
하게 배치해 주었다. 딸은 눈을 가늘게 뜨며 풍경을 유심
히 살피고 연필로 크기를 가늠했다. 표정이 제법 그럴듯
했는데 그림 실력은 또래 아이 수준이었다.

맨션 생활에 익숙해지자 아이의 아빠도 다른 사람들
처럼 돈을 벌러 나갔다. 옆방 남자가 소개한 물류 창고였

다. 컨테이너에 여러 업체의 화물이 한꺼번에 실려 들어오면 그 화물들을 각각의 창고로 옮기는 일을 했다. 분류된 화물들을 트럭에 옮겨 실었다가 다시 개별 창고에 부리면 되는데 트럭과 창고의 크기가 한정되어 있으므로 마구잡이로 담고 우르르 쏟아서는 안 됐다. 화물들을 블록 쌓기 하듯 빈틈없이 차곡차곡 그러나 매우 빠르게 넣고 빼야 했다. 몸이 움직이는 동안 눈으로 남은 공간들을 살피고 머리로 가늠하고 적당한 장소를 골랐다. 일을 마치고 나면 몸만 힘든 게 아니라 정신이 몽롱했다.

부모가 일하는 동안 맨션에 남겨진 아이들은 201호 왕할머니와 입주민 몇 명이 함께 돌봤다. 대표라고 돈만 받고 하는 일도 없으니 애들이나 봐 주겠다며 왕할머니가 자청한 일이었다. 하지만 나이 많은 왕할머니가 여러 아이를 혼자 돌보는 것은 불가능했다. 그날 일이 없는 사람들이 같이 밥을 먹었고 그림을 잘 그리는 사람이 그림을, 글씨를 잘 쓰는 사람이 글씨를, 계산을 잘 하는 사람이 계산을 가르쳤다. 아이들은 나이도 인지능력도 제각각이었지만 오히려 서로를 챙기며 잘 지냈다.

205호 아이는 별로 손 갈 데가 없었다. 조용히 혼자 그림을 그리는 시간이 많았다. 어린 동생들이 그림을 망치거나 색연필을 부러뜨려도 화내지 않았다. 놀라고 정해 준 범위 안에서만 놀고 별다른 요구 사항도 없고 맨션 어른들이 챙겨 주는 대로 밥도 잘 먹었다. 출근하는 아빠의 마음도 아이의 일상도 평화로웠다. 그런데 사고가 났다. 그날따라 물류 창고에 차가 많아 조금 빠듯한 자리에 트럭을 세울 수밖에 없었다. 하필 운전자까지 서둘러 아빠가 트럭 뒤편에서 위치를 봐 주어야 했다. 말을 못 하는 아빠는 트럭을 퉁, 퉁, 두드리고 손짓을 하며 주차를 도왔는데 운전자가 너무 긴장해서 소리를 듣지 못했다. 퉁, 퉁, 하던 소리가 퉁퉁퉁퉁퉁퉁 하다 멈췄다.

아이는 겨우 일곱 살이었다. 혼자 살 수 없었다. 아무리 돌아봐도 맨션에 아이를 데리고 살 만한 시간과 공간의 여유가 있는 사람은 201호 왕할머니뿐이었다. 할머니는 난처해했다. 304호 쌍둥이 남매의 엄마가 왕할머니를 설득했다.

"같이 키우는 거예요. 저희가 데리고 놀고 밥도 먹이고 씻기고 글씨도 가르치고 다 할 거예요. 그래도 잠은 한곳에서 자야죠. 애 입장에서 가족이구나 싶은 사람이 한 명쯤은 있어야 하고요."

왕할머니는 고개를 들고 허공을 보며 8, 9, 10, 11, 12, 13, 14까지 낮은 목소리로 세 보고는 7년이면 되려나 하고 중얼거렸다.

"힘들까 봐 그런 게 아니라…… 분명 내가 먼저 죽을 거 아니야. 저 어린것한테 같이 사는 사람 죽는 걸 어떻게 또 보여 줘."

아무도 그 생각은 못 했다. 다들 말을 잇지 못하고 있는데 왕할머니가 결심한 듯 느리게 고개를 끄덕였다. 아이는 짐을 챙겨 할머니가 살고 있는 201호로 왔다. 왕할머니가 집을 정리하는 동안 304호에 가서 남매와 놀다 그 집 엄마가 챙겨 주는 저녁밥을 먹고 씻고 201호로 돌아왔다.

"이제 여기가 늬 집이고 내가 늬 할머니고 이 방에서 너랑 나랑 둘이 자는 거다. 알겠지?"

"네. 고맙습니다."

잘 모르는 할머니랑 살기 싫다고는 않더라도, 아빠 보고 싶다고 울지는 않더라도, 고맙다는 인사까지는 안 해도 되었다. 왕할머니는 아이가 너무 의젓해 속이 상했다. 맨션 사람들이 사 들고 온 새 옷과 이불을 펼쳐 보여 주자 아이는 그중 초록색 조끼를 가져다가 얼굴을 묻고 냄새를 맡으며 좋아했다. 아직 애는 애구나, 할머니는 마음이 조금 놓였다.

낯선 잠자리가 불편하지는 않을까, 행여 나한테 안 좋은 냄새가 나지는 않을까, 신경이 쓰여 할머니는 쉽게 잠을 이루지 못했다. 이불 바스락거리는 소리가 나지 않도록 조심조심 몸을 돌려서 돌아보니 아이는 벌써 입을 크게 벌리고 잠들었다. 할머니는 그제야 긴장이 풀리며 잠이 쏟아졌다. 안고 있던 아이인지 강아지인지가 자꾸만 품에서 미끄러지며 바닥에 떨어지려는 꿈을 꾸다가 그게 꿈이라는 것을 인지하는 순간 번쩍 눈이 떠졌다. 흐느끼는 소리가 들렸다. 등을 돌리고 누운 아이의 작은 어깨가 쉴 새 없이 떨렸다. 왕할머니가 몸을 반쯤 일으켜 다가가 보니 아이는 두 손으로 입을 틀어막고 울고 있었다. 너무 어린아이가 너무 서럽게 울어서 할머니는 아이를 안아 주다가 같이 울어 버렸다.

할머니 품에서 아이는 다시 잠이 드는 듯했다. 그러다가 스르르 눈을 뜨더니 손을 뻗어 할머니의 얼굴을 쓰다듬으며 말했다.

"제 이름은 '만'이에요."

"아주 예쁜 이름이네."

"고맙습니다. 아빠가 아무한테도 말하지 말라고 했는데, 말하면 큰일 난다고 했는데, 그럼 이제 제 이름을 아는 사람이 아무도 없어서 할머니한테만 말해요. 할머니, 제 이름은 만이에요, 둘이 있을 때 가끔 불러 주세요."

"그래, 만. 늦었다. 이제 자라, 만."

"고맙습니다."

눈을 꼭 감은 아이의 얇은 눈꺼풀 안에서 눈동자가 이리저리 굴러다니는 것이 다 보였다. 할머니는 고맙습니다, 라는 말은 좀 그만하면 좋겠다고 생각했다.

왕할머니는 7년 후 만을 두고 먼저 죽었다. 최선을 다해 살아 낸 결과였다. 전날 밤 만과 나란히 누워 잠이 든 할머니는 아침이 되었는데도 일어나지 않았다. 자던 모습 그대로 평화로운 얼굴이었지만 만은 할머니가 죽었다는 것을 곧바로 알아보았다. 당황하지 않고 1층으로 내려가 관리실 남자에게 알렸다. 왕할머니의 걱정대로 아직 어린 만은 또 한 번 죽음을 경험하게 됐다. 만은 의외로 의연했다. 미안해서 어쩔 줄 모르는 어른들을 오히려 위로하며 할머니와 살던 집에서 혼자 살겠다고, 그럴 수 있고 그러고 싶다고 말했다. 왕할머니의 집이던 201호는 할머니와 만의 집이 되었다가 만의 집이 되었다.

외롭거나 무섭지 않았다. 할머니가 모아 둔 예상치 못한 물건들이 집 안 곳곳에서 튀어나와 만을 즐겁게 했다. 화장실 수납장 깊은 곳에서 공중 화장실에 갈 때마다 숨겨 온 휴지 뭉치가 나왔을 때도, 주방 서랍장에서 뜬금없이 단추들이 잔뜩 담긴 유리병이 나왔을 때도, 배달 음식 전단지 뭉치를 발견했을 때도 만은 웃었다. 할머니는 한 번도 음식을 배달시켜 먹은 적이 없다. 비뚤비뚤 틀린 글씨로 쓴 가계부를 읽다가 '만이년 비싼 겨울 잠바' 항목을 발견했을 때 가장 크게 웃었다. 한 번도 쓰지 않은 새 수저 세트와 손수건, 립스틱이 나왔을 때는 조금 아까웠다. 딱 1년만, 아니 몇 달만이라도 이렇게 불쑥불쑥 할머니의 흔적들을 만날 수 있으면 좋겠다고 생각했다.

만은 201호에서 어른이 되었다.

201호, 이아

이아가 사라진 건 늦여름이었다.

내내 열려 있던 베란다 창들이 밤이면 하나둘 닫혔다. 낮은 여전히 뜨거웠지만 새벽이면 발부리에 돌돌 말려 있는 홑이불을 어깨까지 당겨 덮어야 다시 잠들 수 있었다. 이아는 봄까지 두툼한 겨울 재킷을 입다가 여름이 시작되면서부터 내내 솔기가 뜯어진 반팔 셔츠와 무릎 아래로 내려오는 엄마의 낡은 반바지만 입고 다녔다. 사철 신는 고무 슬리퍼는 밑창이 다 닳아 있었다. 어깨 길이의 정돈되지 않은 머리는 이아가 직접 자른 것이다.

첫돌이 막 지나고 배냇머리가 눈을 찌를 정도로 길어
지자 이아 엄마는 A동의 미용사에게 이아를 데려갔다.
두 겹으로 살이 접힌 턱과 짧은 목, 통통한 어깨에 힘을
주고 꼿꼿하게 앉아 있는 모습이 귀여워 미용사 아가씨
는 이아의 볼을 살짝 잡아당겼다. 놀란 이아의 눈이 어둠
에 들어선 동공처럼 가장자리로 말려 벌어지며 커졌다.
시선은 엄마도, 미용사도 아닌 창 너머 어딘가에 있었다.
말이 빨라 엄마, 물, 빵 정도는 말할 줄 알면서도 이아는
끝까지 엄마를 부르지 않았다.

　허공을 향해 뿌려진 먼지 같은 물방울들이 사방으로
흩어지다 이아의 가느다란 머리칼에 내려앉았다. 가벼운
빗질. 곧 미용사의 길고 흰 손가락에 끼워진 반짝이는 은
색 가위가 이아의 이마에 닿았다. 그러자 이아는 사람이
내는 소리라고는 믿을 수 없는 높고 찢어지는 소리를 내
질렀다. 나른한 오후의 고장 난 사이렌처럼 길었다. 울었
다거나 자지러졌다는 말로는 다 표현되지 않았다. 이후
로 미용사를 마주치기만 해도, 엄마가 가위를 들고 다가
오기만 해도 같은 소리를 냈다. 엄마는 이아의 머리를 묶
어 주었다. 일곱 살부터는 이아 스스로 가위질을 해 머리

를 잘랐고 늘 엉망이었다.

엄마를 닮아 키가 크고 다리가 길어 얼핏 열 살로는 보이지 않았다. 계절을 가늠할 수 없는 옷차림. 머리칼에 가려 보이지 않는 눈. 발뒤꿈치를 들고 슬리퍼가 벗겨질 듯 넘어질 듯 항상 위태위태하게 걷는 아이. 이아는 놀라도 소리치지 않고 불러도 대답하지 않고 안아도 말하지 않다가 불쑥 다른 사람들의 대화에 끼어들어 틀린 표현을 정정하거나 나왔던 단어들을 조합해 만든 새 문장을 중얼거렸다. 다른 아이들이 맨션의 공부방 선생님에게 글자와 숫자를 배우는 동안 혼자 구석에 앉아 책을 보거나 낙서를 하다가 말없이 나가 버리기도 했다. 엄마는 그냥 모르는 척해 달라고 부탁했다.

사하맨션 사람들은 오염된 물처럼 아무렇게나 끈끈하게 흘러 다니는 이아가 안쓰러웠지만 모른 척했다. 이아가 문득 길바닥에 주저앉아도 모른 척했다. 떨어진 것을 주워 먹어도 모른 척했다. 잠기지 않은 문을 밀고 들어와도 모른 척했다. 늦은 밤 골목에서 불쑥 튀어나와도 모른 척했다. 배려라고 생각했다. 이아의 엄마가 어둠보다 두꺼운 커튼을 내린 채 기절한 듯 잠들어 있는 낮에도 녹초가 된 몸으로 유흥업소를 전전하고 있는 밤에도 이아는 사하맨션 안과 밖을 마음껏 돌아다녔다. 엄마가 차려 놓은 끼니는 차게 식어 말라 버렸다. 배려는 곧 무관심이 되었다.

분명 입술에 발랐을 핑크색 펄은 콧잔등까지 번졌고 번들번들한 얼굴에 어울리지 않게 선명한 눈썹은 가파르게 치켜 올라갔다. 족히 10센티미터는 되어 보이는 하이힐을 신고 이아 엄마는 정신없이 뛰었다. 똑똑똑똑똑똑. 구두 굽 소리는 재촉하는 노크 소리 같았다. 고요하던 맨션이 금세 소란해졌다. 늦은 귀가 후 옷도 갈아입지 않은 채로, 술에 취한 채로, 혹은 잠이 덜 깬 채로 맨션 사람들은 함께 이아를 찾기 시작했다. 유독 목청 높여 이아를 부르던 관리실 영감의 목소리가 갈라졌다.

따가운 오후 햇살을 온몸으로 빨아들이며 빌딩 외벽 청소와 도색 작업을 하고 온 진경은 너무 지친 나머지 오히려 쉽게 잠들지 못하고 있었다. 햇볕에 데워지며 휘발되어 나왔던 페인트 성분이 아직 폐 속에 남아 있는 듯 숨을 들이켤 때마다 구석구석 독이 퍼지는 기분이었다. 진경은 바람을 쐬러 복도로 나갔다가 본의 아니게 한밤의 소란을 지켜보게 됐다.

사각형으로 둘러진 맨션 건물이 텔레비전 화면처럼 느껴졌다. 7층에서 내려다본 사람들은 머리가 크고 몸통이 짧아 우스꽝스러웠다. 출연자들이 바쁘게 화면에 등장했다 사라지고 또 등장했다 사라지는 무성 영화를 보는 기분이었다. 우미는 이아를 찾겠다고 7층까지 올라왔다가 복도 끝의 진경을 보고 이아니? 하고 물었다.

"난데."

진경이 자신을 증명하듯 담배를 빨아들여 불빛을 만들자 우미는 고개를 푹 떨구었다가 다시 물었다.

"혹시 키는 한 150 정도에, 머리 길고, 마르고. 너도 근처에서 종종 마주쳤을 거야. 한겨울에도 슬리퍼 신고 다니는 남자애. 못 봤어?"

"이아. 알아. 오늘은 못 봤고."

우미는 큰 한숨으로 실망스러운 마음을 드러냈다. 그리고 복도 반대쪽으로 뛰어가며 이아를 부르다가 돌아서서 물었다.

"걔 이름을 어떻게 알고 있어?"

우미의 말처럼 맨션에서 종종 마주쳤다. 그중 두 번은 도저히 잊을 수 없다.

진경은 여름이면 현관문을 열어 놓고 지냈다. 사실 여름이 아니더라도 701호는 잠겨 있지 않은 날이 대부분이었다. 처음에는 알 수 없는 불안감 때문에 열심히 문을 잠갔는데 그래 놓고 진경은 두 번이나 열쇠를 잃어버렸다. 관리실 영감에게 싫은 소리를 들으며 비상 열쇠를 빌려 복사한 후, 굳이 현관을 잠가야 할 필요가 있을까 싶어졌다. 진경과 도경이 7층의 유일한 입주자고 6층에도 비어 있지 않은 집이라고는 젊은 엄마가 여자아이와 사는 집 하나뿐이다. 영감도 순찰할 때 종종 7층을 빼먹곤 했다. 이후로 진경은 그냥 문을 잘 닫고 다닌다.

맞바람이 불도록 베란다 창과 현관을 열어 놓고 낮잠을 자던 진경의 꿈속으로 익숙한 노래가 흘러들어 왔다. 이 모든 죄 나에게 있음을. 주 앞에 엎드리오니 용서하소서, 구원하소서……. 엄마가 자주 흥얼거리던 성가. 6년을 시체처럼 누워만 있던 아버지의 장례식에서 엄마가 불렀다. 엄마의 장례식에서는 도경이 불렀다.

진경은 도망치듯 꿈에서 깨어 나왔다. 낯선 사람. 나

이도, 성별도, 사실은 살아 있는 사람인지 아닌지도 알 수 없는 무언가가 베란다에 앉아 진경을 보며 노래를 부르고 있다. 그리고 기억이 끊겼다. 조명이 없는 짧은 터널을 통과한 것처럼 진경의 의식에 공백이 생겼다. 정신을 차리고 보니 진경이 그의 몸에 올라타 가느다란 목을 조르고 있었다. 시뻘겋게 피가 모이고 튀어나올 것처럼 눈을 부릅뜬 채 입술을 힘겹게 달싹이며 끊임없이 말하는 괴기한 얼굴. 많이 일그러졌지만 맨션에 사는 아이라는 것을 알 수 있었다. 동시에 자신을 위협하는 존재가 아니라는 사실도. 진경은 튕겨지듯 아이에게서 떨어져 나왔다.

베란다 바닥에 그대로 누운 채로 아이는 쉬지 않고 입술을 움직였다. 잠겼던 목소리가 조금씩 돌아오기 시작했다. 진경이 물었다.

"이 노래를 어떻게 아는 거지?"

아이는 대답하지 않고 계속 노래를 불렀다.

"누구한테 들었어?"

역시 노래를 멈추지 않았다. 진경은 심호흡을 하며 마음을 가라앉히고 일단 기다렸다. 드디어 노래를 마치 아이가 일어나 앉더니 목을 이리저리 움직여 보고 목덜미를 손으로 쓸었다. 길이가 제각각인 머리칼이 오른쪽 눈을 가리고 있었지만 아이는 넘기지 않았다. 진경이 다시 물었다.

"너, 누구야?"

"이아입니다."

"여긴 어떻게 들어왔어?"

"문이 활, 짝, 열려 있습니다."

이아의 말을 증명하듯 마침 베란다 밖에서 바람이 불어와 현관을 통해 나갔다. 정확하게 바람길 가운데에 앉은 진경은 등줄기가 서늘했고 그제야 셔츠가 땀으로 흠뻑 젖었다는 것을 알았다. 이아는 콧노래로 성가를 부르며 현관 쪽으로 걸어갔다. 땀이 식으며 체온이 갑자기 떨어진 탓인지 옛 기억이 불러오는 분노와 공포 때문인지 진경은 부들부들 떨면서 소리쳤다.

"그 노래, 어디서 들었냐고!"

이아가 우뚝 멈추더니 진경을 돌아보며 말했다.

"누나가 자주 불렀잖아요."

얼어붙은 진경을 두고 이아는 무심히 현관을 나갔다.

슬리퍼 끄는 소리가 빈 복도를 울렸고 진경의 눈에서 눈물이 뚝 떨어졌다. 끔찍했던 삶에서 자라난 기억의 뿌리 하나가 아직도 신경에 박혀 있다. 죽을힘을 다해 도망치고 보니 달아나려 했던 이의 손을 꼭 잡고 있다. 손을 쥐어 준 것도 아닌데 진경은 이아가 원망스러웠다.

두 번째는 비 오는 밤이었다. 며칠 전부터 날이 눅눅하더니 비 냄새와 덜 마른 빨래 냄새, 젖은 흙냄새가 섞여 불쾌했다. 진경은 습기 찬 집 안이 갑갑해 차라리 밖으로 나왔다. 찌그러진 우산을 쓰고 앞마당을 어슬렁거렸다. 영감이 진경을 관리실로 불러 다즐링을 한 잔 내주었다.

"비싼 생수로 우려낸 거니까 남기지 말고 마셔."

진경은 두 손으로 잔을 감싸고 기분 좋게 차의 향을 느끼고 있었다. 그때 우산 하나가 휘청거리며 맨션 표지석을 지나더니 곧장 A동으로 들어갔다. 접지도 않고 복도로 들어선 우산 아래로 네 개의 팔과 네 개의 다리가 엉켜 있었다. 펼쳐진 우산이 난간에 자주 걸리자 그제야 여자가 우산을 접었지만 제대로 접히지 않았는지 튕겨지듯 다시 펴졌다. 우산 속 두 사람이 깔깔 웃었다. 여자가 빗물이 뚝뚝 떨어지는 우산을 손으로 훑어 정리하는데 남자가 여자의 손에서 우산을 뺏더니 앞마당 쪽으로 던져 버렸다. 두 사람은 잠금장치가 고장 난 1층의 어느 집 안으로 사라졌고 복도 끝에서 검은 그림자가 걸어 나와 그 집 문 앞에 섰다. 이아였다.

잔을 급하게 테이블에 내려놓는 바람에 아직 따뜻한 차가 잔 밖까지 둥그렇게 출렁이다 진경의 손 위로 쏟아졌다. 순간 기분 좋은 향이 퍼졌다. 진경이 젖은 손등을 바지춤에 문질러 닦으며 자리에서 일어서자 영감이 진경의 팔을 붙잡았다. 진경은 영감이 이아를 모를 리 없다고 생각하면서도 혹시나 설명을 덧붙였다.

"아직 어린앤데. 기껏해야 열다섯? 저기, 저러고 있기에는……."

"열 살이야."

"아세요?"

"모르는 척해."

여자는 이아의 엄마다. 이아는 두 사람이 들어간 현관문에 등을 대고 기대어 앉았다. 눈을 지그시 감고 고개를 뒤로 젖히더니 발을 까딱거렸다. 얼핏 경쾌한 음악을 듣는 것처럼 보였다.

영감은 자잘한 물방울들이 뿌옇게 맺힌 관리실 창을 손바닥으로 쓸었다. 떠밀리듯 모인 물방울들이 서로를 끌어안으며 가느다란 물줄기가 되어 눈물처럼 흘러내렸다. 창 너머의 이아는 오래된 영화의 회상 장면처럼 아른거렸다. 일상은 영화와 달라서 언제나 어울리지 않는 배경 음악이 엇박자로 깔리기 마련이다. 이아의 귀에 들려올 소리들이 짐작되어 진경은 명치께가 아팠다.

이아의 엄마는 이아가 사라진 다음 날 저녁에도 화장을 꼼꼼히 하고 출근했다. 두꺼운 화장으로도 어두운 얼굴빛은 가려지지 않았다. 영감은 이아 엄마가 안타까웠는지 맨션 일도 제쳐 두고 내내 이아만 찾아다녔다. 위태롭게 쌓여 있던 쓰레기봉투가 무너져 터지고 쏟아지고 자잘한 쓰레기들이 앞마당 곳곳으로 날아다녔지만 아무도 불평하지 않았다. 낮에도, 밤에도, 새벽에도, 이아를 부르는 이아 엄마와 영감의 목소리가 맨션을 울렸다.

한 달이 조금 지나 이아 엄마는 술에 잔뜩 취해 비틀 거리며 맨션으로 돌아왔다. 소문이 퍼지면서 사람들은 이아 엄마를 비난하기 시작했다. 아무리 남은 사람은 살아야 한대도 애미가 벌써 술을 마시고 다니냐는 것이었다. 실은 저 좋아 하는 일일지도 모른다고 죽은 이아만 불쌍하다고, 순식간에 이아 엄마를 좋아서 술 마시는 사람으로, 이아를 죽은 아이로 만들었다. 결국 이아는 나타나지 않았다. 이아 엄마와 영감을 포함한 사하맨션 어른들은 이아를 포기했다.

그런데 어느 순간 막무가내던 수군거림이 사라졌다. 이아 엄마가 아침에 출근하고 저녁에 퇴근하면서였다. 운 좋게 시청 안내 데스크에서 일하게 됐단다. 전에 일하던 식당, 사실 식당이 아니라 주점이지만, 어쨌든 그곳에서도 카운터를 봤으니 비슷한 일이라고 했다. 이아 엄마는 운이 좋았다고 말했다. 이아 엄마가 그동안 주점의 카운터에서 일했다고 생각하는 사람도 없지만 시청 안내 데스크에 그저 운이 좋아 들어갔다고 믿는 사람은 더욱 없었다. 아무리 운이 좋아도 사하가 타운 주민이 될 수는 없다. 그저 운 좋은 사하일 뿐이다. 그 일은 사하인 이아 엄마가 할 수 있는 일이 아니다.

달라진 것은 일자리만이 아니었다. 이아가 사라지던

밤, 이아 엄마는 반짝이는 보라색 스타킹에 얼룩진 은빛 실크원피스를 입고 보풀이 일어난 호피무늬 스카프를 두르고 있었다. 거기에 굽이 다 긁히고 벗겨진 하이힐. 이아 엄마의 옷차림은 늘 그런 식이었다. 화려하지만 낡았고 아름답지만 서로 어울리지 않는 옷과 액세서리들. 출근길의 이아 엄마는 완전히 다른 사람이었다. 몸매가 적당히 드러나는 감색 스커트와 재킷, 안에는 푸른빛이 도는 실크 블라우스를 입고 광택이 없는 투명한 스타킹을 신었다. 앞코가 뾰족한 검은 구두에는 작은 리본이 앙증맞게 달려 있었다. 밋밋하지만 깔끔하고 허전하지만 단정했다.

맨션 입구까지 택시를 타고 와 내리는 날도 많았다. 택시 요금이 워낙 비싸 타운 주민들도 택시 타는 일은 드물다. 사하들은 물론 타운 주민들에게도 엄두가 안 나는 일이 이아 엄마에게는 일상적으로 일어났다. 진경은 이아 엄마가 너무 이상했고 이런 이상한 일이 대놓고 일어나는데도 오히려 소문이 잠잠해진 것이 더 이상했다.

겨우 두 개의 물통을 끌고 제자리걸음인 이아 엄마

뒤에 우미가 팔짱을 끼고 서 있었다. 길고 가느다란 구두
굽이 오른쪽으로 꺾이며 이아 엄마가 크게 휘청하자 우
미가 성큼성큼 다가가 손수레를 낚아채 앞장섰다. 진경
은 두 사람을 주시했다. 이아 엄마가 고개를 푹 숙이고
입술을 물어뜯으며 우미를 뒤따라 걷는 모습이 왠지 마
음에 걸려 눈을 뗄 수가 없었다. 우미가 먼저 A동 201호
이아의 집 앞에 도착해 카트를 놓고 돌아서자 이아 엄마
가 뒤늦게 우미의 뒤통수에 고맙다고 인사했다.

　모르는 척 통에 물을 받고 있는 진경에게 우미가 다
가와 물었다.

　"왜?"

　"뭘?"

　"내가 이아 엄마를 어떻게 할 것 같았어?"

　"왜?"

　"그러게, 왜?"

　진경은 대답하지 않았다. 이번에는 우미가 질문이 아
닌 듯 말했다.

　"너, 나 의심했어. 불안해했고."

　"그게 아니라…… 그냥 다 이상해서. 이아가 없어져

서 맨션이 발칵 뒤집힌 게 고작 몇 달 전 일인데, 이아는 여전히 없어져 있는데, 너도 이아 엄마도 맨션 사람들도 모두 너무 아무렇지 않잖아."

진경은 영감에게 이상한 얘기를 들었다. 갈 데까지 갔다고, 사하맨션은 사하맨션 사람들 때문에 헐리게 될 거라고, 부모가 자식을 팔아먹었다고. 영감은 거기까지 말하고 입을 닫았지만 진경은 그게 이아 엄마의 이야기라는 걸 알 수 있었다. 이제 이아를 찾는 일은 포기했느냐고 묻자 영감은 더 이상 헛수고는 하지 않겠다고 했다. 진경은 우미에게도 같은 질문을 했고 우미는 고개를 숙이고 잠깐 생각하더니 대답했다.

"그건 내가 결정할 수 있는 일이 아니잖아."

"영감이 뭔가 알고 있는 것처럼 말하던데."

진경의 말에 우미가 피식 웃는 동시에 한숨을 내쉬었다.

"이상하다는 생각을 잠깐 하기도 했어. 나였다면 말이야. 만약에 나였다면, 늦은 밤 집에 왔는데 어린 아들이 없다면, 그것도 이아 같은 아이가. 그렇게 정신 놓고 싸돌아다니다가도 신기할 정도로 언제나 엄마보다 먼저 집에 들어가 기다리던 아이가 없다면, 그대로 맨발로 정신없이 뛰어 나왔을 것 같아. 그런데 그날 밤 이아 엄마는 굽이 엄청 높은 샌들을 신고 있었어. 그것도 발목에 꼼꼼하게 리본을 묶고서 말이야."

진경의 머릿속에 그 밤의 장면이 그려졌다. 지친 어깨로 원피스 끈이 흘러내리고 낡은 스카프는 비뚤게 늘어진 채로 엄마는 아들의 이름을 부르며 현관으로 들어선다. 불 꺼진 집 안이 묘하게 서늘하다. 인기척이 없다. 엄마는 급히 방문과 화장실 문, 옷장까지 열어 보지만 이아가 보이지 않는다. 이아를 부르며 현관으로 뛰어온 엄마의 눈에 뒤축이 꺾인 운동화와 한 짝씩 뒤집혀 나뒹구는 슬리퍼와 반짝이는 샌들이 보인다. 이아 엄마는 굽 높은 샌들에 작은 발을 집어넣은 후 차분히 발목에 달린 끈을 당겨 리본 모양을 만들어 매듭을 짓는다.

"무슨 생각해?"

우미의 목소리가 그 밤에 머물러 있는 진경을 현재로 데려왔다. 진경은 아무것도 아니라는 뜻으로 고개를 저었다. 우미는 기지개를 한 번 켜고 얼굴 근육을 모두 당겨 환하게 웃었다.

"너무 심각해하지 마. 그냥 잠깐 나 혼자 생각했다고. 아무도 모르지. 아무도 몰라. 316호도 그렇잖아. 여자가 왜 죽었는지 정말 죽었는지 우리 아무도 모르잖아. 참 이상하지? 그렇게 뒷말들이 많더니 지금은 아무도 말을 못해. 왜 우리는 비밀이 있는 사람을 두려워하게 됐을까?"

그래서 사람들이 너를 두려워하지. 우미의 커다란 앞니와 까맣게 드러난 잇몸을 보면서 진경도 그냥 잠깐 혼자 생각했다.

*

수가 죽고 도경이 사라졌는데 진경은 할 수 있는 게 없었다. 무력감이 들 때마다 진경은 이아가 생각났다. 그때 진경은 맨션의 다른 사람들처럼 덮어놓고 이아 엄마를 비난하지 않았다. 하지만 자신의 합리적인 의문들마저 폭력이었다는 사실을 뒤늦게 깨달았다.

진경은 도경이 없을 걸 알면서도 공원에 올라가고 수가 일했던 소아과와 사리기 일하는 칵테일 바를 찾아갔다. 구치소의 육중하고 견고하게 닫힌 철문을 하염없이 바라보았다. 국립 중앙 산부인과와 제1보육원, 국회, 신문사, 방송사 근처를 서성이기도 했다. 그렇게 매일 밤 타운 곳곳을 헤맸다.

맨션으로 들어서는데 오른쪽 다리가 발바닥부터 딱딱하게 굳어 올라왔다. 도저히 7층까지 올라갈 자신이 없어 텃밭 앞에 앉아 담배에 불을 붙였다. 연기를 두 번쯤 뱉었을 때 뒤쪽에서 인기척이 느껴졌다. 이아 엄마였다. 진경은 급히 담배를 바닥에 뭉갰다.

"죄송해요. 계신 줄 몰랐어요."

"괜찮아요. 괜찮습니다."

잠시 어둠 속에서 서로를 마주 보고 서 있다가 진경이 고개를 꾸벅 숙여 인사하고 돌아섰다.

"잠깐만요!"

이아 엄마가 진경을 불렀다. 진경은 걸음을 멈추고 이아 엄마를 향해 돌아섰다. 이아 엄마를 가까이 본 것은 처음이다. 목이 늘어난 반팔 티셔츠와 무릎을 살짝 덮는 통이 넓은 반바지. 엉망으로 헝클어진 머리칼을 손가락으로 빗어 모아서는 손목에 끼워 두었던 고무줄로 대

충 묶는다. 머리칼에 반쯤 가려졌던 얼굴이 새하얗게 드
러났다. 울었는지 눈가가 많이 부었고, 어려 보였다. 진
경은 어쩌면 자신과 비슷한 나이일지도 모른다는 생각
이 들었다. 늦었지만 이아 일을 위로하고 싶었는데 적당
한 말이 떠오르지 않았다.

"뭐, 하실 말씀이 있습니까?"

그러자 진경을 올려다보던 이아 엄마가 말했다.

"저는 자식을 팔아먹지 않았어요. 이아를, 우리 이아
를 팔아먹지 않았어요."

오래도록 마음에 품었던 말일 것이다. 한 번도 말할
기회가 없었을 것이다. 이아 엄마는 코를 한 번 크게 훌
쩍이고 침을 꿀꺽 삼키더니 천천히 말을 이어 갔다.

"위로는 받았어요. 위로라고 생각하고 받았어요. 위
로와 배려를 받고 나니 그걸 준 사람들에게는 아무것도
따질 수가 없었어요. 그래서 결국 팔아먹은 게 됐어요.
그러니까 진경 씨, 살면서 혹시 위로받을 일이 생기더라
도 받지 말아요. 위로도 배려도 보살핌도 격려도 함부로
받지 말아요."

아니요. 위로받아도 됩니다. 위로와 배려를 받게 되

면 받는 거고 받았더라도 따질 게 있으면 따지는 거고 그리고 더 받을 것이 있다면 받는 게 맞아요. 진경의 머릿속에 이아의 노랫소리가 맴돌았다. 뜨거운 햇살과 시원한 바람과 달콤한 잠, 그 사이로 스며들던 성가. 이아 엄마가 주위를 두리번거리며 말했다.

"제 귀에는 하루 종일 이아 목소리가 들려요. 이아가 부르는 노랫소리. 지금도 부르고 있어요."

"저한테도 들려요, 지금."

위로라고 생각했는지 이아 엄마는 자연스럽지 않지만 따뜻하게 웃어 보였다. 사실이었다. 진경은 분명 이아의 노랫소리를 들었다.

714호, 수와 도경

겨울이 끝나고 있었다. 한낮의 바람은 따뜻하지만 건조했다. 계절의 변화를 가장 먼저 감지하는 것은 아이들의 부드럽고 섬세한 호흡기다. 맨션에는 수를 기다리는 아이들이 많았다.

수는 편의점에서 파는 성인용 감기약을 쪼개 먹으며 버티다가 중이염으로 병을 키운 아이를 진료하고 나오는 길이었다. 항생제는 중간에 먹다 말면 안 되고 꼭 5일다 먹으라고 당부하자 아이는 고개를 꾸벅 숙이며 또박또박 고맙습니다, 했다. 예쁜 아이들이 너무 많다. 수는

아이들이 예뻐서 좋았고 그 아이들이 아파서 속상했지
만 금방금방 나아 재잘거려 또 좋았다. 소아과를 전공한
것은 태어나 가장 잘한 선택 중 하나다.

관리실 앞을 지나는데 영감이 아픈 아이가 있다며 팔
을 잡아끌었다. 늘 그렇듯 감기나 배탈, 장염이겠거니 가
벼운 마음으로 영감을 따라갔다. 관리실에 딸린 영감의
숙소, 숙소와 기계실 사이에 있는 욕실, 그 문을 여는 영
감을 보면서도 수는 여전히 이상하다는 생각을 못 하고
있었다. 수증기가 가득 차서 앞이 거의 보이지 않는 욕
실에 발을 디디며 이 영감은 어디서 이렇게 뜨거운 물을
갖다가 펑펑 쓰고 있는 걸까 생각했다. 분명 돈도 안 내
고 몰래 땡겨 쓰고 있겠지. 하여간 웃기는 영감이야. 피
식피식 웃음이 새어 나왔다.

손을 크게 휘휘 저어 수증기를 걷어 내자 아픈 아이
들의 모습이 드러났다. 좁은 욕조 안에 엉켜 있는 남녀.
작고 마르고 머리가 짧은 한 사람은 얼핏 아이처럼 보였
는데 물에 젖은 민소매 셔츠와 팬티가 몸에 달라붙어 있
었다. 여자였다. 또 한 명은 옷을 전혀 입고 있지 않았다.
남자였다. 수는 당황했지만 태연한 척 욕조의 물에 손등

을 대 보았다. 영감에게 따뜻한 물을 더 채워 주라고 얘기하고는 진료 가방을 열었다.

"진통제예요. 통증은 금방 가라앉을 겁니다."

먼저 여자의 팔뚝에 주삿바늘을 찔렀다. 여자는 한번 움찔하고는 긴장이 풀리는지 눈을 스르륵 감아 버렸다. 수는 여자의 이마와 뺨, 콧잔등에 손끝을 가볍게 갖다 댔다. 흉지겠네. 속으로만 생각해야 할 말이 입 밖으로 튀어나왔다. 수는 여자가 놀라거나 속상할까 봐 후회했는데 정작 여자는 들었는지 못 들었는지 허공을 보며 거친 숨을 들이마시고 내쉬었다. 수는 애써 시선을 추스르며 남자에게도 진통제를 주사하고 영감에게 당부했다.

"물 식지 않게 잘 봐 주세요. 차에 가서 연고랑 거즈 좀 가져올게요."

"고마워."

"그리고 애들이 위급할 때만 부르라고 했죠? 자꾸 이러시면 저 이제 안 와요."

영감은 빙글빙글 웃으며 어깨를 으쓱했다.

"내 눈엔 애들이야."

"저렇게 징그러운 애가 어딨어요? 그리고 저를 부를

거면 팬티라도 입혀 놓으세요, 좀."

수의 말에 기절한 듯 눈을 감고 있던 남자가 피식 웃었다.

늦은 가을, 수는 남자를 다시 만났다. 재킷의 지퍼를 최대한 끌어올려 얼굴의 반을 가렸지만 눈만 보고도 남자를 알아볼 수 있었다. 수가 모르는 척 지나치려는데 남자가 먼저 인사를 건넸다.

"지난번에는 감사했습니다."

뭐라고 대답해야 할지 몰라 머뭇거리는 수에게 남자가 물었다.

"저하고 누나 치료해 주셨던 그 의사 선생님 아니신가요?"

"아, 네, 그분들…… 지금은 괜찮으시죠?"

수는 자꾸만 아래로 떨어지려는 시선을 끌어올리며 의례적인 인사를 건넸다. 이렇게 계속 마주 보고 있다가는 남자에게 무례를 저지를지도 모른다는 생각에 대답도 듣지 않고 몸을 돌렸다. 그때 남자가 노크하듯 손끝으로 수의 어깨를 톡톡, 두드리고는 물었다.

"저 요즘 목이 좀 칼칼하고 자꾸 기침 나고 그러는데,

한번 봐 주실 수 있으세요? 애들만 진료하시나요?"

아무리 진료였다지만 그래도 자기 알몸을 본 사람 앞에서 뭐 이렇게 태연하지? 그렇게 자신이 있나? 수는 잠시 그에게 무슨 다른 의도가 있는 건 아닐까 생각했다. 남자는 대답 없는 수를 빤히 보다가 고개를 갸웃했다.

"제가 괜한 부탁을 드렸나 보네요. 죄송합니다."

"아, 아니에요. 어디서 진료를 볼 수 있을까 생각하고 있었어요."

수는 관리실에서 남자의 목 안을 살펴보고 숨소리를 확인했다. 환절기에 흔한 가벼운 인후염. 수는 소염 진통제와 진해 거담제 사흘치를 통에 담아 건넸다. 그러는 동안 영감은 구석에 팔짱을 끼고 서서 너무 좁다고, 누나만으로도 귀찮아 죽겠는데 왜 동생놈까지 드나드는지 모르겠다고 내내 투덜거렸다.

"아파서 죄송합니다."

남자는 진지한 얼굴로 또박또박 말하며 영감을 향해 고개를 꾸벅 숙였다. 비아냥거리거나 농담을 하려는 의도로 보이지 않았다. 겉으로 보이는 모습 이외에 다른 의도나 뜻이 전혀 없는 사람. 그래서 좋은 사람인지 안 좋은 사람인지는 판단이 서지 않았다.

수가 영감에게 인사하고 관리실을 나서는데 남자가 수를 따라 나왔다.

"감사합니다. 진료도 해 주시고, 약도 주셨는데, 저는 뭐 딱히 드릴 게 없어서요. 가는 데까지 배웅해 드릴게요."

"아, 괜찮아요. 무섭지 않아요."

"네? 길에 뭐 무서운 게 있어요?"

"아, 그게, 글쎄요. 근데 왜 절 배웅하신다는 거예요?"

"혼자 가면 심심하잖아요. 제가 별로 재밌는 사람은 아닌데 재밌는 얘기를 들으면 잘 웃거든요. 재밌는 얘기 한번 해 보세요."

재밌는 얘기를 해 준다는 것도 아니고 해 보라니. 당당하다고 해야 할지, 뻔뻔하다고 해야 할지. 얼떨결에 차를 세워 둔 맨션 뒤편 근린공원까지 나란히 걸으며 수는 영감에게 들었던 얘기를 떠올렸다. 사람을 죽였다고 했다. 어머니를 죽게 만든 사람을 엄청 커다란 흉기로 잔인하게 찔렀단다. 일곱 번이랬나 여덟 번이랬나. 수는 그가 나쁜 사람으로 보이지는 않는데 그게 절대 사람을 죽일 수 없을 것 같다는 뜻은 아니었다. 좀 말이 안 되지만 그냥 그렇게 이해가 되었다. 자신의 어머니를 죽게 만든 사람을 죽일 수 있는 사람. 착하고 순진하고 사람을 죽인 사람. 얼핏 잘 맞물리지 않는 이 모든 항목들이 그를 둘러싸고 각각 정직하게 작용했다.

남자는 자신의 이름이 도경이라고 했다. 수의 차 앞에 도착하자 도경은 영감에게 하듯 꾸벅 고개를 숙이며 안녕히 가시라고 인사했다. 수는 왠지 아쉬운 마음이 들었다.

"제가 맨션까지 태워다 드릴까요?"

"아니요. 저는 바람 좀 쐬다 가려고요. 집에 들어가 봐야 할 일도 없고."

"그럼 저랑 같이 산책이나 하실래요?"

도경은 가만히 수를 보고만 있을 뿐 아무 대답도 하지 않았다. 수는 조금 멋쩍어 덧붙였다.

"재밌는 얘기 해 달라고 하셨는데 아무 얘기도 못 한 거 같아서요."

흙길을 나란히 오르며 수는 생각나는 대로 이런저런 얘기들을 꺼냈다. 꼬마 환자들의 귀여운 엄살 이야기, 가족들 이야기, 주말에 보았던 영화 이야기……. 도경은 웃지 않았다.

"잘 웃으신다더니 안 웃으시네요?"

"별로 재밌지는 않은데요."

대신 수가 웃었다. 이후로 수는 전보다 자주 맨션에 들러 아이들을 살폈고 진료가 끝나면 꼭 도경과 공원을 산책했다.

먼저 같이 살자고 말한 것은 수였다. 도경은 수의 제안 자체가 이해되지 않았다.

"집은 무슨 돈으로 구하고? 신고라도 당하면 어차피 난 다시 여기로 쫓겨날걸?"

"맨션에서 살 건데?"

"뭐?"

"나 그냥 월급쟁이야. 집 구할 돈 같은 걸 내가 모아 뒀을 것 같아? 그리고 당신 신고당하면 맨션으로 쫓겨나는 게 아니라 아예 바다 밖으로 쫓겨나."

"그래서 당신이 맨션에서 살겠다고? 왜?"

수는 도경의 얼굴을 빤히 보며 대답했다.

"너랑 같이 살고 싶으니까."

도경은 성인이고 그동안 맨션 사람들과 아무 문제없이 잘 지내왔으므로 독립해 새 집을 배정받는 것이 어렵지는 않을 것이다. 그 절차나 자격은 전혀 걱정되지 않았다. 하지만 수가 이 불편하고 불안하고 힘든 사하맨션에서 살 수 있을 것 같지가 않았다.

"전기는 옥상 태양열 발전기로 공급받는 거 알고 있지? 전기가 약하고 잘 끊겨. 냉난방 장치를 따로 둘 여건도 안 되고. 집으로 수도가 바로 연결되지도 않아. 1층에서 담아 온 물을 퍼서 씻고 음식을 만들고 온수가 쓰고 싶으면 가스로 끓여야 해. 지금 당신이 사는 집하고는 전혀 다를 거야. 춥고 덥고 더러워. 그래서 여기서 나하고 살다 보면 여기가 싫어지고 내가 싫어질지도 몰라."

"발전기를 알아봐. 충전식이어도 좋고 손으로 돌려서 쓰는 것도 좋고 아무튼 전력 많이 나오는 걸로. 그리고 물탱크도 놓자. 욕실하고 주방에서 바로 물 나올 수 있게 물탱크랑 수도 연결하는 공사를 할 거야. 욕실에는 순간온수기 달면 되고. 근데 주방까지 설치하는 건 전기도 많이 먹고 일단은 어렵겠어. 설거지는 고무장갑 끼고 해. 물탱크 물 안 떨어지게 잘 채워 두고. 그리고 집만 정해지면 들어가기 전에 단열 시공을 하자고. 집 구할 돈은 없지만 그 정도 수리할 돈은 있어. 맨션에서 제일 좋은 집이 될 거야."

"맨션 사람들이 좀, 좀 그렇게 생각하지 않을까? 다 비슷하게 사는데 우리만 그렇게 번드르르하게 하고 살면?"

"그게 번드르르한 거야? 물 나오고 안 춥고 안 덥고 그러는 게? 그건 그냥 기본이지. 왜 계속 이렇게 불편하게 살아야 한다고 생각해? 고쳐 가면서 살자. 우리가 하면 다른 사람들도 따라하겠지."

수의 말이 맞다. 도경을 비난하거나 닦달한 것도 아니다. 그런데 도경은 마음이 불편해졌다.

"여기서 아무것도 없이, 아무것도 할 수 없이 살면 그런 마음을 먹기가 쉽지 않아. 맨션 사람들이 어리석고 게을러서가 아니야."

"그러니까 나 같은 사람이 필요한 거야. 난 가진 것도 많고 할 수 있는 것도 많고 그리고 너를 좋아하니까."

물탱크를 옥상에 놓기 위해 꼭대기 층에 살아야 했

다. 도경이 누나네 옆집은 어떠냐고 물었고 수는 미쳤냐고 되물었다. 도경과 수는 진경의 집과 가장 먼 714호를 선택했다.

집은 수의 계획대로 수리했다. 천장과 벽에 방수 처리를 하고 단열재를 덧댔다. 거실과 방에 다른 색깔의 벽지를 발랐다. 식탁을 두기에 주방이 너무 좁아 창가에 좌식 테이블을 하나 두고 거기서 밥도 먹고 차도 마시고 책도 읽기로 했다. 방에는 매트리스를 놓았고 현관과 화장실과 베란다에는 딱 맞는 수납장을 짜 넣었다. 거실 벽을 빙 둘러 선반을 설치했다. 책과 사진, 라디오, 그릇 들을 수납했는데 공간이 조금 부족해 책들 일부는 바닥에 쌓아 놓았다.

벽과 천장을 부수고 뚫어 수리하느라 집은 뽀얗게 먼지를 한 겹 뒤집어썼다. 도경은 아침에 일어나면 가장 먼저 1층 화단 옆 수돗가로 가서 물을 받아다 옥상 물탱크 절반을 채웠다. 누나와 살 때 사용한 물이 하루 두 통에서 네 통 정도. 물탱크를 가득 채우기 위해서는 열여섯 통 정도가 필요했는데 굳이 가득 채우지는 않았다. 그리고 오전 내내 물걸레질을 했다. 창틀과 문틈, 싱크대 안

은 닦아도 닦아도 먼지가 계속 나왔다. 도경이 힘들어하
자 수는 살면서 닦자고 했다. 사람이 살면서 바람도 일으
키고 손길도 닿고 해야 먼지가 제대로 닦이는 거라고 대
수롭지 않게 말했다.

도경은 수에게 맨션 입주 선물을 하고 싶었다. 책장
과 독서대 세트를 만들어 주려고 혼자 설계도까지 그렸
다. 그리고 가구용 나무와 목공 도구들을 알아보았는데
가격이 만만치 않았다. 수가 짐을 챙겨 들어오는 날까지
설계도 이상의 아무것도 만들지 못했고 자신이 너무 무
능력하게 느껴져 우울했다. 수에게 말하자 수는 설계도
를 선물로 달라고 했다.

"나 어차피 책도 별로 없고 공부라면 아주 질리게 해
서 이제 안 하려고. 책장 같은 거 필요 없어."

수는 도경에게 책장과 책장에 연결된 접이식 독서대
설계도를 받고 사하맨션 A동 714호의 입주민이 되었다.

직업소개소 소장 할머니에게 몇 번 연락이 왔지만 집
정리가 급한 도경은 일을 거절했다. 소장은 진심으로 굶
어 죽을 거냐고 물었고 도경도 조금 걱정이 되었는데 수

는 오히려 꼭 일을 해야 하는 거냐고 물었다.

"돈은 내가 버는 걸로도 충분해. 이 집이 보통 집보다 손이 많이 가고 할 일도 많은 집이니까 네가 집 관리하는 일을 전적으로 맡아서 해 줬으면 좋겠어. 그리고 그림을 배웠다고 했었지? 그림 그리는 일을 하면 어때? 설계도가 좋더라고."

수는 도경이 배웠다는 그림이 어떤 종류의 것인지 몰랐다. 설계도가 좋은지 나쁜지도 알지 못한 채 그냥 그렇게 말했다. 도경이 하하 하고 입을 크게 벌리며 웃었다. 그리고 잠깐 심각한 얼굴로 생각하더니 곧 다시 피식 웃었다.

"그림 그려서 어디다 쓰게."

"일단 그려 봐. 어디든 쓰게 해 줄게."

수와 도경은 손을 잡고 대학가 근처의 오래된 화방 골목에 가서 종이와 물감, 붓, 연필, 지우개 같은 것들을 샀다. 계산은 수가 했다. 도경은 책장을 놓으려 했던 거실에 화구들을 늘어놓으며 첫 번째 그림은 수에게 선물하겠다고 흥분해서 말했다. 수는 제발 자신의 얼굴은 그리지 말아 달라고 부탁했지만 도경은 수의 얼굴을 그렸다. 물감은 두껍고 붓질은 무심했다. 그림에 대해 전혀 모르는 수는 내심 물감 좀 아껴 쓰지 생각했다.

수는 도경의 그림을 액자에 넣어서 진료실에 걸었다. 뜯어보면 수와 닮은 구석이 전혀 없는데 누가 봐도 수처럼 보이는 그림이었다. 묘하게 사람을 끌어당겼다. 직원 몇 명이 초상화를 사고 싶다고 해서 수가 직원들의 사진을 받아다가 도경에게 전하는 방식으로 작업했다. 유행처럼 진료실 벽마다 도경이 그린 초상화가 붙었다. 거래하는 제약 회사 영업 사원들과 환아 보호자들도 그림을 의뢰했다. 수는 아예 신문 같은 데에 광고를 내 보자고 했다. 도경은 꺼리는 눈치였다.

"국세청이라든지 그런 데에 신고해야 하지 않을까? 그리고 입금은 어떻게 받아? 나는 계좌 개설도 못 하는데."

"소소하게 시작하는 건 괜찮을 거야. 규모가 커져서 진짜 사업자등록이 필요하면 그때 고민해. 그리고 계좌는 일단 내 걸로 하고."

"당신 계좌 갖다 쓰는 거 난 좀 그런데."

"떼돈 버는 것도 아니고 문제되지는 않을 거야. 만약에 도용이라고 의심하면 내가 그렸다고 하지 뭐. 내가 그림 잘 그린다고."

"그게 아니라…… 거래 내역 다 보여 줄 수 있어?"

"야! 안 떼어먹어!"

병원 게시판에 작은 광고를 냈고 인근 공동주택 단지에도 광고지를 붙였다. 맨션 사람들도 종종 그림을 의뢰했다. 금액이 크진 않았지만 도경에게도 다시 수입이 생겼다. 수는 한 달에 한 번씩 꼬박꼬박 주문 내역과 입출금 내역을 출력해 도경에게 확인 받았다. 수는 무명 화가도 그림을 판매할 수 있는 갤러리를 알아보러 다녔고 도경은 초상화가 아닌 다른 그림들을 그리기 시작했다.

*

원장이 정색을 하고 물었다. 수는 뭐라고 대답을 해야 할지 몰라 옷깃만 만지작거리고 있었다.

"언제부터 그랬니? 도대체 언제? 병원 비품 갖다 썼어? 우리 병원 약도 썼니?"

수를 다그치는 내내 원장은 검지를 세워 책상을 톡톡

톡톡 두드렸다.

"선생님……."

"됐어. 듣기 싫어. 변명하지 마."

원장이 말을 가로막아 수는 다음 말을 하지 못했다. 말을 막지 않았더라도 차마 입 밖으로 뱉지 못했을 것이다. 알고 계셨잖아요. 다 알고 계셨잖아요.

수의 진료실만 거즈와 소독약, 일회용 설압자 같은 것이 항상 부족했다. 행정 직원이 회의 시간에 대놓고 싫은 소리를 했는데 원장은 오히려 그 직원을 나무라며 두 가지를 지시했다. 충분히 진단하고 정확히 진료할 것. 진료실에 비품을 넉넉히 둘 것. 그리고 며칠 후, 원장은 수에게 자주 쓰는 진통제와 해열제, 항생제들을 따로 챙겨 주었다.

화상을 입은 아기가 있었다. 이제 막 돌이 지났고, 벽을 짚으며 걷다가 앉은뱅이식탁에 놓인 전기 주전자를 건드렸다고 한다. 수가 찾아갔을 때, 놀라고 겁을 먹어 아기에게 손도 대지 못하는 엄마 대신 꽃님이 할머니가 찬물로 환부의 열을 식히고 있었다. 소독을 하고 화상 연고를 바르고 붕대를 감아 놓고 나오는데 수는 마음이 놓이지 않았다. 화상이 심하지는 않지만 부위가 넓고 아기가 너무 어렸다. 무엇보다 아기 엄마와 말이 잘 통하지 않았다.

다음 날 오후, 꽃님이 할머니에게 전화가 왔다. 아기가 답답해한다며 아기 엄마가 붕대를 풀어 주었다는 것이나. 불집이 밀리며 죄다 터졌는데 어떻게 해야 하느냐고 안절부절못했다. 감염되었다면 처치가 복잡해질 수도 있다. 수는 직원들이 모두 퇴근하고 병원이 비는 저녁 7시 이후에 아기를 데려오라고 했다. 내내 초조했다. 7시가 다 되어, 그날따라 마지막으로 병원을 나서던 원장이 수의 진료실에 찾아와 어깨를 한 번 두드렸다.

"먼저 갈게. 잘, 해 보자, 우리."

그리고 창가로 가서 블라인드를 내리고는 천천히 진료실에서 나갔다. 신호, 혹은 암호. 수는 원장의 모든 말과 행동, 시선과 호흡에도 각주가 달려 있는 것 같았다. 어깨를 도닥이던 마른 손, 잘, 해 보자는 인사, 조용히 내려오던 블라인드, 느린 발걸음. 그 안에 숨겨진 의미를 알 것 같았고 확신했다.

수는 의사 면허를 영구 박탈당했다. 면허 이외의 의료 행위를 했다는 이유였다. 조사관은 서류와 수를 번갈아 보다가 수에게 주소를 물었다. 다 적혀 있을 텐데 왜 또 묻는지 이상했지만 수는 태연히 부모님 집 주소를 불렀다. 조사관이 피식 웃으며 되물었다.

"그 주소에 사는 거 맞아요?"

"네?"

"아니, 그냥. 주소가 맞나 싶어서."

그러고는 고개를 저으며 중얼거렸다. 도대체 왜 이렇게 사실까. 수도 생각했다. 그러게, 왜 이렇게 살까.

중학교 때 수의 반에는 냄새나는 여자애가 있었다. 흔히 암내라고 부르는 겨드랑이의 땀 냄새였다. 조용하고 착한 아이였다. 누구에게도 먼저 말 걸지 않았고 피해 주지 않았고 남의 말을 하지 않았다. 냄새만 아니었다면 교실에 있는지 없는지도 알 수 없었을 아이. 어쩌면 냄새 때문에 있는 듯 없는 듯 지내게 된 아이. 가끔 열린 창으로 들어오는 부드러운 바람에 비릿하고 톡 쏘는 냄새가 실려 오긴 했지만 참을 만했다. 철부지 중학생들이라도 차마 냄새난다는 말을 입 밖으로 꺼내지 못했다.

어느 날, 1교시가 막 시작됐는데 그 친구가 코피를 흘렸다. 흘렸다는 말이 무안할 정도로 늦은 여름의 소낙비처럼 마구 쏟아졌다. 검붉은 피가 비처럼 후둑후둑 떨어져 너무 얇고, 너무 새하얗던 여름 교복 블라우스를 적셨다. 옆자리 아이는 살인 사건이라도 목격한 것처럼 소리를 질렀다. 당사자는 코피보다 그 비명과 소란에 더 당황한 눈치였다.

옷이 어떻게 할 수 없을 정도로 엉망이 됐는데 갈아입을 옷이 없다고 했다. 선생님이 체육복 있는 사람? 하고 물었다. 아무도 대답하지 않았다. 대부분 사물함에 두고 다니며 몇 번이고 입으니 많이들 체육복이 있었을 것이다. 아이들은 그 냄새가 옮는 거라고 했었다. 고개를 돌리며 눈을 피하는 친구들 가운데서 그 아이는 울 것 같은 얼굴로 아랫입술을 깨물었다. 그때 수가 대답했다.

"저 있어요."

수는 천천히 교실 뒤편의 사물함으로 걸어가 체육복 상의를 꺼내 왔다. 다음 날 수는 깨끗하고 향긋하게 세탁된 체육복을 돌려받았지만 이 일로 그 아이와 친구가 되지는 않았다.

어린 수 역시 냄새가 옮을지도 모른다고, 그래서 옷을 버려야 할지도 모른다고 생각했다. 불안했고 마음이 좋지 않았다. 그렇다고 친구를 동정하거나 위로하겠다는 마음도 없었다. 그저 친구에게는 갈아입을 옷이 필요했고 수에게는 체육복이 있었을 뿐이다. 어떤 호의도 포함되지 않은 당연하고 단순한 판단. 의도도 계산도 없는 행동.

면허를 박탈당하고도 수는 씩씩했다. 면허 없어진다고 기술과 지식까지 없어지는 건 아니라며 맨션 안에 병원을 차릴까 보다고 진심으로 말했다. 제약 회사를 통해 의료 기구 및 의약품 수급 방법을 알아보았지만 쉽지 않았다. 개원한 대학 선후배와 동기들에게 연락해 의약품 구입을 도와 달라는 부탁도 해 봤다. 아직 수의 소식을 모르는 이들은 무슨 일이 있느냐고 되물었다. 수는 솔직하게 답하다가 이리저리 돌려 말하다가 대충 웃으며 넘기다가 끝내는 입을 다물었다. 수는 잠시 집에 다녀오겠다고 맨션을 나가서는 일주일이 넘도록 돌아오지 않았다.

수가 없는 집에서 도경은 혼자 그림을 그렸다. 꼬박꼬박 끼니를 챙겨 먹고 밤이 되면 순간온수기가 데워 준 따뜻한 물로 머리를 감고 귓바퀴와 겨드랑이와 발가락 사이까지 꼼꼼히 닦고 낮 동안 햇볕에 말려 놓은 이불을 덮고 푹 잤다. 하지만 사흘째 되던 밤 결국 누나와 살던 집 현관을 두드렸다. 진경은 아무 말 없이 붙박이장에서 눅눅한 베개를 꺼내 주었다. 도경은 누나에게 등을 돌리고 옆으로 누워서 조금 울었다. 다음 날부터 울지는 않았지만 계속 누나 집에 가 잤다.

정확히 열흘째 되던 날 아침, 수는 두 손 가득 종이 가방과 장바구니를 들고 계단을 올라왔다. 장바구니 밖으로 기다란 파 한 단이 나와 있었다. 도경은 그런 수가 영화의 주인공 같아 좋았다. 걱정되고 서운했던 마음이 스르르 풀렸다. 종이 가방 안에는 도경의 반팔 셔츠와 얇은 여름용 면바지와 새 운동화가 들어 있었고 장바구니 안에는 소금, 후추 같은 기본적인 조미료부터 도경은 처음 보는 각종 향신료와 소스, 커다랗고 두툼한 구이용 소고기, 단단하고 향이 좋은 가지, 당근, 버섯이 들어 있었다.

"고기 구워 먹자. 누나도 불러. 같이 먹으려고 많이

샀어."

첫마디였다. 수가 아무 일 없었다는 듯 무척 밝게 말하자 도경은 순간 기분이 상했다.

"싫어."

"그래. 그럼 우리 둘이 먹자, 고기."

도경은 휴대용 버너를 테이블 위에 올려놓고 커다란 프라이팬에 고깃덩이와 파, 가지, 당근, 버섯을 같이 구웠다. 수는 채소에 전혀 관심이 없고, 포크로 찍으면 핏물이 스르르 배어 올라오는 고기만 정신없이 집어 먹었다. 고기가 너무 땡겼어, 그동안 고기 너무 못 먹었어, 역시 고기를 먹어 줘야 해, 같은 말들을 끊임없이 중얼거렸는데 그다지 맛있는 고기는 아니었다. 겹겹이 예쁘게 둘러진 기름띠에서 누린내가 났다.

수는 입에 고기를 가득 문 채로 병원이나 학교, 연구소에 연구직으로 다시 취직할 생각이라고 말했다. 일자리를 알아보고 취업 관련 서류들을 준비해 보내느라 정신이 없었단다.

"기다렸지?"

"걱정했지."

"뭘? 내가 잘못됐을까 봐? 아님 내가 도망갔을까
봐?"

"둘 다."

"둘 중에 뭘 더 걱정했어?"

"두 번째."

수가 피식 웃었다. 면접 때 입을 마땅한 옷이 없다고
걱정했지만 이력서를 넣은 곳 어디서도 연락은 오지 않
았다. 수는 차라리 공부를 더 할까, 본국으로 가 볼까, 다
시 대학에 다닐까 하는 식의 혼잣말을 자주 했다.

불행은 수에게서 그치지 않았다. 병원에 대한 조사가
시작됐고 원장도 의심을 받았다. 병원의 존폐가 위협받
는 순간이 오자 원장은 업무방해와 횡령으로 수를 고소
했다. 결과에 따라 수는 주민 자격을 잃을 수도 있었다.
그렇게 되면 수의 가족에게까지 영향을 줄 것이다. 수는
순식간에 무너졌다. 도경은 수를 이해했다. 그동안 충분
히 용감하고 씩씩했다.

먼저 제안한 것은 수였다. 마지막 장소로 공원 주차
장을 선택한 것도 수였다.

차창을 통해 먼 가로등 불빛이 희미하게 들어왔다. 도경이 머뭇거리자 수가 몸을 일으켜 도경의 목에 입을 맞추었고 그제야 도경은 모든 것을 놓을 수 있었다. 수는 도경의 손바닥에 하얗고 동그란 알약 하나와 길쭉한 핑크색 알약 하나, 노란색 액체가 들어 있는 앰플을 올려놓았다.

"걱정 마. 그냥, 잠이 올 거야."

그리고 자신의 손에 도경의 것과 같은 앰플과 같은 알약 두 개, 또 다른 알약을 두 개 더 올려놓았다. 도경이 놀라 수의 손목을 붙잡자 수가 도경의 손을 천천히 풀었다.

"이건 원래 먹던 거."

"그러다 큰일 나."

도경의 말에 수가 웃었다.

"이제 상관없잖아."

슬프고 무안해서 도경도 웃었다. 그때 똑같이 네 알을 먹었어야 했다. 뒤늦은 후회였다.

도경은 사라의 집을 떠날 마음을 먹고 있었다.

출근을 앞둔 사라는 서랍에서 나무 스푼을 꺼내 식탁에 올려놓으며 타이르듯 말했다.

"이걸로 조용히 먹어. 먹고 나서 치우지 말고 그냥 둬. 손도 씻지 말고 변기 물도 내리지 마. 오빠는 자. 그냥 일찍 자."

밤과 낮이 두어 번씩 지난 것 같은데 정확하지 않았다. 갑자기 경찰이 들이닥쳐 무릎이 뚫리고 피가 묻은 면바지를 입은 채 몸을 동그랗게 말고 작고 차가운 냉장고에 고깃덩이처럼 들어가 있었다. 춥지는 않았지만 이가 부딪쳐 달각거릴 만큼 떨렸다. 그 소리가 냉장고 모터 소리보다 더 크게 느껴져 도경은 어금니를 있는 힘껏 꽉 맞물었다.

어린 도경은 어두운 지하방과 시체처럼 누워 있는 아버지가 너무 무서워 밥도 제대로 못 먹고 숙제도 못 하고 누나를 기다리며 울기만 했다. 골목 입구에서부터 울음소리를 듣고 달려온 진경이 왜 어린애처럼 불도 안 켜고 울고 있느냐고 윽박질렀지만 도경은 스위치에 손이 닿지 않는다고 대답하지 못했다. 어렸을 때의 도경처럼 손으로 얼굴을 가리지 않고 엉엉 울던 수. 도경은 나무 스푼을 들었다가 다시 내려놓으며 생각했다. 수는, 정말 죽었을까.

도경은 베란다 쪽으로 가서 커튼 끝을 손에 말아 쥐고 앞으로 당겼다 놓았다. 마침 창이 조금 열려 있었고 커튼이 꽤 자연스럽게 흔들려서 조용히 밤바람을 타는 것처럼 보였다. 커튼이 펄럭이는 틈으로 얼핏얼핏 밤 풍경이 들어왔다. 승용차 한 대가 겨우 지나갈 만한 좁은 골목 너머로 상가의 뒷모습이 보였다. 빗물이 흘러내려 얼룩덜룩한 벽과 화장실 창, 철제 비상계단, 에어컨 실외기들……. 계획 없이 지어진 상가 사이에는 애매한 골목이 많았다. 아이들은 뛰어다닐 수 있지만 덩치가 큰 어른들은 지나기 어려운 길들이 낮은 담과 좁은 문으로 연결되어 있었다.

셔터 내려가는 소리와 내일을 약속하는 지친 목소리들이 들렸다. 어둡고 낮고 사람이 없는 골목. 도경은 해 볼 만하다는 생각이 들었다.

식탁 위의 감자 수프는 다 식어 끈적이는 막이 생겨 있었다. 주황색 날치알과 김가루만으로 뭉친 주먹밥도 표면이 딱딱하게 굳었다. 도경은 냉장고에서 우유를 꺼내 컵에 가득 따랐다. 주먹밥이 잘 씹히지 않을 때는 감자 수프를 입에 떠 넣고 그래도 잘 삼켜지지 않을 때는 우유를 한 모금 마셨다. 오랜만에 먹는 음식에 혹시나 탈이 날까 싶어 밥알이 뭉개지는 게 혀에 느껴질 정도로 꼭꼭 씹었다. 도경은 사라가 준비해 둔 주먹밥과 감자 수프를 남김없이 먹고 우유도 모두 마셨다. 빈 그릇들을 개수대에 옮긴 후 설거지를 할까 잠시 망설이다 그냥 두었다.

검은 비닐봉지에 담아 냉동실 깊숙이 숨겨 놓은 운동화를 꺼내 커튼 아래 내려 놓고 가볍게 스트레칭을 했다. 목부터 어깨, 손목, 허리, 무릎, 발목까지 관절을 천천히 돌려 풀어 주고 허벅지와 종아리를 손바닥으로 감싼 후 부드럽게 문질러 마사지했다. 근육에 힘이 없는 것이 느껴졌다.

운동화는 차고 딱딱했다. 제자리에서 높이 뛰어 보았다. 처음에는 착지하는 발이 무거워 바닥을 좀 울렸는데 몇 번 반복하는 사이 조금씩 감각이 돌아와 발과 발목, 무릎의 탄성을 이용해 조용히 내려설 수 있었다.

도경은 벽에 기대 서서 경로를 머릿속으로 그렸다. 커튼, 베란다, 1층, 도로, 공원, 해안 도로…… 그다음은, 바다를 끼고 달릴 수도 있고 바다로 뛰어들 수도 있다. 길이 열리는 쪽으로 무조건 달릴 것이다. 어쩌면 또 국경을 넘을지도 모르겠다. 두려운 것은 없었다. 이대로 사라의 냉장고에 계속 숨어 있을 수는 없다.

길게 심호흡을 하고 창 앞에 섰을 때, 밖에서 철제 현관문이 쿵쾅거리며 거칠게 여닫히는 소리와 남자인지 여자인지 알 수 없는 높은 음의 비명이 들렸다. 꾹 눌러 놓았던 두려움과 긴장이 그 틈에 비어져 나왔다. 심장이 두근거렸다. 도경은 마음을 다잡으려 애썼다. 맨션 밖으로 나가려는 도경에게 맨션 안에서의 소란은 기회인지도 몰랐다.

도경은 빨간색과 노란색 튤립이 그려진 커튼을 살짝 들춘 후 열린 창틈을 통해 베란다로 나갔다. 일단 부상 없이 맨션을 빠져나가는 것이 중요하다. 창과 방충망을 최대한 밀어 열고 창틈을 꼭 잡은 채 아래쪽에 설치

된 철제 난간을 넘었다. 난간을 손으로 잡고 매달려 있다가 손을 놓았다. 적당한 타이밍에 무릎을 살짝 굽혔다 펴서 땅을 울리거나 다리에 무리를 주지 않고 조용히 바닥에 닿을 수 있었다. 맨션 안 어디선가 또 한번 긴 비명이 들렸고 몇 개의 창문에 불이 켜졌다. 도경은 재빨리 담을 넘었다.

도경은 그날 밤에도 맞닥뜨렸던 4차선 도로 앞에 섰다. 변두리고 자정에 가까운 시간이라 차는 거의 없었지만 간간이 지나는 자동차와 오토바이 들은 바람을 찢어발기듯 속도가 엄청났다. 도로 건너편에 도경이 도망쳐 왔던 공원. 그때는 반대편에서 이쪽으로 달려왔었지, 그것도 단번에. 그만큼 살고 싶었거나 죽고 싶었거나.

오토바이 한 대가 굉음과 함께 땅을 울리며 지나갔고 곧 얼떨떨한 적막이 이어졌다. 그때 도로를 따라 터덜터덜 부주의한 발소리가 다가왔다. 도경은 몸을 숨기려 상체를 움찔 움직이다 오히려 눈에 띌 것 같아 멈췄다. 순간 발소리도 멈췄다. 도경이 몸을 돌려 발소리의 반대편으로 달렸다. 오래되고 낮은 상가와 오피스 빌딩 사이의 골목으로 들어서자 골목에서 나오던 여자 하나가 달려오는 도경을 보고는 비명을 지르며 주저앉았다. 도경은 여자를 지나쳐, 난간을 뛰어넘고, 커다란 쓰레기봉투를 넘어뜨리며 돌아보지 않고 달렸다. 목 안에서 피비린내가 올라왔다.

도경은 가장 좁고 지저분하고 위험해 보이는 길만 골라 달렸다. 여러 사람의 것으로 짐작되는 요란한 발소리들이 따라오다 멀어지기도 했고 신중하고 조심스러운 발소리 하나가 가까워지다 사라지기도 했다. 그 발소리들을 피해 철문을 뛰어 넘는데 쇠창살에 걸리며 도경의 오른쪽 무릎이 푹 파였다. 핏물에 전 면바지가 찢어지고 벌어진 피부 사이로 무릎뼈가 하얗게 드러났다. 하필 또 오른쪽 다리라니. 도경은 두 손으로 무릎을 감싸 쥐고 벽에 기대어 앉았다. 어금니를 꽉 물고 새어 나오는 신음을 삼키는데 철문이 삐걱했다. 도경은 다시 일어나 달렸다.

발을 디딜 때마다 무릎과 허벅지에 찌릿하게 통증이 와서 도저히 속도를 낼 수가 없었다. 돌아보니 면바지와 면티를 입은 건장한 체구의, 어울리지 않게 머리가 새하얘서 나이를 가늠할 수 없는 남자가 철문을 가볍게 뛰어

넘고 있었다. 도경은 일단 눈앞에 보이는 철제 비상계단으로 올라갔다. 건물의 한쪽 벽면을 타고 갈지자 모양으로 이어진 허술한 계단이었다. 끝이 어디인지는 확인하지 못했다. 철판이 요란하게 삐걱거렸다.

도경은 매달리듯 난간을 붙잡고 힘겹게 한 계단 한 계단 올라갔다. 남자도 속도를 높이지 않고 일정한 거리를 유지하며 따라왔다. 마지막 계단. 더 이상 도망칠 곳이 없는 도경은 건물로 통하는 벽면의 비상문 손잡이를 두 손으로 잡아 돌렸다. 조금도 움직이지 않았다. 이번에는 난간 너머를 내려다보았다. 5층 정도 될까. 그때 뒤따라오던 발걸음이 빨라지며 철제 계단 전체가 회오리치듯 휘청거렸다. 다급해진 도경이 두 손으로 난간을 잡고 뛰어내릴 듯 상체를 기울이는데 남자가 소리쳤다.

"멈춰!"

그 소리가 신호인 듯 비상구가 벌컥 열리더니 젊은 남자가 튕겨져 나왔다. 그는 도경의 관자놀이에 총구를 들이대며 낮게 말했다.

"죽지 마."

도경은 반사적으로 우뚝 멈춰 섰다. 남자가 이죽거

렸다.

"죽으려고 했던 거 아니었나? 죽기는 겁나나 봐?"

그사이 마지막 계단까지 올라온 백발의 남자는 도경의 팔을 뒤로 꺾고 무릎을 굽혀 앉혔다. 도경은 비겁한 자신에 대한 수치심과 수에 대한 죄책감이 한꺼번에 밀려오는 것을 느꼈다. 두 눈에 눈물이 가득 고였다. 총구가 도경의 머리를 툭툭 밀었다.

"왜 죽였어?"

도경은 꾹 다문 입을 열지 않았다.

"왜! 왜! 왜, 죽였어?"

젊은 남자는 마치 수의 가족이라도 되는 것처럼 도경에게 분노를 쏟아냈다. 전혀 객관적이지 않은 남자의 감정을 마주하며 도경은 세상이 수의 죽음에 많은 의미를 부여했다는 사실을 짐작할 수 있었다. 부릅뜬 도경의 눈에서 굵은 눈물이 주르륵, 흘렀다.

"죽이지 않았어!"

그것이 로맨스였는지 범죄였는지 사람들은 궁금해했다. 재미있어했다고 하는 것이 더 정확한 표현일까. 하지만 사실을 알고 있는 두 명 중 한 명은 세상에 없고 한 명은 신뢰할 수 없는 사람이 되었다. 둘을 연인 관계로 기억하는 이들이 분명 있었다. 병원 앞 식당에서 함께 밥을 먹는 모습을 보았다는 여자의 동료와 종종 함께 와서 별말 없이 마주 보다 갔다고 말하는 카페 사장이 뉴스에 출연했다.

"요즘 현금 내는 사람 별로 없잖아요. 그래서 기억나요. 남자는 항상 맥주를 시키고 그 의사는 항상 커피를 시켰어요. 그리고 꼭 남자가 현금으로 계산을 했어요. 그래서 사하인가 잠깐 생각을 하기도 했는데, 그 병원에 우리 애도 다녔거든요. 의사가 그런 사람을 만날 리가 없잖아요. 저도 나중에 듣고 놀랐네요."

"둘이 사귀는 거 같았어요? 남자가 억지로 끌고 다니는 것 같다는 느낌은 없었어요?"

"남자가 끌려다니는 느낌은 있었어요. 아, 한번은 그 의사가 먼저 탁, 일어나서 혼자 막 나가 버리더라고요. 그러니까 남자가 급하게 돈을 막 이렇게 꾸깃꾸깃 막 잡아 꺼내서 나한테 쥐어 주고 쫓아 나간 적이 있어요."

"거스름돈도 안 받고?"

"아니요. 거스름돈은 다 받아 갔어요."

적지 않은 목격담에도 불구하고 세상은 수와 도경을
평범한 연인으로 받아들이지 않았다. 증언보다 상식이
더 설득력 있었기 때문이다. 남자는 L2도 아닌 완벽한 사
하이고 여자는 타운의 소아과 의사다. 여자가 뭔가 약점
을 잡혔을 거라고도 했고 위협을 당했을 거라고도 했다.

수가 아주 어렸을 때 부모님이 이혼한 후 새어머니와
20년 넘도록 살았다는 사실, 열한 살 연상의 애인과 결
혼 직전 파혼했던 사실, 그 이후 성형수술을 받았다는 사
실까지 뜬금없이 까발려졌다. 수의 선택을 이해하기 위
해 사람들은 많은 말들을 갖다 붙였지만 아무도 수를 이
해하지는 못했다. 연애는 두 사람만의 세계고 그 세계에
서만 통하는 상식이 있다.

비공식적으로는 타운 최대의 스캔들. 공식적으로는
한 남성 사하가 타운 주민 여성을 강간, 살해한 사건. 결
국 도경은 수를 지키지 못했다. 수는 너저분한 추문의 주
인공으로 소비되었고 도경은 아무리 발버둥쳐도 덫에서
빠져나올 수 없었다. 다만 도경에게 수는 신비로 남았다.

305호, 은진, 30년 전

세계적으로 신종 호흡기 전염병이 유행했다. 타액을 통해 전염된다는 추측만 있을 뿐 원인도 치료법도 전혀 밝혀지지 않았다. 건강한 사람들은 감염되어도 감기처럼 열흘쯤 앓다가 자연스럽게 나았지만 호흡기가 약하거나 기저 질환이 있는 경우 쉽게 생명을 잃었다. 환자, 노인, 임신부와 유아들에게 특히 치명적이었다. 최초 발생 지역의 치사율은 40퍼센트를 넘었고 임신한 여성이 감염된 경우 태아는 예외 없이 유산되었다. 임신 초기든 중기든 출산이 임박한 경우든 다르시 않았다. 사람들은 이 병이 인류의 존속을 위협하게 될지도 모른다고 했다.

타운은 전염병의 공포에서 한 발짝 떨어져 있었다. 다른 나라와의 교류가 거의 없고 해외여행도 자유롭지 않았기 때문이다. 손을 꼼꼼하게 씻거나 마스크를 쓰거나 고개를 돌리고 기침하는 사람은 없었다. 뉴스를 통해 전해지는 바다 너머 환자들의 증상과 증가 추이를 지켜보며 세상이 어찌 되려는지 모르겠다고, 왜 치료를 못하느냐고 속 편하게 혀만 찼다.

아이의 숨소리가 거칠어진 것은 금요일 밤이었다. 네 살치고도 체구가 작은 편인 아이는 숨 쉬기가 불편한지 그 작은 몸을 자꾸 뒤척이다가 수면실 구석의 붙박이장 앞까지 굴러갔다. 엎드린 자세로 등을 둥글게 말고 벌레처럼 몸을 꾸물거리며 가쁘게 숨을 몰아쉬다가 한 번씩 마른기침을 했다. 워낙 잔병치레가 많은 아이라 보육사들은 또 감기에 걸렸나 보다 하고는 대수롭지 않게 넘겼다. 햇살은 충분히 따사로웠고, 봄비가 몇 차례 내린 후라 대기는 맑고 습도도 적당했다. 이번 환절기는 조금 수월하겠거니 다들 마음을 놓고 있었다. 계약직 보육사인

은진만 좀 이상하다고 생각했다.

주말 사이 아이의 상태는 더 심각해졌다. 의료진과 정규 보육사들이 출근하지 않아 은진이 일단 비상약을 먹였다. 보리차를 먹이고 죽을 먹이고 스카프를 둘러 주고 그래도 칭얼거리며 힘들어하는 아이를 종일 안고 달랬다. 아이는 볼이 발갛게 되어서는 은진의 품에서 입을 벌리고 쌕쌕거리며 자다 깨서 울고 다시 잠들기를 반복했다. 내내 아이를 안고 있으려니 팔은 너무 아프고 다른 보육사들은 왜 한 명만 신경 쓰고 있느냐고 항의하고, 그럼에도 아이는 점점 처지기만 해서 은진도 울고 싶었다.

은진도 공공 보육원의 원아였다. 타운 독립 직후, 많은 원주민들이 실종되었고 그보다 더 많은 아이들이 버려졌는데 은진도 그때 가족을 잃고 보육원에 들어왔다. 열두 살이었다.

은진과 같은 방을 쓰던 동생 하나가 문틈에 손이 끼어 약지와 소지 뼈가 골절된 일이 있었다. 손가락에 깁스를 하고 손 전체에 커다란 보호대를 둘렀다. 하필 오른손이었다. 다친 아이는 식사 시간마다 두부 한 조각, 고기 한 점을 집기 위해 고군분투했다. 왼손 엄지와 검지 사이에 젓가락 두 짝을 엑스 자가 되게 엇갈려 끼우고 벌어진 젓가락 틈을 음식에 갖다 댄 후 주먹을 쥐듯 살짝 힘을 주었다. 번번이 음식은 튕겨 나갔다. 숟가락으로는 납작한 접시 위의 음식들이 밀리기만 할 뿐 잘 떠지지 않았다. 그때 은진이 동생의 숟가락에 반찬을 집어 올려 주었다. 밥을 먹여 주고 옷 갈아입는 것을 도와주고 머리를 감겨 주었다. 원래 사람을 잘 챙겼다. 같은 방 동생들을 자주 안아 주었고 머리를 땋아 주었고 손가락까지 덮은 긴 소맷단을 접어 주었다.

"너는 커서 보육사 해야 되겠다."

은진을 기특하게 지켜보던 주임 보육사가 흘리듯 내뱉은 말이 은진에게 깊게 남았다. 커서, 그러니까 더 이상 공공 보육원에서 살 수 없는 열일곱 살 이후에도 특별히 사고를 당하거나 큰 병에 걸리지 않는다면 살아 있을 것이다. 그뿐이다. 이후의 삶은 물이 높은 곳에서 낮은 곳으로 흐르고 봄이 되어 꽃이 피고 뜨거운 햇볕 아래에서 땀이 흐르는 것처럼 되는 대로 되는 줄 알았다. L2에게 일은 주어지는 것이다. 꿈꾸거나 계획할 수 있는 것이라고 배우지 않았다. 그런데 그 한마디가 은진을 바꾸었다.

공공 보육원의 아이들은 열다섯 살부터 직업교육을 받는다. 운전, 간단한 전기 작업, 조리 등 기초적이고 다양한 현장 기술을 두루두루 경험하는 교육이 1년, 그중 한 가지 기술에 대한 집중 교육과 실습이 1년이다. 집중 훈련이라고 아이들이 선택하는 것도 아니고 강사들이 적성을 고려해 지정하는 것도 아니다. 무작위로 배정된다. 열다섯 살이 되던 생일, 은진은 주임 보육사를 찾아갔다.

"저는 보육사를 해야 되겠습니다."

주임은 잠시 은진의 얼굴을 빤히 보다가 왜냐고 물었다.

"선생님께서 그러셨어요. 너는 커서 보육사 해야 되겠다. 작년에."

"보육원에서 일할 수는 있어. 조리실이나 미화실 같은 곳. 그런데 보육사는 L2가 할 수 있는 일이 아니야."

"네. 그런데도 선생님께서 너는 커서 보육사 해야 되겠다, 그러셨어요. 그렇게 말씀하셨어요."

주임은 사무실 구석에 놓여 있는 보조 의자를 끌어다

가 자신의 자리 옆에 놓고 은진을 앉혔다. 은진의 눈을
보면서 천천히 설명했다.

"너를 알아. 선량하고 성실하고 다른 사람의 감정을
잘 읽어. 아이들을 좋아하고 남을 잘 배려하지. 또 어떤
아이는 손재주가 좋고, 어떤 아이는 언어 습득이 빠르고,
어떤 아이는 꼼꼼하고…… 다들 너무 아까워. 카드 게임
하듯이 뒤집힌 카드를 돌리는 방식은 너무 한심해. 노력
해 볼게."

은진은 조리과에 배정되었다. 교육 기간 동안 조리
사 자격증을 몇 개 땄고 보육원 조리실에서 실습을 했
고 열일곱 살이 되던 생일에 L2가 되어 보육원에서 나왔
다. 동생들이 울며 매달리자 은진은 한 명 한 명 안아 주
며 꼭 다시 올 거라고, 보육사가 되어서 올 거라고 약속
했다.

은진은 보육원에서 연결해 준 국립대학의 구내식당
조리 일을 거부했다. 보육원 아이들이 갈 수 있는 거의
최고의 일자리였음에도 그랬다. 은진은 보육사가 되기를
믿고 기다리기로 했는데 그러자니 당장 살 곳이 없었다.
사하맨션을 찾아갔다.

입주자 면접 자리에서 은진은 L2 체류권이 있고 조리
사 자격증이 있고 사실은 보육사가 되고 싶어서 기다리
고 있다고, 아이들을 좋아하고 잘 돌보고 맨션의 아이들
도 잘 돌봐 줄 수 있다고 느리지만 또박또박 말했다. 긴
장했는지 말하는 동안 입꼬리에 경련이 일었다. 그게 또
부끄럽고 어찌 보일지 걱정하고 있는데 201호 왕할머니
가 팔을 뻗어 은진의 머리를 쓰다듬었다.

"우리는 시험 보는 게 아니야. 너를 점수 매기겠다는
것도 아니야. 네가 뭘 할 줄 아는지 무슨 자격증이 있는
지 그런 거 잘 모르겠고 중요하지도 않아. 그냥, 같이 살
아도 탈은 없을까, 이미 살던 사람들이랑 잘 맞춰 갈 수
있을까, 서로 인사나 하자는 거야."

은진은 내내 비어 있던 사하맨션 305호의 첫 입주자
가 되었다. 구석구석 오래도록 집을 닦았다. 사람들이 그
러다가 집 닳아 없어지겠다고 농담할 정도로 온종일 모
든 문과 창문을 활짝 열어 놓고 닦고 또 닦았다.

볕이 좋은 낮 동안은 앞마당에서 아이들과 놀았다.
은진은 바닥에 분필로 놀이판을 그려서 하는 놀이를 아
주 많이 알았다. 숫자 위에 돌을 던져 놓고 뛰어넘어 다

니며 그 돌을 다시 집어 오는 놀이도 하고, 동그라미를
그려 놓고 디딤판 삼아 밟고 다니는 놀이도 하고, 세모
네모 동그라미를 연달아 그리고 그 사이를 통과하는 놀
이도 했다. 해도 해도 은진에게서는 새로운 놀이들이 계
속 나왔다. 아이들은 은진에게 매달려 또! 또! 다른 거!
다른 거!를 외쳤고 그럴 때마다 은진이 쥔 분필은 마술
처럼 다른 놀이판을 그려 냈다.

비 오는 날에는 왕할머니 집에 아이들을 모아 놓고
못 쓰는 종이를 잔뜩 주워다가 가지고 놀았다. 찢어진 곳
이 없는 멀쩡한 종이는 여러 번 접은 후 모서리 부분을
이런저런 모양으로 가위질했다. 그리고 좍 펼치면 잘려
나간 부분이 신비로운 무늬가 되어 반복적으로 나타났
다. 아이들은 우와 하고 낮게 탄성을 뱉었다. 정사각형의
작은 종이는 접어서 새도 만들고 거북이도 만들고 강아
지도 만들고 개구리도 만들었다. 작은 아이들은 그 종이
동물을 모아다가 동물원을 꾸미며 놀았고 큰 아이들은
은진에게 접는 법을 배워서 똑같은 종이 동물을 끝도 없
이 접었다.

아주 많이 낡고 찢어진 종이는 물에 녹여서 종이 점

토를 만들었다. 얼굴 크기로 분 풍선의 절반에 종이 점토를 붙인 후 눈 부분을 뚫고 코 부분을 덧대어 말리면 가면이 되었다. 하루는 종이 점토를 붙이고, 또 하루는 마른 가면에 색을 칠하고, 또 하루는 그 가면을 쓰고, 아이들은 낡은 종이로 며칠씩 새롭게 놀았다.

어른들의 우울한 유배지, 그 안에 속한 어찌할 수 없는 번거롭고 불편한 부속물. 맨션에서 어린아이들은 그런 난감한 존재였다. 아이들도 종종 그 시선을 느꼈다. 은진이 온 후로 아이들에게 맨션은 전혀 다른 세상이 되었다. '기대'라는 감정을 새롭게 알게 되었다. 어제와 다른 일, 즐거운 일이 생길 거라는 희망적인 예감. 복도에서 마주친 304호 남매의 엄마는 은진에게 고맙다고 했다.

"애들이 요즘 밥을 아주 잘 먹어요."

은진은 요리를 한 적도 없고 아이들에게 밥을 먹이거나 식사 예절을 가르친 적도 없다. 그런데 아이들이 밥을 잘 먹게 된 이유가 은진이라는 것을 아이들도, 그 아이들의 보호자인 어른들도 모두 알았다.

은진이 맨션 아이들과 지내는 사이 주임 보육사도 은진과의 약속을 지키기 위해 애썼나. 개인이 취업처 배정

시스템을 바꾸는 것은 거의 불가능하다는 것을 알면서도 꾸준히 의견을 냈다. 한 번 공론화되고 보니 같은 문제의식을 갖고 있는 강사와 보육사들이 많았다. L2를 보육사로 채용해야 한다는 건의도 계속 했다. 보육사는 야간과 주말에도 쉴 수 없는 일이라 3교대로 근무하고 있다. 보육사들의 복지와 보육원의 원활한 운영을 위해 보조 인력이 필요하다는 주장은 쉽게 받아들여졌지만 L2에게 이 일을 맡길 수 있을지에 대해서는 논의가 길어졌다. 보육원은 은진을 통해 검증해 보기로 했다. 은진은 2년 계약 보육사가 되었다.

오래 기다렸다. 그런데 정작 좋은 소식을 전해 듣고도 은진은 마냥 기뻐할 수가 없었다. 자신이 보육원으로 떠나도 맨션 아이들은 밥을 잘 먹을까. 마음을 확실히 정하지 못한 채로 계약과 입소 절차를 처리하기 위해 보육원에 들렀는데 주임이 은진보다 더 설레어 했다.

"네가 정말 잘했으면 좋겠다. 너를 위해서도 나를 위해서도 그리고 앞으로 여기서 자랄 아이들을 위해서도."

원하는 일을 할 수 있게 되었다는 기쁨과 맨션 아이들을 떠난다는 죄책감 사이에서 고민하던 은진에게 자신이 어떤 계기가 될 수도 있다는 책임감이 생겼다. 은진은 스프링으로 연결된 작은 노트를 사서 앞마당에서 했던 놀이판 열여덟 개를 그리고 간단하게 놀이 방법을 적었다. 페이지가 남아 동물 접는 법도 그려 넣었다. 은진이 왕할머니에게 노트를 전하자 할머니는 몇 페이지 넘겨 보다가 글씨가 삭아 잘 안 보인다며 누구나 볼 수 있게 관리실에 갖다 두라고 했다.

몸집이 큰 관리실 남자는 어깨를 잔뜩 움츠리고 집중해서 종이를 접어 오리고 있다가 은진이 오자 조금 멋쩍어했다. 은진은 남자에게 종이 접는 법을 더 알려 주었다. 방사형 무늬가 나타나게 접는 법, 패턴이 반복되게 접는 법, 긴 띠가 나오게 접는 법, 두꺼운 종이를 접는 법, 얇은 종이를 접는 법…… 그리고 그에 어울리는 무늬도 몇 가지 그려 주었다. 남자는 고개를 끄덕이며 진지하게 설명을 들었다.

휴일에 꼭 놀러 오겠다고 맨션 아이들과 약속했다. 보육원을 떠날 때도 동생들과 약속했었다. 은진에게는 첫 번째 약속을 지켰으니 두 번째 약속도 지킬 수 있으리라는 자신감이 있었다.

은진은 아기들이 우는 이유를 가장 먼저 알아채는 보육사가 되었다. 발음이 불분명한 아기들의 말을 가장 잘 이해하고 짧아진 소매와 닳은 신발을 가장 먼저 발견하고 사춘기가 시작된 아이들이 마음을 터놓는 보육사가 되었고 2년 후 계약을 갱신했다. 보살피던 아이의 건강 상태가 심상치 않다는 것을 가장 먼저 인지한 보육사가 되었고 타운의 두 번째 신종 호흡기 질환 환자가 되었다. 첫 번째 환자는 은진이 보살피던 바로 그 아이였다.

태어나자마자 보육원으로 옮겨져 3년 동안 시설 밖으로 한 번도 나가 본 적 없는 아이. 아이가 최근 한 달간 만난 사람은 같은 수면실을 쓰는 3~4세 남자아이 일곱 명, 보육사 다섯 명, 식사 도우미 두 명, 소아과 의사 한 명이 전부였다. 모두 보육원에서 살거나 보육원에서 일하는 사람들이다. 보육원 안팎을 오가는 어른들을 통한 게 아니라면 감염될 길이 없고 타운에 이미 환자가 있었던 것이 분명하지만 아이는 타운의 첫 번째 환자로 기록되었다.

검사 결과 같은 수면실을 쓰는 남아 일곱 명이 모두 감염된 상태였다. 해당 보육원은 폐쇄되었고 여덟 명의 환아와 은진은 보육원 내부 응급 시설에 격리되었다. 은진은 응급 시설 안에서도 아이들을 돌봤다. 돌볼 수밖에 없었다. 아픈 아이들은 더욱 격렬하게 보살핌을 요구했지만 아무도 응급 시설 안으로 들어오려 하지 않았다. L2가 아닌 직원들은 감염 위험성 때문에 출근이 금지됐고 의료진은 최소한의 조치만 하고는 서둘러 보육원을 빠져나갔다. 어차피 치료법도 없었다. 의료진이 할 수 있는 일은 세 가지뿐이었다. 검사, 격리 혹은 격리 해제.

봄이 머뭇거리던 해였다. 햇볕이 따뜻해진다 싶다가도 칼바람이 불었고, 새순이 솟아난 후에도 나뭇가지가 꺾일 정도의 폭설이 내렸다. 감염된 아이들은 봄을 내내 방 안에서만 보냈다. 끙끙 앓다가도 몸이 조금만 나아지면 진통제와 영양제가 연결된 링거 바늘을 팔에 꽂은 채 함께 그림도 그리고 공놀이도 하고 춤도 추었다. 서로의 얼굴을 그리고 창문과 커튼과 나무와 구름을 그렸다.

아이들이 은진의 얼굴을 그려 주어 은진도 고맙다는 표시로 스케치북에 토끼를 그려 주었다. 아이들은 이게 뭐냐고 물었다. 아, 아직 본 적이 없을까. 은진은 두 손을 머리 위로 올려 까딱하면서 깡충깡충 뛰는 토끼라고 말

해 주었다. 아이들은 여전히 이해할 수 없다는 표정이었
다. 아이 하나가 그림 속 토끼의 귀를 가리키며 물었다.

"이거 손이에요?"

보육원이 세계의 전부인, 응급 시설이 이 봄의 전부
인 아이들에게 어디서부터 어떻게 설명해야 할까. 아이
들은 눈을 동그랗게 뜨고 답을 기다렸다. 은진은 그것이
손이 아니라 귀라고, 이렇게 귀가 크고 깡충깡충 잘 뛰는
동물이 있는데 그 동물의 이름이 토끼라고 차분차분 설
명했다.

은진은 인터폰으로 조리실에 연락해 식사를 들여보
낼 때 유아 도서관에 있는 낱말 카드도 넣어 달라고 부
탁했다. 아이들에게 낱말 카드를 보여 주었다. 산에 사는
크고 작은 동물들과 하늘을 날아다니는 새들, 꽃들, 열매
들의 이름을 알려 주었다. 토끼 카드가 나오자 아이들이
동시에 환호성을 질렀다.

해가 뜨고 진다는 것을 알려 주었다. 달이 뜨고 진다
는 것을, 달은 날마다 모양을 바꾼다는 것을, 비가 그치
면 무지개가 생긴다는 것을 알려 주었다. 사계절이 있다
는 것을 알려 주었다. 봄이 지나면 여름이, 여름이 지나

면 가을이, 가을이 지나면 겨울이 오고, 겨울이 지나면
다시 따뜻한 봄이 와서 새순이 돋고 잎이 나오고 꽃이
핀다고 알려 주었다. 창 너머 보이는 나무가 벚나무인데
곧 연분홍 꽃이 가득 필 거라고 말했다. 아직 어린 아이
들은 대부분 이해하지 못하는 표정이었는데 한 아이가
은진의 눈을 빤히 보면서 집중해 듣다가 창 쪽으로 고개
를 돌렸다. 크기가 작은 눈송이들이 흩날리듯 서서히 내
려앉는 모습을 보며 아이는 갑자기 눈물을 흘렸다.

"왜 봄이 안 오죠?"

"지금은 3월이고 3월부터는 봄이야. 이 눈이 늦은 거
지. 이 눈만 멈추면 진짜 봄이야."

"눈이 안 멈출 것 같아요. 제가 멈출 것 같아요."

은진은 슬프다는 말로는 다 표현할 수 없는 참담함을
느꼈다. 울컥 목울대가 떨려오는 것을 꾹 누르며 물었다.

"슬프니?"

"무서워요."

벚꽃이 피기 전에 아이는 죽었다. 은진은 그때 맨션
에서 나오지 않았으면, 그냥 맨션 아이들을 돌보면서 사
하맨션 305호에 살았으면 어땠을까 잠시 생각했다. 부질

없는 생각이었다. 이 신종 질환으로 보육원 아동의 6분의 1 가량이 사망했고 보육원에 남아 있던 L2 직원 두 명이 사망했다. 그중 한 명이 은진이었다.

보육원의 영아 담당의는 한 달 전, 세미나에 다녀오느라 이틀 휴가를 냈다. 해외 의료진을 초빙한 세미나였다. 세미나 참석자들 중 일부가 신종 호흡기 질환 증상을 보였는데 감염 사례로 공식 집계되지 않았다. 이들의 이동 경로와 접촉자, 경유 의료 기관들도 모두 비밀에 부쳐졌다. 정보가 과다 노출되면 사회 혼란이 야기될 수 있고 사명감을 가지고 감염병을 치료하는 의료진에게 불이익이 갈 수도 있다는 이유였다.

보육원이나 L2들이 주로 일하는 현장, 기숙사 등은 의심 환자가 발생하자마자 폐쇄 조치되었다. 비감염자들도 함께 갇히는 경우가 태반이었다. 살아남은 이들은 스스로 살아남은 것이었고 이듬해 봄이 되어 L2인 마지막 환자가 사망하자 타운은 신종 호흡기 질환 종결을 선언했다.

311호, 꽃님이 할머니, 30년 전

맨션 밖에서는 신종 호흡기 질환이 유행이라고 했다. 사하맨션에서는 환자가 나오지 않았는데 병이 한풀 꺾인 즈음 완치 판정을 받았다는 한 임신부가 한껏 부풀어 오른 배를 두 손으로 감싸고 맨션을 찾아왔다. 관리인은 정말 완치가 된 것이 맞냐고 물었고 꽃님이 할머니는 정말 감염되었던 것이 맞냐고 물었다. 임신부는 두 번 모두 크게 고개를 끄덕였다.

"아기는? 아기는 멀쩡하고?"

할머니의 질문에 여자는 더 크게 고개를 끄덕이며 대

답했다.

"멀쩡해요. 멀쩡해서 지금 위험해요."

터질 듯 배가 부른 여자에게, 부른 배 때문에 제대로 걷지도 앉지도 서 있지도 못하는 여자에게, 맨션의 누구도 차마 떠나라고 할 수 없었다.

굵은 빗방울이 부수기라도 할 듯 무섭게 창문을 두드렸다. 라디오에서 흘러나오는 음악 소리는 시끄러운 빗소리에 묻혀 버렸다. 어차피 잘 들리지도 않는 데다 눈까지 묵직하게 감겨 와 꽃님이 할머니는 라디오 전원 버튼을 눌러 껐다. 잠시 후 느릿느릿 현관을 두드리는 소리와 희미한 여자 목소리가 들렸다.

"도와주세요."

그리고 다시 현관 두드리는 소리.

"저기…… 저예요. 좀 도와주세요."

처음 맨션에 왔을 때, 아직 할머니라고 불리기에는 많이 젊었던 꽃님이 아줌마는 맨션 사람들에게 그냥 할머니라고 불러 달랬다. 어색해하던 맨션 사람들도 곧 할머니라는 호칭에 익숙해졌고 그렇게 몇 해가 지났다. 꽃님이 할머니는 여전히 젊었지만 할머니라고 부르자면 못 부를 것도 없는 나이가 되었다. 하지만 여자는 좀처럼 할머니라고 부르지 못했다. 꽃님이 할머니는 자신을 부를 때면 저기, 라는 말로 입을 떼는 여자의 목소리를 알아들었다.

할머니는 벌떡 일어나 현관으로 달려갔다. 손이 떨려 걸쇠를 제대로 풀지도 못했다. 겨우 문을 잡아 열자 여자가 할머니를 향해 푹 쓰러졌다. 얼마나 울었는지 얼굴이 엉망으로 퉁퉁 부어 있었다. 며칠 전, 여자의 처진 배를 보며 얼마 남지 않았겠다고 생각한 할머니는 서랍 깊숙이 넣어 두었던 분만 키트를 꺼내 확인해 두었다. 한 번도 쓰지 않은 탯줄 가위를 소독하면서 늦은 밤 급하게 이 상자를 열게 되지 않기를 기도했었다. 결국 비까지 오는 늦은 밤, 떨리는 손으로 상자를 열게 됐다.

대충 펼쳐 구깃구깃한 패드에 누운 여자는 땀에 흠뻑 젖은 채로 죽을 것처럼 온몸을 떨었다. 형광등이 꺼진 어두운 방, 머리맡에 놓인 조도가 낮은 백열전구 하나가 여자의 얼굴을 주황빛으로 물들였다. 매끈하지 않은 유리창을 타고 빗물이 어지럽게 흘렀고 여자의 아랫도리에서는 양수와 피가 섞여 끈끈하고 미끄럽게 흘러내렸다.

본국에서 할머니는 조산사였다. 조산사 자격이 있었던 것은 아니고 작은 개인 병원에서 간호조무사로 일하다가 옛 동료의 소개로 조산원에서 일하게 되었는데 서로를 조산사 선생님이라고 불렀다. 실제 자격증을 가진 조산사는 원장뿐이었다.

규모가 작은 조산원이었지만 병원의 분만 시스템에 불편함을 느끼는 산모들이 꾸준히 찾았다. 출산은 원장이 책임졌다. 다른 조산사들은 막 태어난 아기를 깨끗한 타올에 감싸 산모의 품에 올려 주고 태맥이 멈추면 아기 아빠가 탯줄 자르는 것을 돕고 산모의 몸에서 나온 태반과 분비물과 혈액들을 폐기하고 주변을 청소했다. 매일같이 그 과정을 지켜보며 꽃님이 할머니는 절대 아이를 낳지 않겠다고 생각했다.

꽃님이 할머니가 원장 다음으로 조산원에서 오래 일한 직원이 되었을 때, 원장은 아주 조심스럽게 꽃님이 할머니에게 자신이 하는 일을 해 보면 어떻겠냐고 제안했다.

"불법이지. 불법이긴 한데…… 출산 과정을 다 책임질 수 있는 조산사를 도저히 구할 수가 없어. 자격이 있는 사람도, 경력이 있는 사람도, 이 일을 하려는 사람도 없어. 많이 봤고 도왔고 같이 해 봤잖아."

꽃님이 할머니는 내키지 않았다. 조산사 자격증을 갖고 싶다는 생각도 했지만 그러려면 일단 간호사 자격증이 있어야 했다. 그러니까 대학에 들어가는 것부터 다시 시작해야 하는데 할머니에게는 대입 시험을 봐서 합격하고 몇 년씩 학교에 다닐 능력도 시간도 돈도 없었다. 할머니가 망설이자 원장은 제안 내용을 조금 바꾸었다.

"물론 전적으로 책임지라는 건 아니야. 내가 할게. 그런데 여러 산모가 한꺼번에 입원할 때가 있잖아. 그럴 때, 그럴 때만 좀 살펴봐 줘."

어차피 응시 자격은 없지만 할머니는 학원에 다니며 조산사 자격시험 공부를 했다. 모의시험에서는 충분히 합격 가능한 점수가 나왔다. 이론으로도 실무로도 뒤처지지 않는다는 자신감이 생겼다. 두 명의 산모가 동시에 진통하던 밤, 꽃님이 할머니는 원장 없이 혼자 아기를 받았다. 능숙하게 잘 해냈다. 아무 문제도 없었다. 그러다가 몇 달 후부터 출산하지 않도록 하는 일도 하게 되었다.

조산원은 용도를 명확하게 구분하지 않고 공간을 사

용했다. 임신과 출산의 모든 과정을 임부와 가족들이 자연스럽게 접하도록 하기 위해서였다. 로비 한 켠에서는 진료를 기다리는 임신부와 가족이 소파에 앉아 이야기를 나누고 또 한 켠에서는 진통 중인 임신부가 출산공에 앉아 체조를 했다. 침대마다 아기 침대가 붙어 있는 회복실에는 산모들이 대체로 일주일 정도 머물렀는데 유산 위험이 있거나 입덧이 심하거나 각종 통증으로 힘든 임신부의 입원실로도 쓰였다. 두 다리를 벌려야 하는 산부인과용 진료대가 아닌 일반 진료대가 있는 진료실에서는 산전 검사도 하고 출산도 하고 출산한 산모들이 잠시 휴식도 취했다. 그리고 그 진료대는 아기를 낳을 때도 쓰였지만 아기를 낳지 않을 때도 쓰였다.

본국은 낙태를 매우 제한적으로 허용했다. 부모에게 전염성 혹은 유전성 질병이 있는 경우, 강간으로 임신한 경우, 임신을 지속할 수 없을 정도로 임신부의 건강 상태가 나쁜 경우에만 가능했다. 임신 초기라 해도 임신부가 임신 중단을 스스로 선택할 수 없었다. 낙태에 대한 처벌 강도도 높아서 적발되면 여성은 징역이나 벌금형을 받았고 시술을 해 준 이도 징역형에 처해졌다. 의료인은 자격이 박탈될 수도 있다.

꽃님이 할머니가 일하는 조산원에서는 낙태 시술을 했다. 생명은 소중하고 탄생의 순간은 축복받아야 하지만 아이를 낳을지 낳지 않을지는 당사자인 여성이 선택해야 한다는 게 원장의 생각이었다. 어쨌거나 출산은 고통이다. 숱한 통증과 질병을 동반했다. 인과를 가지고 실선으로 이어지던 여성들의 삶은 출산과 동시에 칼로 잘라 낸 듯 뚝 끊겼고, 아이들의 삶도 예상했던 것과는 전혀 달랐다. 아이가 태어나는 것이 항상 최선이라고는 할 수 없었다.

원장은 아이를 낳지 않겠다는 결정은 아이를 낳겠다는 결정만큼 소중하고 존중받아야 하고 그래서 아이를 낳는 곳은 아이를 낳지 않는 곳도 되어야 한다고 믿었다. 사람은 잘 모를 수도 있고 부주의할 수도 있고 상황이나 생각이 바뀔 수도 있기 때문이다. 무엇보다 한 번의 실수로 한 사람의 인생이 무너져서는 안 된다고 생각했다.

조리원에서는 호르몬 조절로 임신을 중단시킬 수 있는 약을 해외에서 구입해 낙태를 원하는 임신 12주 미만의 임신부들에게 판매했다. 6개월 이내의 임신부들에게

는 아무런 신상 정보도 묻지 않고 낙태 수술을 해 주었
다. 물론 수술비가 적지 않았지만 그렇다고 터무니없이
비싼 금액을 받지도 않았다. 항상 신고나 단속을 두려워
했고 세상이 주입한 죄책감에 시달렸다.

그날따라 조산원이 한산했다. 원장은 가정 분만을 도
우러 급히 출장을 갔고, 꽃님이 할머니는 로비에 놓인
커다란 출산공에 걸터앉아 있었다. 기우뚱했다가 중심
을 잡고 다시 기우뚱했다가 중심을 잡아 보는데 출입문
에 달린 종이 딸랑딸랑했다. 아무도 보이지 않았다. 잘
못 들었나. 대수롭지 않게 생각하며 다시 공의 탄력을 이
용해 흔들흔들 장난했다. 또 종이 딸랑딸랑했다. 이번에
도 들어오는 사람은 없었다. 뭐지. 꽃님이 할머니가 공에
서 일어나 천천히 출입문 쪽으로 다가가자 유리문 밖에
있던 작은 실루엣 하나가 휙 사라졌다. 할머니는 굳이 신
발을 신고 문을 열고 나가 코너를 돌아 계단까지 내려갔
다. 2층과 1층의 중간 계단에 절대 스무 살은 되지 않았
을 여자아이가 쭈그려 앉았고 남자아이는 그 곁에 서 있
었다.

"장난친 게 너니?"

"장난 아닌데요."

남자아이가 반항기 가득한 얼굴로 돌아보며 대꾸했다.

"용건이 있니?"

여자아이는 입을 앙다물었고 남자아이는 두 손으로 얼굴을 김쌌다. 꽃님이 할머니는 용건을 알 것 같았지만 먼저 말하지 않았다. 한참 만에 여자아이가 눈을 마주치지 않으며 물었다.

"넉 달 정도 된 거 같은데, 약으로는 안 되나요?"

"12주가 넘으면 수술해야 해."

"그럼…… 돈이 좀 부족한데 일단 수술부터 해 주시면 조금씩 갚을게요."

"그럴 수는 없어."

여자아이는 이렇게 단칼에 거절당할 줄 몰랐던지 당황한 눈치였다. 꽃님이 할머니는 다시 한번 힘주어 말했다.

"돈을 빌리든 일을 해서 벌든 훔치든 그건 알아서 하고 어쨌든 수술비는 다 가져와. 선불이야."

어쩔 수 없었다. 절실하고 다급하고 위험한 이들을

상대하는 일일수록 냉정해야 한다. 적선하거나 봉사하는 마음으로 일할 수는 없었다. 그리고 남자아이를 향해 덧붙였다.

"내 생각에 비용은 네가 해결하는 게 맞을 것 같다. 네 친구의 저 어린 몸이 얼마나 큰일을 감당해야 하는 줄 아니?"

남자아이는 꽃님이 할머니를 한 번 노려보고는 여자아이에게 먼저 들어가 있어, 하더니 뛰쳐나갔다. 할머니는 여자아이를 데리고 조산원으로 들어왔다. 왠지 로비에서 기다리게 하기가 마음이 편치 않아 진료실을 열어주며 누워 쉬라고 했다. 여자아이는 고맙다고 말하고 침대에 풀썩 뛰어들었다. 할머니는 안도도 불안도 연민도 아닌, 어쩌면 그 모든 것이 뒤섞인 마음이 들었다.

30분도 채 지나지 않아 남자아이가 돌아와서는 접수대 위에 지폐를 내려놓았다. 미리 금액을 알아보고 왔는지 정확히 수술비만큼이었다.

"그새 어디서 돈을 구한 거야? 너한테는 큰돈일텐데."

"훔쳤어요. 훔치라면서요."

"수술은 언제 받을 거니? 수면마취긴 하지만 어쨌든

마취를 하게 되니까 컨디션을 좀 끌어올려 둬야 해. 금식도 해야 하고."

"어차피 컨디션은 어떻게 해도 좋아질 수 없고 저희 어제부터 아무것도 못 먹었으니까 금식은 됐네요. 시간이 오늘밖에 없어요. 지금 해 주세요."

꽃님이 할머니는 삼깐 고민하다가 고개를 끄덕였다. 간단한 수술이고 이 아이들에게는 정말 지금밖에 기회가 없을 것 같았다.

"알았다. 곧 준비해서 시작하마. 그런데 앞으로는 조심해야 해."

여자아이는 진료대에 엎드려 자고 있었다. 사람이 들어오는지도 모르고 너무 곤히 잠들어 할머니는 차마 깨우지 못하고 한참을 보고 있었다. 꽃님이 할머니를 도우러 들어온 다른 조산사가 아이를 일으켜 앉히고 수술에 대해 설명하는데도 아이는 고개를 푹, 푹, 꺾으면서 졸았다. 링거 바늘이 들어갈 때는 잠깐 눈을 뜨고 엄마, 하더니 다시 눈을 스르르 감았다. 할머니는 아이가 안쓰러웠다.

핏덩어리를 긁어 내는 작업은 금세 깔끔하게 잘 끝났

다. 할머니는 아이에게 담요를 덮어 주고 진료대에서 좀
더 재웠는데 아이가 너무 오래 일어나지 않았다. 흔들어
깨워도 깨지 않았다. 맥박이 약해지고 혈압이 떨어지고
체온이 낮아지는데 할머니는 당황해서 아무것도 못했다.
무면허에 불법 시술이다. 나는 어떻게 될까. 조산원은 어
떻게 될까. 원장은 어떻게 될까. 여러 생각들로 머리가
복잡했다. 겨우 정신을 차리고 구급차를 불렀을 때, 이미
아이의 숨은 멎어 있었다. 할머니는 그대로 도망쳐 맨션
까지 왔다.

　한동안 진료대에서 자던 여자아이가 갑자기 눈을 뜨
고 벌떡 일어나는 꿈을 꾸었다. 매번 비명을 지르며 잠
에서 깼다. 마취제의 용량을 다시 계산해 보고 도무지
눈꺼풀을 들어 올리지 못하던 아이의 얼굴을 떠올렸다.
아이의 손등에 주삿바늘을 꽂던 장면부터 하나하나 짚
어 보았다. 이전의 수술들과 다른 장면이 하나도 없다.
그 수술이 불법이 아니었다면 좀 더 빠르게 응급 상황에
대처할 수 있지 않았을까, 아이가 좀 더 안전한 곳에서
수술받을 수 있지 않았을까. 안타까움마저 변명 같아 괴
로웠다.

할머니는 모든 것이 자신의 책임이라는 것을 잘 알고 있다. 그토록 큰 과오를 저지르고도 벌 받지 않고 책임지지 않았다. 언젠가 죗값을 치르게 되리라고, 아니면 스스로를 벌하리라고 생각하며 살았다.

할머니는 울고 있는 여자의 눈을 보며 말했다.

"울거나 소리치면 힘들어서 못 낳아. 그러니까 울지 마. 괜한데 힘 빼지 말고 내가 힘주라고 하면 그때부터 똥 눌 때처럼 힘주면 된다. 금방 끝나."

여자는 입을 다물고 울음을 멈추었다. 신호에 따라 차분히 숨을 들이마셨다가 멈추고 내뱉기를 반복하던 여자가 어떤 예감이 온 듯 갑자기 할머니의 손을 잡고는 아무에게도 아기를 주지 말고 직접 키워 달라고 부탁했다.

먼저 아기의 머리가 보였다. 새까맸다. 너무 새까맸다. 할머니는 놀라고 당황했지만 태연하려 애썼다. 머리가 보인다는 할머니의 말에 여자는 깊고 긴 비명을 토해 냈다. 곧 아기의 커다란 머리가 질 입구를 사방으로 찢으며 튀어나왔고, 좁은 어깨와 몸뚱이는 머리가 뚫어 놓은 길을 따라 부드럽게 미끄러져 나왔다.

아기는 두 팔을 가슴에 모은 채 두 눈을 꼭 감고 있었다. 양수에 젖어 엉겨 붙은 머리칼이 눈을 가릴 정도로 길고 숱이 많았다. 할머니가 이물질을 빼내기 위해 아기의 입에 흡입기를 넣자 손끝으로 딱딱한 느낌이 전해졌다. 조심스럽게 아기의 입술을 들춰 보았다. 아랫니와 윗니가 네 개씩 여덟 개. 척추를 따라 등부터 머리 꼭대기까지 찬 기운이 순식간에 올라오며 팔에 힘이 빠져 할머니는 하마터면 아기를 놓칠 뻔했다. 그동안 숱하게 아기를 꺼내면서 한 번도 느끼지 않았던 두려움이 몰려왔다.

잠든 듯 의뭉하게 눈을 감고 있는 아기와 자신을 모두 쏟아 내고 영원히 눈을 감아 버린 엄마. 할 말이 남은 듯 입을 벌린 채 굳어 버린 아기 엄마의 얼굴에 예전 그 여자아이의 얼굴이 겹쳐 보였다. 할머니는 무슨 일이 있어도 아기 엄마와의 약속을 지키겠다고 마음먹었다.

아기가 태어나자 거짓말처럼 금세 비가 그쳤고 밤은 더 어두워졌고 할머니는 암흑에 홀린 것처럼 참을 수 없게 졸음이 쏟아져 아기를 타올로 둘둘 말아 안고 꾸벅꾸벅 졸았다. 품속의 아기가 잘게 몸을 떨고 잠시 후 또 한 번 몸을 떨었다. 할머니가 조심스럽게 수건을 아래로 당기자, 아기는 인상을 잔뜩 찌푸린 채 작은 눈으로 주위를 둘러보며 딸꾹질을 했다. 창 쪽을 보던 아기가 할머니 쪽으로 눈동자를 돌렸다. 시선이 또렷하고 분명했다.

여자의 시신은 연구소에서 거두었다. 연구소 사람들이 시신을 수습하는 사이 할머니가 꼭 끌어안은 담요 속에서는 그르릉 그르릉 하는, 아무래도 동물의 것으로밖에 생각되지 않는 소리가 눈치 없이 새어 나왔다. 입 양옆으로 주름이 흐릿하게 자리 잡기 시작한 남자가 할머니 곁으로 다가오더니 담요를 향해 손을 뻗었다. 할머니는 소스라치며 한 걸음 뒤로 물러섰다. 남자는 두 손을 펼쳐 들어 손바닥을 할머니 쪽으로 보여 주고는 애써 다정하게 웃었다. 그러고는 천천히 할머니에게 다가가며 말했다.

"혼자 못 키우실 텐데. 저희가 도와 드릴 수 있는지 확인하려는 거예요."

할머니는 남자를 믿을 수 없는 만큼 아기도 두려웠기에 미심쩍은 호의를 뿌리치지 못했다. 할머니가 머뭇거리는 사이 남자는 할머니 바로 앞까지 다가와 오른쪽 검지로 담요 끝을 살짝 내렸다. 담요 안을 본 남자의 눈썹이 위로 치올라 갔다 빠르게 내려왔다. 표정에는 변화가 없었지만 호흡이 가빠졌다.

"혼자 못 키우실 텐데. 언제든 연락하세요. 최대한 도와 드릴게요."

남자의 명함에는 이름도 주소도 없이 사무실 전화번호 하나만 적혀 있었다.

유난히 가물었던 그해 가을 끝, 늦은 장맛비가 요란하게 쏟아지고 천둥이 치던 밤, 아무도 모르게 우미가 태어나고 여자가 죽었다. 여자가 부른 배를 끌어안고 사하맨션을 찾아온 지 정확히 보름째 되는 밤이었다.

그리고 그 밤 이후로 사하맨션 사람들은 맨션에서 꽃님이 할머니의 도움을 받아 아기를 낳기 시작했다. 아이들이 태어나고 자라면서 사하맨션은 하나의 세상이 되었다.

우미가 태어나고 며칠 동안 숟가락으로 보리차를 떠먹였던 할머니는 복잡한 일들이 해결되자 마트에서 신생아용 분유를 샀다. 한 번도 엄마 젖을 물어 본 적이 없는 아기. 젖병을 빨 수나 있을까. 무거운 마음으로 왼손에 우미를 눕히듯 받쳐 안고 오른손에 젖병을 쥐었다. 비릿하고 달콤한 분유 향이 새어 나오는 고무젖꼭지를 우미의 왼쪽 볼에 슬며시 갖다 대 보았다. 그러자 우미는 고개를 왼쪽으로 홱 젖히더니 고무젖꼭지가 다 찢어지도록 물어뜯으며 필사적으로 젖병을 빨았다.

단숨에 젖병을 비우고 꺽꺽 소리가 나도록 젖병 속의 빈 공기를 빨아들였다. 할머니는 재빨리 우미의 입에서 젖꼭지를 잡아 빼고 아기를 세워 안았다. 우미는 어른처럼 길게 트림을 하더니 곧바로 낡은 이불 홑청으로 만든 기저귀가 넘치도록 물똥을 죽죽 쌌다. 그 후부터 우미는 얼굴이 빨개지다 못해 새까매지도록 힘을 주며 울다가 젖병을 물리면 울음을 그치고 정신없이 빨고, 배를 채우자마자 설사하기를 반복했다. 할머니는 결국 명함의 번호로 전화를 걸었다.

도와 달라고 말하는 할머니는 뻔뻔하다 싶을 정도로 당당했다. 그래야 아이 엄마와의 약속을 지킬 수 있다고 생각했다. 불안한 마음을 감추며 무심히 말했다.

"나야 애가 살든 죽든 상관없지. 근데 남한테 주긴 싫어. 그냥 싫어."

할머니는 연구소가 우미의 성장과 치료를 돕는 대신 그 과정을 관찰하고 기록하는 데에 합의했다. 우미는 그날부터 연구소에서 주는 특수 분유를 먹었다. 아프거나 다치면 연구소에서 치료를 받았다. 겁먹은 할머니의 손에 이끌려 연구소를 드나들던 어린 우미는 자신이 사하로서는 상상도 할 수 없는 혜택을 누리고 있다는 사실을 몰랐다. 그래서 아프고 예민한 맨션 어른들의 묘한 적대감이 이해되지 않았다. 괜히 주눅이 들었고 때로 화가 났다.

연구소에서도 같은 감정이었다. 접견실의 직원은 우미와 할머니를 알아보고 반갑게 안부를 물으면서도 바로 들여보내 주지 않았다. 사무실로 전화를 걸어 담당자와 통화하고 지문을 확인한 후 엘리베이터로 안내했다. 직원이 터치 패널에 보안 카드를 대야만 엘리베이터가 와서 섰고 엘리베이터는 미리 입력해 둔 층에서만 열렸다. 매번 다른 연구원들이 나왔는데 그들의 가운에는 이름표가 모두 뜯겨 나가 있다. 친절하고 예의 바른 거리감.

연구소의 호출은 불규칙적이었다. 드물 때는 1년에 한두 번이었다가 잦을 때는 매주 불러들이기도 했다.

"옷 벗겨 주세요."

모니터를 들여다보던 앳된 남자 연구원이 말했다. 그
때 우미가 열두 살이었고 할머니는 어깨를 움츠린 우미
의 블라우스 단추를 최대한 천천히 열면서 되물었다.

"블라우스요?"

"상의, 하의, 속옷까지 전부요."

"얘도 이제 다 컸는데 너무 무람없는 거 아닙니까?"

연구원은 미소 띤 얼굴로 친절하게 대답했다.

"병원에서 옷 다 입고 주사 맞고 수술하는 사람 없잖
아요. 여기가 병원이라고 생각하세요. 사실 이 친구한테
는 병원이기도 하고요."

우미는 나지막하게 저 아저씨 친구 아닌데요, 라고
중얼거렸다. 연구원들은 우미를 검사하면서 자주 놀라고
당황하고 종종 걱정하고 가끔 두려워하면서도 그 이유
를 할머니에게 정확히 말해 주지 않았다. 모른다고 대답
했다. 자신은 신입 연구원이고 책임자가 시키는 일을 해
서 보고만 올릴 뿐, 진단도 판단도 결정도 책임자의 몫이
라고 외운 것처럼 모두 똑같이 말했다. 책임자가 누구인
지도 알려 주지 않았다. 할머니는 요구를 따를 수밖에 없

었다. 그럴 때마다 우미에게도 할머니가 느끼는 불안과
의심, 절망이 고스란히 전해졌다.

*

　남자가 맨션에 온 것은 우미가 스무 살 때였다. 남자
는 맨션에 오기 전 어디서 무엇을 하며 어떻게 살았는지
도, 어쩌다 맨션에 숨어들게 되었는지도 말하지 않았다.
맨션 사람들은 되려 당당한 남자를 못마땅해했지만 꽃
님이 할머니의 생각은 달랐다.
　"차마 말하지 못하는 사람들은 대부분 나쁘지 않아.
어떻게든 둘러대는 사람들이 주로 나쁘지."
　그러고 얼마 지나지 않아 늙은 관리인이 크게 앓으면
서 남자가 새 관리인이 됐다. 이번에도 꽃님이 할머니의
추천이었는데 사실 남자가 아니면 관리인을 할 사람도
마땅치 않았다. 맨션 사람들은 새 관리인을 영감님이라
고 불렀다.
　맨션의 구조와 특징도, 맨션 사람들의 성격도 잘 모

르는 영감은 힘겹게 크고 작은 일들을 처리해 내고 있었다. 그런데 갑자기 아기가 나타났다. 100일도 되지 않은 듯한 아기는 겉싸개에 폭 싸인 채 쪽지 하나 없이 관리실 앞에 버려져 있었다. 얼핏 싸개와 배냇저고리가 고급스러워 보였고 아기들 특유의 기분 좋게 비릿한 젖 냄새가 났다. 먹는 꿈을 꾸는지 하얗게 불어 있는 입술을 오물거렸는데 입술 옆으로 가늘고 길게 토한 흔적이 있었다.

관리실 영감은 안절부절못했다. 싸개 더미 그대로 아기를 안고 꽃님이 할머니네 집 현관 앞까지 갔다가 다시 관리실로 돌아왔다가 싸개는 관리실 바닥에 내려놓고 할머니네 갔다가 불이 켜진 창 너머를 한 번 흘끔 보고는 다시 관리실로 돌아왔다. 앞마당에서 담배를 피우며 영감을 지켜보던 A동 남자 하나가 건들건들 관리실에 들어오며 물었다.

"영감님, 꽃님이 할머니 좋아하세요?"

"시끄러, 미친놈아."

"매번 그러시더라고요. 꽃님이 할머니 있으면 어쩔 줄 모르고 말 더듬고 자리 피하고. 아무한테도 안 그러시잖아요. 맨션 사람들 다 막 대하시면서 왜 꽃님이 할머니

는 그렇게 어려워하실까? 좋아하시는 거 아니면 뭐 약점
잡힌 거 있으세요?"

영감은 싸개를 살짝 열어 남자에게 아기를 보여 주었
다. 남자는 황급히 들고 있던 담배를 멀리 내던지고 두
손으로 연기를 휘휘 몰아냈다.

"맨션에는 키울 수 있는 사람이 꽃님이 할머니밖에
없지 싶은데요."

"혼자 우미 키우느라 힘들었을 텐데…… 미안해서 말
을 못하겠다."

"우미가 영감님 애예요? 왜 영감님이 우미 키우느라
힘드네 미안하네 그러시지? 진짜 의심스럽네."

남자는 고개를 쭉 내밀어 아기를 한참 들여다보더니
이쁘네 하고 말하고는 인사도 없이 건들건들 관리실을
나갔다.

결국 영감은 아기를 꽃님이 할머니에게 데려갔다. 꽃
님이 할머니가 검지 끝으로 아기의 오른쪽 볼을 톡톡 건
드리자 아기의 고개가 할머니의 손가락을 따라 움직였
다. 입을 헤 벌린 채 혀를 살짝 내밀어 아랫입술에 올려
놓고 연신 허공을 빨아 물었다.

"배가 고픈가 보네."

할머니는 아기를 가슴 쪽으로 당겨 안은 뒤, 고개를 돌리고 숨을 조금씩 조금씩 나누어 내뱉었다. 영감은 꽃님이 할머니가 아기 몰래 한숨을 쉬는 것이라고 느꼈고 아기를 맡아 키워 주겠구나 마음이 놓였다.

타운에서는 아기가 버려지지 않는다. 타운은 생명의 가치를 무엇보다 중요하게 여기기 때문에 누구라도, 심지어 사하라도 아무 조건과 부담 없이 의료진의 도움을 받으며 안전하게 출산할 수 있다. 출산까지는 할 수 있다. 그래서 어린 여학생이 화장실에서 혼자 아기를 낳는 사건 같은 것은 일어나지 않는다. 다만 의료보험에 정상적으로 가입이 되어 있어야만 별도의 비용 지불 없이 아기와 함께 퇴원할 수 있다. 보험이 없거나 신원을 드러낼 수 없는 산모들은 아기를 병원 신생아실에 두고 몰래 도망쳤다. 남겨진 아기들은 공공 보육 시설에서 충분한 영양과 보살핌, 적절한 의료와 교육의 혜택을 받으며 키워지다 열일곱 살이 되면 L2 체류권을 받고 보육 시설에서 나간다.

주민허가제를 도입해 양질의 인력에게만 국적을 주는 타운은 생산성과 국민소득이 놀랍도록 높은 대신 노동력이 부족했다. 먹고 자고 배설하는 인간들이 모여 살아가는 한 먹을 것을 만들고 잘 곳을 치우고 배설물을 처리할 사람이 필요했다. 기업과 공장과 연구소가 돌아가려면 단순 업무를 할 인력도 있어야 했다. 하지만 타운 주민들은 그런 일을 하려고 하지 않았다. 인구가 워낙 적으니 시장 규모도 너무 작았다.

인구 절벽 현상을 해결하고 값싼 노동력을 확보하기 위해 타운은 국적 취득 자격이 안 되는 이들에게 시한부 체류권 L2를 주었다. L2조차 안 되는 이들의 체류도 일부 묵인해 주었다. 그렇게 L2와 사하들의 비율을 점차 높여 가다가 20여 년 전부터 전체 거주민의 30퍼센트 수준으로 유지하고 있다. 적지 않은 비율이다. 충분히 단체를 만들거나 집단으로 행동할 수 있는 규모인데 수십 년 동안 이렇다 할 움직임이 없다.

처음에는 나비 폭동의 기억 때문이었다. 소방 헬기가 시위대를 향해 물을 쏟아붓고 시위대보다 더 많은 군인과 경찰이 무기를 휘두르는 장면이 사람들의 머리에서 떠나지 않았다. 그 거리에 있던 사람들은 대부분 죽거나 다치거나 구속되었다. 결국에는 다 잡혔다. 골목 끝, 건물 옥상, 화장실, 아니면 남의 집 담벼락 밑에서 붙잡혔고 당시에는 운 좋게 도망쳤다고 해도 다음 날, 다음 달, 다음 해에라도 붙잡혔다. 그날의 상황을 말하고 쓰고 그리기만 해도 그 자리에 있던 사람으로 취급되어 처벌받았다. 아무도 나비 폭동을 입에 올리지 못했다. 자료도 없고 언급도 없는 일은 사람들의 기억에서 쉽게 왜곡되었고 공포만 부풀어 올랐다.

나비 폭동이 희미해질 즈음이 되자 원주민이던 L2보다 그 2세와 3세들의 비율이 더 높아졌다. 애초에 L2로 태어난 아이들에게는 의문도 저항도 없었다. 당위나 의무라는 말은 정확하지 않고 운명이라기에는 너무 거창하다. 원래 그런 삶이다. 각자에게 주어진 일을 해서 돈을 벌고, 함께 자란 아이들의 진로를 궁금해하지 않고, 2년마다 체류권을 갱신하며 살다가 비슷한 사람을 만나고 사랑하고 병원에 아기를 남기고 나오는 삶.

꽃님이 할머니에게 온 아기는 병원에 남겨진 아기들과 달랐다. 부족하고 불안하게 자랐다. L2도 아닌 사하가 되어 영원히 풀리지 않을 의문과 대상이 모호한 분노를 키웠다. 사하맨션은 물론 타운에서도 거의 유일한 '버려진 아기'. 영감은 아기를 '엄마 없는 애'라고 불렀다. 우미는 그 말이 너무 듣기 싫어 영감에게 따졌지만 영감은 뭐가 문제냐는 식이었다.

"아빠라는 사람은 말이야 원래 없기도 해. 근데 엄마가 원래 없는 아이란 있을 수가 없거든. 죽었거나 버렸거나 뺏겼거나 뭐 그렇겠지. 보육원에서 자라 L2가 된 아이들이 왜 그렇게 쉽게 아이를 갖고 병원에 두고 나오고 그래서 또 L2의 공급원이 되는지 알아? 엄마가 없었다고 생각하기 때문이야. 처음부터 원래 그랬다고. 그럴 수 있다고. 쟤한테 엄마가 없다는 말을 하려는 게 아니야. 엄마가 있었다는 말을 하려는 거지."

우미는 잠시 자신의 엄마를 생각했다. 영감에게도, 꽃님이 할머니에게도, 맨션의 모든 사람들에게 엄마가 있었겠구나 새삼 생각했다.

"쟤 엄마는 누굴까요."

"몰라도 병원에 두고 나오는 부모들보다는 낫다고 봐."

"여기다가 버린 걸 보면 병원에서 낳지 않은 것 같은

데 대체 어디서 애를 낳은 건지."

"사하맨션 같은 데가 어디 또 있는 모양이지."

영감이 너무 황당한 가정을 태연히 해서 우미는 당황했다. 말문이 막힌 우미를 흘끔 보더니 영감이 쓸쓸하게 웃었다.

"왜? 없을 것 같아? 지옥이 하나만 있으란 법은 없지. 불지옥, 물지옥, 얼음지옥, 바늘지옥, 그리고 그 끝 어디쯤에 사하맨션, 그 옆에 쟤가 태어난 데."

지옥에서 태어나 또 다른 지옥에서 자란 아이. 우미는 꽃님이 할머니 손에서 자신의 동생으로 자라게 될 아기가 두렵고 가여웠다.

아기는 성장이 더뎠다. 비슷한 시기에 맨션에서 태어난 아래층 아기는 목에 힘을 주어 고개를 가누더니 몸을 뒤집고 조금씩 팔을 뻗어 앞으로 밀고 나가기까지 하는데 우미네 아기는 천장을 보고 가만히 누워만 있었다.

"할머니, 얘 어디 아픈 애 아닐까? 문제가 있는 걸 알고 부모가 키우려다가 그냥 버린 거 아닐까?"

"잘 먹고 잘 싸고 잘 놀고 때 되면 쇼먁쇼먁 살 사고.

내가 보기에는 아주 건강한데?"

우미는 할머니가 나간 사이에 아기를 세워 안고 목을 받치며 여기에 힘을 주라고 설명도 해 보고, 나란히 누워서 몸을 이리저리 굴리면서 뒤집는 방법을 보여 주기도 했다. 아기는 짧은 두 팔과 다리를 버둥거리기만 할 뿐 전혀 따라하지 않았다. 아래층 아기가 꽤 빠른 속도로 기어 다니기 시작할 때에야 겨우 몸을 뒤집고는 머리가 무거워 자꾸 바닥에 코를 찧었다. 아파서인지 답답해서인지 우미네 아기는 바닥에 얼굴을 파묻고 앙앙 울었다. 우미는 늦되는 아기가 미워 울건 말건 내버려 두었다. 그럼 꽃님이 할머니가 우는 아기를 반듯이 눕혀 주었다. 아기는 계속 순했고 뒤통수가 납작했다.

초저녁부터 아기는 입을 헤 벌리고 두 팔을 만세 자세로 뻗은 채 잠들었다. 우미와 할머니가 목소리를 낮추지도 않고 식기도 편하게 달그락거리면서 저녁을 먹는 내내 아기는 조금도 뒤척이지 않고 아주 잘 잤다.

"쟤는 시끄럽지도 않나. 왜 저렇게 잘 자."

"순둥이라 그렇지. 너는 안 그랬다."

"나는 어땠는데?"

"안아 줘야만 잤어. 바닥에 내려놓으면 울고불고 난리였어. 무겁기는 또 좀 무거웠어야지. 내가 너 때문에 10년은 늙었다. 너 나중에 나 업고 다녀야 된다."

할머니의 얘기를 들으니 우미의 머릿속에 반짝 하고 떠오르는 생각이 있었다.

"우리가 쟤를 너무 안아 주지 않아서 그런 거 아닐까? 그래서 목도 못 가누고 누워만 있는 거 아닐까?"

"아무래도 자꾸 안고 세우고 자세를 이리저리 바꿔 주면 아기들도 몸에 힘이 들어가겠지. 그럼 몸도 더 빨리 가누게 될 거고. 근데 한두 달 먼저 고개를 들고 먼저 움직이고 먼저 걸으면 그게 뭐? 그게 중요해?"

우미는 잠든 아기를 보면서 한참을 생각하다 천천히 입을 열었다.

"할머니, 나는 중요해. 나는 우리 아기가 아래층 아기보다 늦는 게 속상해. 아래층 아저씨가 쟤는 왜 저렇게 누워만 있냐고 그러는 것도 싫어. 우리 아기 걱정해 주는 척 자기 애 자랑하는 거잖아. 싫고 좋고, 속상하고 기쁘고, 그런 마음들이 어떻게 안 중요해?"

우미는 다음 날부터 아기를 열심히 안아 주었다. 서

툴고 어색하고 남들 보기에 좀 쑥스럽다는 생각도 들었지만 그래도 최대한 안고 다녔다. 아기를 안고 꽃님이 할머니가 일하는 텃밭을 구경하고 놀이터를 거닐고 마당에서 놀고 있는 아이들과 어울리기도 했다. 그럴 때면 아기는 다리를 뻗고 목을 세우고 팔을 버둥거렸다. 바닥에 눕혀만 놓을 때는 마냥 순했던 아기가 안아 주자 떼를 쓰기 시작했다. 밤이고 낮이고 잠도 안 자고 칭얼거렸다. 이리저리 몸을 굴리고 기어 다니며 물을 쏟고 책을 찢고 소소한 저지레도 부렸다. 우미는 아기를 보는 일이 힘들어졌다. 꽃님이 할머니는 힘들면 그냥 모른 척 울리라고 말했다.

"애기가 좀 울어야 목청도 트이고 좋은 거야."

"할머니, 나도 그냥 울렸어?"

"너는 안 울리려고 해도 충분히 울었어."

우미는 우는 아기를 안아 주고 달래 주고 쫓아다니며 수습하다가 문득 아기에게 이름이 없다는 사실을 깨달았다. 맨션에 온 지 벌써 석 달도 넘었는데 할머니와 우미는 내내 누워 있는 아기를 향해 순둥이, 우리 순둥이 할 뿐이었다. 울지 않고 떼쓰지 않고 돌아다니면서 사고

치지 않아서 이름 불릴 일이 없었던 아기. 우미는 아기에게 이름을 지어 주기로 했다. 자신의 이름에서 한 글자를 따고 할머니의 이름에서 한 글자를 따서 '우님'이라고 하자 꽃님이 할머니가 질색했다.

"아유, 그게 뭐야! 내 이름은 빼!"

그래서 다시 자신의 이름에서만 한 글자를 따와 '우연'이라고 지었다. 할머니는 우연아, 하고 낮게 한 번 불러 보더니 좋네, 했다. 그렇게 아기의 이름이 생겼다. 아기도 마음을 쓰고 지켜봐 주는 사람이 있을 때 보챈다. 보채야 한 번이라도 더 안기고 더 이름을 불린다. 그래야 다시 보채고 다시 안기면서 자란다. 우연은 한동안 꽃님이 할머니와 우미를 모두 엄마라고 불렀다. 우미는 엄마보다 누나가 더 어려운 말인가 보다 할 뿐 별로 신경을 안 썼는데 꽃님이 할머니는 이번에도 질색했다.

"내가 왜 늬 엄마야? 할머니, 그래 봐. 할, 머, 니."

우연은 할미, 함미, 함무이 하는 단계 없이 곧바로 또박또박 할머니, 했다. 우미도 놀라고 가르친 꽃님이 할머니도 놀랐다. 하지만 할머니 이외의 다른 단어를 말하기까지는 꽤 오랜 시간이 걸렸다. 우연은 걷는 것도 말

하는 것도 기저귀를 떼는 것도 끝까지 아래층 아기보다
늦었다.

*

B동 316호에 젊은 부부가 살았다. 남편은 사하맨션
남자들이 흔히 하는 일을 하고 아내는 사하맨션 여자들
이 흔히 하는 일을 했는데, 어느 날부턴가 두 사람 모두
거의 집에만 있으면서 한 번씩 함께 외출했다. 여자는 한
여름에 긴소매 셔츠를 입거나 마스크를 하고 나왔다. 흔
치는 않지만 특별히 이상할 것도 없는 옷차림이었는데
구설에 올랐다. 남편이 의처증이라거나 아내가 아프다거
나 부부가 사이비 종교에 빠졌다거나 하는 소문이었다.

이른 아침, 웬일로 316호 여자 혼자 쓰레기를 버리러
나왔다. 대체 뭐가 들었는지 알 수 없게 울퉁불퉁하고 새
까만 비닐봉투 두 개를 쓰레기장에 던져 놓고 여자는 텃
밭 쪽으로 갔다. 눈보다 비가 더 많이 내리던 따뜻한 겨
울이 지나고 할머니의 텃밭에는 어떤 채소의 싹인지 알

수 없는 연둣빛들이 올라와 있었다. 여자는 그 앞에 서서 눈을 지그시 감더니 아래로 편하게 늘어뜨린 팔을 천천히 벌렸다 모으기를 반복하며 심호흡했다. 무릎을 덮는 길이의 포슬포슬한 아이보리색 카디건 앞깃이 벌어지며 틈새로 봉긋한 배가 드러났다.

우연히 마주치면 배에 손을 올려 태동을 몇 번 느껴 보았을 뿐, 꽃님이 할머니가 정식으로 여자를 검진한 적은 없다. 부부가 원하지 않았다. 출산도 둘이 하겠다고 했다. 우미는 갓난아기를 한 번 안아 보지도 못했을 남자가 아기를 받을 수 있을지 걱정이 되었다. 오히려 꽃님이 할머니는 옛날에는 다 그랬다며 애 낳는 일이 뭐 큰일이라도 되는 것처럼 유난 떨 필요 없다고 했다. 우미는 할머니가 아기를 낳아 본 적이 없어 쉽게 말하는 거라고 생각했지만 대꾸하지 않았다. 여자의 배는 하루가 다르게 부풀었고 우미의 불안감도 만삭의 배처럼 걷잡을 수 없이 커졌다.

"할머니, 316호 말이야. 배가 너무 커. 혹시 쌍둥이 아닐까?"

할머니는 대답하지 않았다.

늦은 밤, 부부가 꽃님이 할머니를 찾아왔다. 부부는 아기가 큰 편이고 아기 엄마의 건강 상태도 좋지 않아 안전하게 출산할 수 있는 곳을 어렵게 알아봤다며 다녀오겠다고 인사했다. 할머니는 갑자기 자신에게 이런 인사를 하는 것도, 사하맨션 사람들이 아이를 낳아 데려올 수 있는 곳이 있다는 것도 의아했지만 건강하게 잘 다녀오라는 말밖에 할 수 없었다.

무릎을 꿇고 앉은 여자가 불편한지 자세를 고쳐 앉으며 배를 쓰다듬자 남자가 팔을 뻗어 배 위에 얹힌 여자의 손을 잡았다. 남자의 손이 부르르 떨렸고 그 손 위에 여자가 자신의 다른 손을 얹었다. 불안과 공포와 두려움이 터질 듯한 배 위로 차곡차곡 쌓였다. 아슬아슬한 돌탑에 돌멩이를 하나 더 얹은 듯 마음이 불편해진 꽃님이 할머니는 얼른 두 사람을 돌려보낼 생각으로 같은 말을 반복했다.

"가서 일찍 자고 건강하게 잘 다녀와."

부부는 대답도 않고 자리에서 일어서려고도 하지 않았다. 잠시 후 남자가 어렵게 입을 뗐다.

"그래서 말인데요, 할머니."

그리고 또 한참을 아무 말 못 했다. 할머니가 먼저 물었다.

"할 말이 있어?"

여자의 눈에서 눈물이 툭 떨어졌고 남자는 아내의 눈물처럼 고개를 떨구었다.

"할머니께 검진을 좀 받고 싶어요."

알록달록 자잘한 꽃이 가득 그려진 이불은 색이 많이 바랬고 보풀이 꽃가루처럼 퍼져 있었다. 시큼한 할머니의 몸 냄새가 밴 이불 위에 눕자 여자는 이상할 정도로 마음이 편안해지며 잠이 쏟아졌다.

할머니는 살이 팽팽하게 당겨져 실핏줄이 선명한 뱃가죽 너머의 아이를 더듬었다. 아…… 머리의 크기와 팔다리의 움직임과 자리 잡은 위치까지 낯설었다. 하지만 아이는 이미 자랄 대로 자랐고 얼른 낳아 버리는 방법밖에 없을 것 같았다. 할머니가 할 수 있는 말은 하나뿐이었다.

"건강하게 잘 다녀와."

여자는 잘 다녀오지 못했다. 일주일 만에 텅 빈 가방만 숙명처럼 끌고 돌아온 남자는 아이와 산모가 모두 죽었다고 했다. 아무도, 아무것도 묻지 않았다. 남자는 다시 집에 틀어박혔고 혼자였다.

굵은 비가 너무 많이 내려 텃밭의 흙이 다 패였다. 얕은 뿌리들이 드러나고 덜 익은 열매들이 빗물에 둥둥 떠다녔다. 꽃님이 할머니는 아침부터 겨드랑이가 찢어진 낡은 비옷을 입고 텃밭에 나와 드러난 뿌리를 다시 덮고 다질 수 있는 흙은 단단하게 눌러 놓고 줄기 옆에 나무 막대를 받쳐 고정했다. 먹을 수 있는 열매들을 추려 주우며 계속 아깝다, 아깝다고 중얼거렸다. 입으나 마나 한 비옷 사이로 빗물이 흠뻑 스며들어 덜덜 떨면서 아직 초록빛이 더 많은 방울토마토를 한 줌 가득 쥐고 텃밭을 나오는데, B동 3층 복도에 까만 그림자가 보였다. 복도에 서서 텃밭을 내려다보고 있는 316호 남자. 분명 가까운 거리가 아니었고 남자의 얼굴이 잘 보이지 않았는데 그래도 눈이 마주쳤다는 것을 알 수 있었다.

할머니가 들어가라는 뜻으로 손을 들어 휘이휘이 밀어내는 모양을 해 보였다. 남자는 가만히 할머니를 보고만 있었다. 할머니는 다시 들어가라고 손짓을 했다. 텃밭 앞에 서서 비를 그대로 다 맞으면서 계속 손짓을 했다. 한참 만에 남자는 허리를 깊게 숙여서 인사를 건네고 316호로 들어갔다. 꽃님이 할머니는 지독한 감기 몸살을 앓았다.

311호, 우미

연구소에서 일하는 사람만 해도 수천 명이고, 연구소 부설 대학과 고등학교, 영재 교육원, 각종 실험실을 드나 드는 사람들이 또 수천 명이라는데 우미는 늘 연구소가 한산하다고 느꼈다. 천천히 걷고 조용히 말하고 눈을 잘 마주치지 않는 사람들. 접견실과 복도와 엘리베이터에서 단 한 사람도 마주치지 않는 날이면 고요가 압박으로 다 가왔다.

신체 계측, 혈압 측정, 뇌파 검사, 채혈…… 투명한 칸

막이로 나뉜 검사 부스들 끝에는 1인용 소파와 테이블이
있고 테이블 위에는 늘 같은 상표의 500밀리리터 생수
한 통이 놓여 있다. 우미는 500밀리리터를 쉬지 않고 단
번에 마셨다. 처음에는 물을 입에 대지도 않았다.

가운의 소매를 걷어 올리는 여자 연구원의 손끝이 차
고 축축했다. 우미는 일회용 주사기의 포장을 뜯어 내는
여자의 익숙한 손놀림을 멍하니 보고 있었다. 손톱이 예
뻤다. 밝은 얼굴과 부드러운 눈빛, 긴 손가락 같은 것들
말고 우미는 하필 그 손톱이 부러웠다. 둥그렇게 휜 단단
하고 깨끗한 손톱. 균일한 분홍빛. 큐티클을 정리하지도,
매니큐어를 바르지도 않았지만 손과 손톱의 주인이 무
척 깔끔한 사람이라는 것을 짐작할 수 있었다.

여자가 우미의 어깨에 소독솜을 문질렀다. 알코올이
날아가면서 팔에서 시작된 한기가 순식간에 온몸으로
퍼졌다. 우미는 잠에서 깨듯 정신이 번쩍 들었다. 여자가
콧노래를 흥얼거리며 트레이 위의 주사기를 집어 들자
우미는 얼른 고개를 돌리며 눈을 질끈 감았다. 힘을 빼려
고 노력하는데도 자꾸 팔에 힘이 들어갔다. 바늘이 살갗
을 뚫고 들어오는 통증보다 긴장한 팔의 불편함이 더 견

디기 힘들었다. 여자가 작게 웃었다.

"끝났어요. 귀여워요, 그쪽. 눈까지 감고."

그쪽. 여자는 우미의 이름을 부르지 않았고 우미도 여자의 이름을 몰랐다. 한 번도 같은 사람이 우미를 검진한 적 없다. 답답했고 외로웠고 화가 나기도 했지만 언젠가부터 살뜰 일이라는 생각이 들었다. 무슨 수사냐고 물어 본 적이 있었다. 아마 열 살 즈음이었을 것이다. 그때 주사를 놓던 남자 연구원은 타이르듯 다정하게, 아프지 않게 하려고 그래, 했다.

"전 아프지 않아요."

우미의 대답에 남자는 눈썹을 추켜올리고 눈동자를 이리저리 굴리다 네가 다른 사람들을 아프지 않게 해 줄 수 있을 거라고 말했다. 어린 우미는 그의 말을 다 이해하지 못했다. 그래서 다시 한 번 또박또박 말했다. 전, 아프지, 않아요. 남자는 그냥 웃고 말았다. 우미는 손톱이 건강한 여자 연구원에게 물었다.

"무슨 주사인가요?"

여자도 웃기만 했다. 우미는 소독솜으로 바늘 자국을 누르며 주사실을 나와 여자와 나란히 복도를 걸었다. 비닥과 벽과 천장까지 숨이 막히도록 똑같은 회색. 같은 크기의 직사각형 창이 같은 간격으로 있고 모든 창에는 벽과 똑같은 색의 버티컬이 있고 끝에는 벽면의 절반을 채우는 커다란 그림이 걸려 있다. 아기 그림. 양 볼과 턱에 젖살이 통통하고 눈이 지나치게 크고 시선이 너무 또렷해서 얼핏 어른 같다. 연구소에 전혀 어울리지 않지만 긴 복도 끝에 잘 어울렸다. 우미는 매번 아기 그림을 흥미롭게 쳐다보며 복도를 걸었다.

아기와 눈을 맞추고 걷던 우미는 복도와 천장이 소용돌이치며 말려든다는 느낌이 들어 걸음을 멈추었다. 여자의 구두 굽 소리도 멈추었다.

"왜 그러세요?"

복도 끝에서 시작한 회오리가 빠르게 다가오며 아기의 깊고 커다란 눈이 우미의 눈앞까지 들이닥쳤다. 거품이 사그라지듯 서서히 정신이 꺼져 내렸다. 차가운 손이 얼굴을 두 번 툭툭, 두드렸다. 우미는 정신이 멀어지는 중에도 차가운 손, 자신의 팔을 더듬던 손가락, 분홍빛 손톱을 떠올렸다. 심장을 향해 달려오는 발소리들. 무덤덤한 목소리. 촉진제 때문일까요? 벌써 증상이 나타날리가 없는데. 혈압이 좀 떨어졌네요……. 몸이 붕 떠올랐다. 꿈일까.

눈앞이 온통 초록빛이다. 우미는 나무 그늘 아래 누워 있다. 각기 다른 방향을 향해 힘껏 손을 뻗은 잔가지마다 물기를 가득 머금은 싱싱한 초록 잎들이 쏟아질 듯 무성했다. 잎들은 사방으로 마구 나부꼈다. 나뭇잎 사이사이로 눈을 뜰 수 없을 만큼 강한 햇빛이 쏟아졌다. 그런데 흙의 질감도, 초록의 냄새와 바람도 느껴지지 않았다. 그제야 커다란 유리창이 눈에 들어왔다. 창 너머의 나무와 잎과 햇살. 살아 있는 모든 것은 거대한 액자 속의 한 풍경이고 어쩌면 자신이 액자 속의 정물인지도 모르겠다고 우미는 생각했다.

문이 열리고 좀 전의 연구원이 들어왔다. 우미는 천천히 몸을 일으켜 앉으며 방 안을 둘러보았다. 자신이 누운 간이침대 옆으로 동그란 티 테이블이 하나, 철제 의자가 두 개, 천장에 매립되어 있는 조명, 모서리에 CCTV 카메라. CCTV로 계속 우미를 지켜보고 있었던 모양이다. 여자는 티 테이블에 머그잔을 내려놓으면서 밀했다.

"혈압이 좀 낮네요. 순간적으로 현기증이 난 모양이에요. 따뜻한 차를 마시면 괜찮아질 거예요."

마지막까지 청각을 놓지 않으려 애쓴 덕분에 우미는 분명 들었다. 촉진제. 촉진제 때문일지도 모른다고. 우미는 머그잔을 두 손으로 쥐고 호로록 소리가 나게 차와 공기를 함께 들이마셨다. 쌉쌀하고 청량한 허브향. 잔을 내려놓고 깊게 심호흡을 하는 우미를 잠시 지켜보던 여자가 약봉지를 내밀었다.

"두통이나 몸살 기운이 올 수 있는데 그렇다고 아무 진통제나 먹지는 말고요. 이 약 드시면 도움이 될 거예요. 내일 와서 같은 주사 한 번 더 맞으시고 월요일 9시까지 오셔서 채혈하시면 됩니다."

"알겠습니다."

그때 우미가 할 수 있는 말은 그것뿐이었다.

우미는 자신의 성별이나 정체성에 대해 특별히 생각해 본 적이 없었다. 외모에 불만도 없었고 예쁘고 싶다는 욕망도 없었다. 그런데 키가 크고 골반이 벌어지고 가슴이 제법 모양을 잡도록 초경이 없었다.

두려운 마음으로 기다리던 열일곱 여름이었다. 연구소에 다녀오던 길, 우미는 여학교 앞 좌판에서 머리핀을 하나 샀다. 무늬가 없는 보라색 리본 핀. 선물을 하려는데 포장해 줄 수 있냐고 물었더니 주인은 웃으며 포장지 같은 건 없다고 했다. 우미는 그 핀을 가방 깊숙이 넣었다.

　　사람이 없는 상가 건물 화장실에 들어가 머리에 꽂아 보았다. 괜찮았다. 의외로 잘 어울렸다. 거울에 비친 맨 얼굴과 리본 핀을 번갈아 보고 있을 때 화장실 문이 벌컥 열렸다. 우미는 급히 핀을 뺐다. 핀이 우미의 커다란 손아귀 안에서 두 동강 났다. 동시에 우미의 아랫도리에서 뭔가가 주르륵 흘러내렸다. 아. 우미는 쿵쾅대는 심장이 뼈를 부수고 피부를 찢고 튀어나올 것만 같아 티셔츠 앞섶을 꼭 쥔 채 칸막이 안으로 뛰어 들어가 바지를 내렸다. 속옷과 바지는 소변으로 흠뻑 젖어 있었다. 어이없는 실수를 저질렀지만 우미는 놀라거나 당황하지 않았다. 다만 어떤 감정 하나가 함께 흘러내려 버린 것 같았다.

　　석 달쯤 지나 월경이 시작됐다. 그때는 아무 기분도

들지 않았다. 기간도 출혈 양상도 불규칙하고 통증도 너무 심해 힘들기만 했다. 성장이 아니라 질병으로 느껴졌다. 산부인과 검진이 시작됐다. 난소에 작은 혹이 있다며 전신 마취를 필요로 하는 수술을 권하기에 한 번 했고, 이미 처치가 다 끝난 후에야 간단한 시술을 했다고 통보받은 적은 많다. 자궁내막증 치료는 꾸준히 받고 있다. 눈이 아플 정도로 밝은 조명, 두 다리를 벌리고 누워야 하는 진료용 의자, 자신의 다리 사이에 얼굴과 손가락을 들이대고 아무렇지 않게 이야기를 나누는 연구원들. 우미는 이를 악물고 누워 살아남기 위해 감수해야 하는 것들에 대해 생각했다.

*

월요일 아침, 우미는 약속 시간보다 한참 일찍 연구소에 갔다. 부담과 긴장 때문인지 두통이 심했다. 채혈을 해도 괜찮겠냐고 묻자 처음 보는 남자 연구원은 상관없다며 웃었다.

"그런데 두통이 있어서 어째요. 촉진제 후유증이 있었나 보네. 허리 아프시다는 분들 많던데. 잠은 좀 주무셨어요? 힘드셨죠?"

진심이 담긴 목소리였다. 우미는 긴장이 풀리면서 두통도 조금 가라앉았다. 팔오금을 더듬어 정맥을 찾는 남자의 휘어진 콧날을 물끄러미 보면서 그가 무심히 뱉은 말들을 생각했다. 촉진제 후유증이 있었나 보네…… 허리 아프시다는 분들 많던데…… 우미가 맞았던 주사는 촉진제가 확실하고 촉진제를 맞은 사람들이 우미 말고도 더 있다. 그는 아무런 의도 없이 이런 말들을 했을까.

우미는 양쪽 팔에 바늘을 꽂고 40도 정도 기울어진 침대에 기대듯 누웠다.

"두 시간 정도 걸립니다. 필요한 게 있으면 저를 부르세요."

남자는 간단히 설명한 후 자리를 떠났다. 우미의 왼팔 오금에서 나온 검붉은 피는 투명한 튜브를 통해 버튼과 계기판과 각종 관들이 복잡하게 얽혀 있는 혈액 분류기로 들어갔다. 그리고 다시 우미의 오른 손등으로 들어왔다.

우미는 몸을 움직이기가 불편했다. 눈을 감았지만 조명이 너무 밝고 커다란 기계가 웅웅 거슬리는 소리를 내면서 돌아가 잠을 잘 수가 없었다. 음악을 틀어 주면 좋을 텐데. 우미는 남자를 부를까 하다가 그만두었다. 팔이 저렸고 그럴 때마다 천천히 주먹을 쥐었다 펴기를 반복했다. 기분 탓인지 나아지는 것 같기도 했다. 예상보다 시간이 더 걸려서 세 시간 조금 넘게 꼼짝없이 누워 있었지만 끝까지 잠들지 못했다. 채혈이 끝났을 때는 머리가 아프고 몸이 결리는 것보다 화장실이 급했다.

엘리베이터를 향해 걷는 동안 남자는 눈에 띄지 않을 정도로 아주 조금씩 우미에게 다가왔다. 이런 식으로 계속 걷는다면 복도 끝에서는 손도 잡을 수 있을 것 같았다. 그는 계속 말을 걸었다. 우미는 남자의 질문에 곧바로 짧게 대꾸하며 기회를 기다렸다. 버스 타고 오셨어요? 네. 오늘 피곤하셨죠? 조금요. 고생하셨어요. 오늘은 뭘 가져갔죠? 백혈구요.

간혹 이런 암호 같은 이야기가 오갔다. 매번 담당자는 바뀌고 단 한 번도 같은 사람을 만난 적은 없지만 대화의 방식은 비슷했다. 질문과 대답이 이어지다가 질문하는 이와 대답하는 이가 교묘하게 뒤집히는 순간, 대부분 우미의 말을 이해하지 못하고 되묻는데 자연스럽게 대화를 이어 가는 이들이 있다. 그들과의 짧은 대화를 통해 우미는 자신이 연구소에 혈액부터 조혈 모세포, 백혈구, 난자 등을 제공하고 있다는 사실을 알게 되었다. 왜 필요한지, 어니에 쓰였는지는 모른다. 오랫동안 조각이 부족한 퍼즐을 맞춰 왔다. 정보가 부족해 답답한 것보다 추측이 지나쳐 피곤하고 불안한 것이 더 힘들었다.

그들은 서로를 알고 있을까. 처음 우미는 연구소 내에 약속과 규칙을 공유한 어떤 집단이 있다고 생각했다. 하지만 실마리는 너무 두서없었고 때론 중복됐고 아무래도 신뢰하기 힘든 것들도 있었다. 결국 개별 일탈자들이라고 여기게 됐지만 '일탈자들'이라는 헐겁고 커다란 집단으로 볼 수도 있지 않을까 생각했다.

남자는 목에 걸고 있던 보안 카드를 엘리베이터 옆 터치 패널에 댄 후 번호 창이 나타나자 4층 버튼을 눌렀다.

"지난번에 산부인과 검진 받으셨나 봐요. 조직 검사할 게 있어서 이제 4층 검사실로 가실 거예요. 엘리베이터를 타고 내려가시면 4층에서 검사실 담당자가 나올 겁니다.”

우미는 남자의 한 발짝 뒤에 서서 엘리베이터를 기다
리며 주머니에 두 손을 찔러 넣었다. 주머니에 언제 구
겨 넣었는지 기억나지 않는 빵 포장지 조각이 들어 있었
다. 헨젤과 그레텔 이야기가 생각났다. 헨젤은 집으로 돌
아가는 길을 잃지 않기 위해 갖고 있던 빵을 조금씩 뜯
어 떨어뜨리며 걷는다. 우미는 자신의 몸이 이정표가 되
기 위해 뜯기고 버려지는 빵 같았다. 이렇게 조금씩 조금
씩 뜯어내다 보면 내 몸에는 뭐가 남을까. 헨젤의 빵은
새들이 모두 쪼아 먹어 버렸고 헨젤과 그레텔은 결국 집
을 찾아가지 못했지.

사라의 차가운 얼굴이 떠올랐다. 울먹이는 중에도 단
호했던 사라의 목소리. 살아만 있는 거 말고 제대로 살고
싶어. 제대로 사는 일. 어쩌면 내 혼란과 의문의 맥락도
이것이 아니었을까.

“그 조직 검사 받기 싫으면요?”

우미가 갑자기 묻자 남자가 의아한 얼굴로 돌아보
았다.

“네?”

"조직 검사 받기 싫은데요. 그냥 돌아가겠어요."

우미는 그동안 한 번도 연구소에서 자신의 의견을 말해 본 적이 없다. 그럴 수 있는 일이라고 생각하지 않았다. 연구소에서 부를 때마다 와서 시키는 대로 검사를 받고 주사를 맞고 약을 먹었다. 할머니는 우미에게 늘 '너는 건강하지 않다.'라고 말했다. 우미는 특별히 아픈 데가 있지도 않으면서 당연히 자신을 건강하지 않은 사람이라고 생각했다. 그러니까 우미에게 질병은 신체에 드러나는 여러 증상이나 징후들을 종합해 판단하는 결과물이 아니었다. 당연하게 주어진 운명 같았다. 통증과 불편을 느끼기 때문에 건강하지 않은 것이 아니라 건강하지 않기 때문에 검진과 치료를 받는다. 인과관계는 후자 쪽에만 존재했다.

원래 그렇다고 알고 살았던 사람이 '원래'라는 것은 없다는 것을 깨닫기까지는 시간이 필요하다. 우미도 그랬다. 엘리베이터가 왔고 우미는 타지 않았다.

"다시 1층을 입력해 주세요. 돌아가겠어요."

"채혈 끝나면 4층 검사실로 안내하라는 지시를 받았고 저에게는 결정권이 없어요."

"1층으로 보내 주세요."

"제가 아, 그러시군요, 그럼 안녕히 가십시오, 할 수는 없습니다. 문의해 볼 수는 있어요. 좀 기다리셔야 할 겁니다. 아니면 뭐, 도망치셔도 되고요. 저는 발이 느리니까."

우미는 남자의 말이 농담일까 진담일까 잠깐 생각했다. 그러고는 남자의 어깨를 짚고 뛰어올라 천장 가운데에 박혀 있는 CCTV 카메라를 발끝으로 걷어차 깨뜨린 후 남자의 명치도 걷어찼다. 남자는 흡 하고 숨을 들이마시는지 내쉬는지 알 수 없는 짧은 신음 소리를 내며 앞으로 푹 고꾸라졌다. 우미가 남자의 목에 걸려 있는 보안 카드를 낚아채려 손을 뻗는데 비상계단 쪽에서 발소리가 났다. 아, 벌써! 우미는 일단 소리가 나는 쪽과 반대 방향 복도로 뛰다가 아무 손잡이 하나를 잡아 돌렸다. 다행히 손잡이가 돌아갔고 문이 열렸다. 머뭇거릴 여유가 없었다. 빠르게 문 안으로 몸을 숨겼다.

회의실이었다. 불 꺼진 방 한가운데 커다란 원형 테이블이 있고 열 개 정도 되는 의자가 죽 둘러 놓였다. 출입문 맞은편 화이트 스크린에는 알 수 없는 표와 숫자들이 떠 있고 레이저 펜을 든 중년 남자가 스크린 옆에 서서 빔을 허공에 쏘고 있었다. 그는 우미가 들이닥칠 것을 알고 있었다는 듯 아무렇지도 않은 표정으로 말했다.

"스크린 뒤로 공간이 있어요."

리모컨 버튼을 누르자 스크린이 스르륵 올라갔다. 복도를 울리는 고함 소리, 사이렌 소리, 요란한 발소리들. 우미가 몸을 숨기자 남자는 스크린을 다시 내렸다. 혹시 이 남자도 '일탈자들'인 걸까. 노크와 동시에 철컥, 문 열리는 소리가 나더니 무전기의 잡음이 들렸다. 우미는 눈을 질끈 감았다. 무전기 소리가 가까워졌다 멀어졌다. 우미는 손으로 귀를 꼭 막았지만 날카로운 여자의 목소리가 틈새를 뚫고 들어왔다.

"혼자세요?"

"회의 준비 중입니다. 20분쯤 후에 여기서 회의가 있습니다. 소장님과 센터장님이 참석하시는 보안 1급 회의고요. 준비가 좀 더 필요한데 하던 일을 계속해도 되겠습니까?"

무전기 소리가 멀어지는데 이번에는 남자가 물었다.

"밖이 소란하던데 무슨 일이 있습니까?"

"마스터키 하나가 연구원을 폭행하고 도망쳤어요. 멀리 가지는 못했을 겁니다."

마스터키? 나를 말하는 건가. 우미는 연구소에서 이름으로도 번호로도 불린 적 없다. 그런 이상한 이름으로 자신을 불러 왔다는 데에 우미는 묘한 배신감이 들었다.

"그럼 실례했습니다."

무전기 소리가 문 밖으로 떠난 후에도 남자는 한참 동안 우미를 부르지 않았다. 우미는 그저 기다렸다. 남자가 다가와 스크린을 사이에 두고 말했다.

"계단으로 지하까지 내려가세요. 그리고 주차장 차량 출입구를 통해서 빠져나가세요. 계단 출입문을 열기 위해서는 보안 카드가 필요합니다. 제 것을 드리겠습니다. 건물에서 도망치면 일단은 안전할 겁니다. 일단은."

스크린이 올라갔고, 남자는 목에 걸고 있던 카드를 우미에게 건넸다. 카드를 받으며 우미가 물었다.

"마스터키가 뭐죠?"

"그냥 연구소 프로젝트 중의 하나라고 생각하시면 됩니다. 저도 사실 잘 몰라요. 당신이 백신과 난치병 연구에 도움이 되고 있다는 사실밖에는."

"왜 하필 전가요?"

"생존자니까."

"우리는 다 살아 있잖아요."

"살아남기 힘든 상황에서 살아남았으니까요. 궁금했겠죠. 필요하기도 하고."

카드를 쥔 우미의 손에 힘이 들어가며 카드가 서서히 휘기 시작했다. 남자는 우미의 손목을 단호하게 붙잡았다.

"도망쳐요."

"아니요. 나한테 무슨 일이 있는지 알아야겠어요."

"어떻게요?"

우미는 대답하지 못했다.

"일단 돌아가세요. 내가 도울게요. 도와줄 사람들이 있어요."

"그 말을, 어떻게 믿죠?"

남자는 잠시 우미를 보다가 말했다.

"계속 기다렸어요. 돕고 싶었어요."

우미의 가슴속에는 분노로 키운 맹수 한 마리가 있

다. 언제든 표적이 나타나면 급소에 송곳니를 박아 넣고 단박에 숨을 끊을 수 있도록 거칠게 단련시켰다. 발톱은 금세 날카로워졌고 가두어 놓기 어려울 정도로 공격성이 자랐다. 안에서 종종 우미를 할퀴기도 했다. 그런데 지금, 그 사납던 짐승이 바닥에 배를 대고 엎드린다. 우미는 맹수를 키운 힘이 분노가 아니라 외로움이었다는 것을 알았다.

*

쪽문 위에 달린 감시카메라가 작고 빨간 불빛을 깜빡였다. 보이지 않는 곳에서 지켜보고 있다는 뜻이다. 우미는 등을 문 쪽으로 붙이고 남자의 카드를 리더기에 읽혔다. 덜커덕. 잠금쇠가 풀리는 소리, 닫힌 문이 열리는 소리, 음흉한 환영의 소리.

남자는 약속한 대로 다음 날 저녁, 우미에게 전화를 걸었다. 목요일 밤 11시 25분에서 30분 사이에 무인 경비 시스템으로 관리하는 후문을 통과해, 뒷산을 넘어, 주차장을 통해, 본관 건물에 들어가라고 했다.

— 보안 팀 사람 하나가 살펴주기로 했어요. 그러니까 꼭 25분에서 30분 사이에 들어와야 해요. 1초도 먼저 들어오면 안 되고, 1초도 늦게 들어와선 안 됩니다.

우미는 전화기를 들지 않은 다른 손으로 남자의 출입증을 만지작거리며 물었다.

"그런데, 제가 이 카드로 후문과 본관 지하 출입문을 통과하면, 출입 기록이 남지 않나요?"

— 상관없습니다.

괜찮습니다, 혹은 문제없습니다가 아니라 상관없습니다. 남자의 무심한 대답이 우미에게 무겁게 와닿았다.

확인, 검사, 치료, 시술, 수술……. 매번 다른 이름이 붙어 용인되던 시간들과 그때의 차갑고 축축하고 뻐근하고 따갑고 욱신거리던 감각들이 모조리 떠올랐다. 우미는 뒤늦게 찾아온 굴욕감에 몸서리를 쳤다. 살아 있는 우미의 몸을 마음대로 가져다 썼다. 무슨 일이 있었는지 정확하게 알고 싶었다. 그리고 알리고 싶었다.

웬만한 서적과 기사, 연구 기록, 논문 자료들은 데이터화되어 연구원 누구나 자신의 PC에서 쉽게 열어 볼 수 있다. 하지만 남자는 우미와 관련된 연구 기록들을 찾지 못했다. 연구소 전산망에 등록되지 않은 자료들은 본관 지하 3층 자료실에 특수한 방식으로 저장되어 있다. 자료실에 어떤 자료들이 있는지, 어떤 방식으로 보관하는지, 누가 어떻게 열람할 수 있는지는 남자도 모른다. 몇몇 연구원이 자료실에 침입하기도 했다는데 원하는 자료를 가지고 나오지는 못했다고 들었다.

남자는 우미와 관련된 자료가 본관 자료실에 있을 거라고 확신했다. 남자의 역할은 우미를 자료실에 들어가게 해 주는 것, 딱 거기까지다. 암호를 풀든, 잠금장치를 깨든, 다음은 우미의 몫이다.

뒷산은 산책로에만 가로등이 있고 그나마도 대부분 꺼져 있어 생각보다 어두웠다. 우미는 발바닥에 닿는 흙길의 질감, 발소리의 울림, 그리고 주변의 소음으로 거리와 공간을 가늠하며 걸었다. 바람 소리, 나뭇잎이 흙 위를 구르는 소리, 작은 열매가 흔들리는 소리. 가늘지만 거칠고 돌기가 있는 뭔가가 끌리는 듯 조심스럽게 지나는 소리. 땀이 머리에서부터 관자놀이를 타고 빗물처럼 줄줄 흘러내렸다. 등도 흠뻑 젖었다.

본관에 도착한 우미는 주차장 차량 출구를 거꾸로 뛰어 내려가서 지하 출입구를 통해 건물로 들어갔다. 발소리를 줄이기 위해 밑창이 얇은 운동화를 신었더니 발바닥이 아팠다. 뒷산을 지날 때만 해도 찌릿한 정도이던 발바닥의 통증은 계단을 내려가기 시작하자 못을 박아 넣기라도 하는 듯 쿵, 쿵, 쿵 깊이 파고 들어왔다. 우미는 결국 'B3'이라고 적힌 안내등 아래에 주저앉고 말았다. 커다란 손으로 운동화까지 움켜쥐고 발을 주무르는데 발이 너무 크다는 생각이 들었다. 큰 발이 버겁고, 이렇게 크고 두껍고 튼튼하게 생긴 발이 아픈 게 어이없고, 이 걸음이 어디서 어떻게 끝날지 알 수 없어 두려웠다.

무릎을 세워 쭈그려 앉으려고 했지만 허벅지가 두꺼워 몸이 웅크려지지가 않았다. 불편한 채로 계단에 드러누워 버렸다. 스스로도 이유를 분명히 말할 수 없는 눈물이 났다. 눈물 줄기는 점점 굵어졌고 콧물까지 흘렀다. 두 손으로 입을 틀어막고 끅끅 소리를 삼키느라 눈물을 닦지 못했다. 안내등의 초록빛이 눈물에 번져 노랑과 하양, 연둣빛으로 반짝였고, 우미는 무릎을 짚고 일어나 그

빛의 교집합 속으로 들어갔다.

지하 3층으로 들어가는 문은 남자의 카드로 열 수 없다. 전기실에서 약속된 시간에 잠깐 전기를 끊을 텐데 그때 보안도 잠시 해제된다. 하지만 곧바로 임시 전기가 연결되면서 잠금장치가 작동할 것이다. 공백은 길어 봐야 1초. 신호음이 한 번 울리자마자 문을 밀고 들어가야 한다. 놓치지 않고, 머뭇거리지 않아야 한다. 우미의 귀에 자신의 심장 소리가 크고 분명하게 쿵, 쿵, 쿵 들렸다. 잠시 후, 긴장을 툭 놓아 버린 것 같기도 하고 맥이 빠진 것 같기도 한 기계음이 짧게 울렸다. 우미는 재빨리 어깨에 온몸의 무게를 싣고 기대듯 문을 밀었다. 커다랗고 묵직한 철문이 열렸다.

문 위에는 후문에서 보았던 카메라와 빨간 불빛. 우미는 준비해 온 짙은 회색 종이 덮개를 카메라에 재빨리 씌웠다. 보안실의 모니터 화면은 작게 분할되어 있는 데다 수백 개의 영상이 계속 순환되며 나타나기 때문에 큰 움직임만 없다면 눈에 띄지 않을 거라고 했다. 남자는 이런 식으로 남의 연구실에 들어가기도 했다며, 밤의 건물 내부라는 게 어차피 비슷비슷한 어둠이죠, 했다. 우미는 덮개를 씌워 놓고 눈을 꼭 감은 채 아무 일도 없기를 기다렸다. 갑자기 사이렌이 울리며 모든 조명이 켜지는 환영이 눈앞에 보였다. 눈을 디욱 꼭 감고 천천히 60까지 셌다. 다행히 아무 일도 없었다.

후문을 통과할 때는 보안 팀의 도움을 받고, 지하 3층으로 들어갈 때는 전기실의 도움을 받고, 또 주차장으로 나갈 때는 당직 연구원의 도움을 받고, 또 건물을 나갈 때는…… 덤덤히 읊는 남자에게 우미는 그들이 왜 도와주는 거냐고 물었다. 남자는 그들이 왜 도와주는 것 같은지 되물었다.

"연구소의 일에, 반대하는 분들인가요?"

잠시 정적. 그리고 남자가 대답했다.

— 보안 팀 친구와 전기실 직원은 당신이 안쓰러워서, 연구원은 당신 같은 사람들이 모두 안쓰러워서, 그게 전부예요.

"선생님은요?"

— 당신을 보기 전에는, 막연한 책임감? 죄책감? 그런데 지금은 나도 같아요. 당신이 안쓰러워서. 직접적이고 구체적인 마음이 사람을 움직이죠. 신념은, 그 자체로

는 힘이 없더라고요.

복도 양쪽으로 유리문이 상가처럼 이어져 있었다. 어두워서 안이 잘 보이지 않았다. 우미는 발소리가 나지 않도록 천천히 다가갔다. 화장실 크기의 작은 방이 복도를 가운데 두고 양편으로 쭉 이어져 있고, 방 한 칸에 침대가 하나씩, 침대 위에 한 사람씩. 두 손을 가슴에 올리고 천장을 향해 똑바로 누운 사람도 있고, 다리를 꼬고 옆으로 누운 사람도 있고, 이리저리 뒤척이는 사람도 있었다. 우미가 앞으로 나아가지도 되돌아 나오지도 못하고 서성이고 있는데 유리문 중 하나가 조용히 열렸다. 우미보다 한참 작은 실루엣이 문 안에서 나와 우미를 보고 가만히 섰다.

"여기…… 자료실 아닌가요?"

마치 길을 묻는 관광객처럼 우미가 묻자 실루엣이 태연하게 고개를 끄덕였다. 당황한 침입자가 뻔뻔하게 또 물었다.

"자료는 어디에 있나요?"

"우미. 키 188센티미터, 최근 1년간 3개월 단위 몸무게 97, 95, 96, 97킬로그램으로 큰 변화 없음. 30년 전 9월 30일 새벽 3시경, 사하맨션에서 출생. 부모는 원주민이었으나 주민 자격을 갖추지 못해 L2 체류권으로 타운에 거주하던 중 아버지는 같은 해 5월 17일 22시경 신종 호흡기 전염병으로 사망. 어머니도 임신 중 감염됐으나 완치, 출산 중 과나 출혈로 사망. 호흡기 질환 감염 태아 중 자연유산되지 않고 출생한 유일한 사례. 신종 호흡기 질환 백신 및 치료제 개발, 유전자 돌연변이 연구, 인간 복제 배아 연구, 이식용 인공장기 연구에 활용 중. 계속할까요?"

우미가 아무 대답도 못하고 뒷걸음치는데 실루엣이 우미를 향해 빠르게 다가와 손을 잡았다.

"나를 데려가 줘요."

자료실의 보관법이다. 보관소는 현재 97명. 공공 보육원에서 특출한 아동들을 선발해 수년간 집중 훈련을 시킨 후 테스트를 통과하면 자료실에 배치한다. 이들의 업무는 기억하는 것. 온종일 개인 작업실 책상에 앉아 제공되는 자료들을 외우고 또 외운다. 보관소가 모든 인명, 지명, 기관명과 가종 수치들을 정확히게 외우고 나면 문

서나 파일 형태의 자료는 폐기된다. 같은 자료는 최소 세 명의 보관소가 기억하고 있다가 열람 요청이 들어오면 교차 확인 후 제공하는데, 이 확인 단계에서 보관소의 정확도를 알 수 있다. 정확도가 일정 수준 이하로 떨어지면 더 이상 보관소 역할을 할 수 없다. 그렇다고 자료실에서 나올 수도 없다. 이미 너무 많은 것을 기억하고 있기 때문이다.

여자는 스무 살이라고 했다. 열 살에 발탁되어 열네 살부터 자료실에서 일했다. 처음에는 자신에게 주어진 일이 좋았다. 일터는 쾌적하고 편안하고 안전했으며 연구소에서 건강과 컨디션까지 섬세하게 관리해 주었다. 다른 L2들과 달리 선택받았다는, 특별하고 중요한 일을 한다는 자부심도 있었다. 아무런 걱정과 불만이 없었고 당연히 정확도는 높았다. 하지만 지금 그녀는 방출 위기에 놓여 있다.

"보관소들은 몇 살쯤에 은퇴하죠? 벌써 그럴 때가 된 건가요?"

우미가 묻자 여자는 고개를 저었다.

"이런 방식의 자료실을 구축한 게 얼마 되지 않아서

아직 노화로 역량이 떨어질 만큼 나이 든 사람은 없고요. 경력이 쌓이면 더 예민해지고 노련해지죠. 암기력이나 집중력의 문제가 아니에요. 오류가 발생한다는 건 감정이 개입됐다는 뜻이에요."

너무 많이 알게 되어서, 그리고 그걸 다 기억해야 해서 괴로웠다고 한다. 하지만 기억은 사람만 할 수 있는 일이라고 생각했다. 잊지 않아야 한다. 망각을 두려워해야 한다. 그래서 감수했다. 잊지 않는 일, 증언하는 일, 기록이 되는 일, 기쁜 일을 오래 기뻐하게 하고 슬픈 일을 오래 슬퍼하게 하는 일. 하지만 자신의 기억이 원하는 모든 이에게 공정하게 제공되어 가치 있게 쓰이지 않는다는 사실을 깨달은 후부터 여자의 정확도는 급격히 떨어졌다.

여자는 우미의 팔을 더 꽉 붙잡으며 다시 한번 말했다.

"나를 여기서 데리고 나가 줘요, 제발."

우미도 자료 그 자체인 여자가 필요했다. 10여 분 후면 들어왔을 때와 반대의 순서로 다시 한번 잠금장치들이 풀릴 것이고, 그 순간 우미는 연구소를 빠져나가야 한다. 여자와 함께 나갈 수 있을까. 확신은 없지만 우미는 일단 여자를 둘러멨다.

그때 긴 사이렌이 울리며 주변이 소란스러워졌다. 철컥 철컥 철컥…… 잠기고 있는지 열리고 있는지 알 수 없는 자동 잠금장치 소리가 우미를 향해 가까워졌다. 가두겠다는 뜻일까, 떠나라는 뜻일까. 우미는 여자를 꼭 끌어안은 채 뒷걸음질 치다 벽까지 밀렸다. 여자의 몸은 뜨거웠고, 가늘고 헝클어진 머리칼이 우미의 뺨을 간지럽혔다. 여자의 옷에서인지 몸에서인지 움직일 때 마다 옅은 소독약 냄새가 스쳤다.

아득해졌다. 막다른 곳에 몰렸는데 이상할 정도로 마음이 편안했다. 사고의 속도가 절반으로 떨어졌고 머릿속은 고장난 태엽 인형처럼 덜걱이며 느릿느릿 돌아갔다. 세상 모든 것이 천천히 생각하고 움직이고 말했다. 어지러웠다.

우미는 공식적으로 사하맨션의 입주민 대표다. 맨션에 생각보다 신경 쓸 일이 많긴 하지만 다른 일은 해 본적이 없다. 그렇다고 맨션 일로 생활비가 충당되는 것도 아니다. 맨션이 낡아 갈수록 돈은 점점 많이 들어가는데 관리비도 제대로 못 내는 세대가 많다. 사실 우미의 수입은 대부분 '택시비'다.

처음으로 할머니 없이 혼자 연구소에 왔던 날, 우미는 엘리베이터에서부터 계속 방문증 모서리를 손끝으로 접었다 펴기를 반복했다. 할머니처럼 태연하게 행동할 수 있을까. 당당하면서도 예이 바르고 자연스럽게, 빋을 수 있을까. 받아서, 다음엔 어떻게 해야 하지. 되는대로 주머니에 접어 넣을까, 조심스럽게 가방에 담을까, 아니면 무심한 듯 봉투로 부채질하면서 들고 나갈까.

"택시 타고 가세요."

접견실 데스크에 방문증을 반납하자 늘 그랬던 대로 직원이 봉투를 내밀었다. 우미는 두 손으로 봉투를 받는 동시에 고개를 꾸벅 숙이고 돌아섰다. 가방에 챙겨 담지도, 봉투를 열어 액수를 확인하지도 못하고 받은 자세 그대로 두 손에 쥔 채 뛰었다. 팔이 고정되어 있으니 몸이 균형을 못 잡고 휘청거렸다. 우미는 뒤뚱뒤뚱 정문을 나와 빈 택시에 올라탔다. 무심코 사하맨션이요, 했는데 기사는 목적지를 다시 묻지도 않고 룸미러로 우미를 슬쩍 보지도 않고 부드럽게 택시를 출발시켰다.

창밖으로 부옇고 커다란 먼지들이 회오리치며 흩날렸다. 얼핏 눈발이나 진눈깨비 같기도 하고 민들레 홀씨처럼 보이기도 했다. 이른 여름이었고 어느 것도 그 계절에 어울리지 않았다. 그때 먼지 하나가 창에 잠깐 달라붙어 가늘게 떨다가 날아갔는데, 뾰족한 씨앗 끝에 흙빛 잔털이 부슬거렸다. 플라타너스 열매인가.

사하맨션으로 이어지는 좁은 골목을 빠져나가면 대로를 따라 플라타너스 나무가 끝도 없이 심어져 있었다. 봄이면 씨앗과 털로 단단하게 뭉친 열매들이 막대 사탕처럼 대롱대롱 열렸고, 어린 우미는 맨션 아이들과 함께 그 열매를 따서 던지고 깨뜨리며 놀았다. 열매가 깨지면서 솜털이 사방으로 날리는 이 놀이를 아이들은 '폭탄 놀이'라고 불렀다. 솜털 때문에 맑은 콧물을 뚝뚝 떨어뜨리고 재채기를 하고 눈을 비비면서도 멈추지 않았다. 다른 아이들은 힘이 없어 발뒤꿈치로 열매를 밟아 깨뜨렸는데 우미는 손아귀에 쥐고 눌러 파사삭 부쉈다.

지금은 전처럼 흔하게 폭탄 놀이를 할 수 없다. 솜털이 알레르기를 일으킨다는 이유로 몇 년 전에 가로수의 수종이 바뀌었기 때문이다. 이제 플라타너스는 공원에서

나 볼 수 있다. 그런데 이 씨앗들은 어디서 날아온 걸까. 우미는 그 시절의 것인지도 모른다고 생각했다. 자신이 던지고 깨뜨렸던 열매들. 어디에도 내려앉지 못하고, 어디에도 뿌리내리지 못하고, 숱한 바람과 비와 눈을 견디며 떠돌다 다시 우미에게 돌아왔다.

그제야 우미는 봉투를 열어 보았다. 택시로 얼 번쯤 오갈 수 있는 액수였다. 넉넉한 금액에 마음이 놓이기도 하고, 마음이 놓이는 자신이 부끄러워지기도 했다. 짧은 순간 안도와 불안과 자괴와 체념이 순서대로 마음을 채웠다. 꽃님이 할머니도 택시비를 받았지만 택시를 타지 않았다. 텃밭을 가꾸고 아이들을 키우는 것밖에 할 줄 모르는 할머니 손에서 그동안 우미가 어떻게 입고, 먹고, 살았는지 알 것 같았다. 플라타너스 씨앗의 솜털이 들어간 것처럼 눈이 따가워지더니 두 눈에서 눈물이 뚝뚝 떨어졌다.

노력 없이 얻은 것으로 살아왔다. 잘 살았다. 그렇게 잘 살아오는 동안, 키가 크고 근육이 단단해지고 힘이 세지는 동안, 마음은 제대로 자라지 못했다. 성장의 과정을 건너뛰고 곧바로 늙었다. 늙고 나약해졌다. 우미는 갇히는 것도 두려웠지만 사실은 내쫓기는 것이 더 두려웠다.

우미 또래의 무장한 여자 한 명과 더 어려 보이는 남자 한 명이 우미를 향해 조심스럽게 다가왔다. 잠에서 깬 보관소들이 직원의 안내를 받아 차분하게 대피 중이었고 우미에게 매달린 여자는 죽을 것처럼 떨었다.

"진정해요. 보관소는 내려놓으시고요."

무장한 여자가 두 손바닥을 우미에게 보이며 차분히 말을 건넸다. 우미는 고개를 저으며 뒷주머니에서 만년필을 꺼냈다. 우미가 준비한 유일한 무기다. 겉모습은 정말 평범한 만년필인데 뚜껑을 열면 펜촉이 아니라 10센티미터 정도의 단도가 나온다. 작년 여름, 영감이 준 것이다.

유난히 비가 없고 더운 여름이었다. 관리실은 그늘이 들지 않는다며 투덜거리고 있을 영감이 생각나 우미는 마트에서 아이스커피 하나와 아이스크림 하나를 샀다. 커피는 영감을 주고 아이스크림은 우미가 먹을 생각이었는데, 영감은 고맙다며 아이스커피 뚜껑을 따서 벌컥벌컥 들이켜는 동시에 아이스크림은 냉동실에 넣었다.

우미는 그냥 웃고 말았다.

영감과 우미는 쓰레기 수거 방법과 1층 청소 문제, 복도 난간 보수공사에 대한 애기를 했다. 우미가 철제 난간 사이에 벽돌을 채우고 아예 시멘트로 덮어 버리자고 했는데 영감이 잘 이해하지 못했다. 그림을 그려서 설명하려고 무심코 책상 위에 뒹구는 펜 중 하나를 잡아 뚜껑을 열었다. 칼이 나왔다. 작지만 제법 예리하게 벼려져 있어 우습다고도 위협적이라고도 할 수 없었다.

"이런 걸로 사과 깎으세요?"

"사과는 껍질채 먹어야지."

"호신용이라기에는 귀엽네요."

"나를 지키기 위한 건 아니고."

우미는 자신의 손등에 칼날을 대 보았다. 훈련되지 않은 사람이 스스로에게 치명상을 입힐 수 있을 정도의 크기와 날카로움. 영감이 말을 이었다.

"누군가를 지키기 위한 마지막 수단으로 나를 버릴 때 쓸 수 있지."

"써 보셨어요?"

영감은 고개를 저었다. 우미가 뚜껑을 조심스럽게 닫

아 책상에 내려놓자 영감이 집어 들어 우미에게 건넸다.

"가져."

"필요 없으세요?"

"너희들이 썼으면 좋겠어."

만년필이 나오자 두 사람은 동시에 권총을 꺼내 우미를 조준했다. 우미는 만년필의 뚜껑을 오른손으로 꽉 쥐고 몸통을 입으로 물어 당기며 생각했다. 너희들. 왜 '너'가 아니고 '너희들'이었을까.

"가까이 오지 마."

우미는 칼끝을 자신의 목에 갖다 댔다. 그러지 않으려고 했는데, 두 눈에 눈물이 차올랐다. 눈앞의 풍경이 꿈인 듯, 환상인 듯 어른거렸다.

*

몸을 최대한 웅크렸는데도 좁다. 고무처럼 질긴 막이 몸을 휘감았고 막과 몸 사이는 끈적이는 액체로 채워졌다. 콧구멍 안까지 액체가 스며들어 숨 쉬기가 힘들다.

여기가 어디인지 눈으로 직접 보고 싶다. 도와 달라고 소리치고 싶다. 하지만 눈을 뜨면 눈 안으로, 입을 열면 입 안으로 액체가 들어올 것 같아 눈도 뜨지 못하고 말도 하지 못한다.

액체가 코 안을 가득 채우더니 조금씩 목을 타고 넘어간다. 숨을 쉴 수 없는 와중에 목으로 계속 액체가 넘어와 결국 꿀꺽꿀꺽 삼킨다. 삼키면서 숨을 쉬기 위해 입을 벌리고 벌어진 입안으로 끈적이는 액체가 왈칵 들어와 또 꿀꺽꿀꺽 삼킨다. 한꺼번에 너무 많은 양을 넘겨서인지 갑자기 딸꾹질이 나온다. 몸 전체가 진동할 만큼 크고 요란하게 딸꾹질을 한 번 하고 나니 더 이상 숨이 막히지 않는다. 코와 입은 여전히 끈적이는 액체로 꽉 막혀 있는데 답답하지 않다. 숨을 쉬고 있는 기분이다. 몸 어딘가에 숨어 있던 아가미가 열린 걸까. 더듬어 보고 싶지만 막에 꽁꽁 싸여 있는 몸을 움직일 수가 없다. 딸꾹. 딸꾹. 몸을 떨면서 용기를 내 눈을 번쩍 뜬다. 쏟아지는 오렌지빛. 눈이 부시다.

선이 부드러운 얼굴이 우미를 내려다보고 있었다. 거짓말처럼 생의 첫 번째 장면이 떠올랐다. 두려움에 가득 찬 꽃님이 할머니의 얼굴.

"할머니?"

우미를 내려다보던 얼굴이 고개를 돌리며 자리를 떠났다.

"엄마?"

아무도 대답하지 않았다. 우미는 팔을 들 기운조차 없었고 몸이 전혀 움직여지지 않았다. 딸꾹질을 했는데 목을 찢고 나오는 것처럼 아파 다시 딸꾹질이 나올 때까지 신음이 멈추지 않았다. 딸꾹질과 신음, 딸꾹질과 신음, 딸꾹질과 신음……. 눈을 감고 생각했다. 돌아가고 싶다. 끈적이는 액체를 삼키던 때. 딸꾹질을 해도 목이 아프지 않던 때. 아가미가 열려 있던 때.

똑똑. 가볍고 맑은 노크 소리가 들렸다. 머리를 직접 두드리는 것처럼 가깝고 크게 귀에 울렸는데 피부에 닿는 느낌은 없었다. 우미는 눈을 반쯤 뜨고 주위를 둘러보았다. 가운을 입은 중년의 연구원. 비슷한 가운을 입은 젊은 연구원들이 그를 '팀장님'이라고 불렀다.

여자를 둘러멘 게 마지막 기억이다. 앞에서 다가오는

남자에게 집중하는 사이 뒤에서 또 다른 사람이 우미를 덮쳤다. 반사적으로 단도를 휘둘렀는데 목을 살짝 긋고 빗나간 것 같다. 우미는 몸을 일으키려고 했지만 뜻대로 되지 않았다.

"괜찮아요?"

팀장의 목소리가 왠지 멀게 느껴졌다. 고개를 숙이며 다가오는 얼굴이 물속인 듯 굴절이 생기며 일그러졌다가 늘어나고 다시 일그러졌다. 팀장이 우미의 얼굴 쪽으로 손을 척 올려놓아서야 우미는 자신이 투명한 유리관 같은 곳에 누워 있다는 걸 알았다. 딸꾹질이 나왔다.

"목이 말라요."

"조금만 참아요. 지금 수술 중이니까."

"몸을 움직일 수 없어요."

"마취 상태라 그래요."

우미는 눈앞의 유리관을 둘러보며 물었다.

"이게 뭐죠?"

"멸균실."

팀장은 불친절하게 대답하고는 돌아서서 여자에게 말했다.

"재우는 편이 낫겠어."

여자가 고개를 끄떡이더니 트레이에서 주사기를 하나 꺼내 들었다. 우미가 다급히 말했다.

"잠깐만요! 난 아픈 데가 없어요."

팀장이 돌아서서 우미를 내려다보았다. 유리의 굴절을 따라 일렁이는 팀장의 얼굴에서는 표정이 읽히지 않았다.

"그쪽은 아픈 데가 없어요. 우리는 그 이유가 너무 궁금해. 그래서 이유를 알게 될 때까지는 계속 지켜보고 싶었는데 그쪽이 쓸데없는 짓을 했더라고. 아무 일도 없었던 것처럼 내보낼 수도 없고 여기서 데리고 살 수도 없고. 우리도 지금 참 난감해요."

여자가 우미를 향해 연결된 수많은 튜브 중 하나에 주삿바늘을 꽂았고 우미는 정신을 잃지 않으려 애쓰며 소리쳤다.

"나를 잃어도 상관없어? 아직 내가 필요할 텐데?"

그러고도 몇 번 더 악을 썼다. 내보내 달라고 풀어 달라고 죽어 버리겠다고 소리쳤다. 목 안에서 역한 약기운이 올라와 입안에 퍼지자 목소리가 더 이상 입 밖으로 나오지 않았다. 말들은 어린 고양이처럼 우미의 꿈 안으로 파고 들어와 울었다. 그 울음소리가 너무 가냘프고 애처로워서 꿈인 줄 알면서도 우미는 슬퍼서 견딜 수 없었다.

우미의 눈에서 눈물이 주르륵 흐르자 그는 마치 눈물을 닦아주는 것처럼 우미의 얼굴이 비치는 유리판을 쓰다듬으며 말했다. 너를 그냥 잃을 수는 없지. 아직 넌 우리에게 알려 줘야 할 게 많거든. 이대로 놓아 버리기엔, 여기까지 온 게 너무 아깝다.

701호, 진경

진경은 창가에 서서 주파수가 잘 잡히지 않는 라디오의 안테나를 이리저리 돌려 보았다. 얇은 종이를 구기는 듯한 잡음이 안테나의 움직임을 따라 커졌다 작아졌다. 잡음이 가장 작아지는 위치를 찾은 순간 뉴스가 시작됐다.

첫 번째 뉴스는 물론 의문의 사망 사건이다. 피해자 부검 결과, 무려 여섯 가지 종류의 수면제와 마취제가 검출됐으며 피해자의 몸과 옷에서 검출된 DNA가 용의자로 지목된 사하 D씨의 것과 일치했다. 경찰은 D씨가 피해자에게 몰래 수면제를 먹여 성폭행하는 과정에서 약물을 과다 사용해 사망에 이르게 한 것으로 보고 잠적한 D씨를 찾고 있다. 이번 사건을 계기로 사하맨션 거주민을 중심으로 한 사하들의 범죄가 사회 문제로 대두되고 있으며……. 진경은 라디오를 껐다.

도경의 사건이 일어나기 전은 아마도 타운에서 가장 평화로운 시절이었을 것이다. 장마를 앞둔 대기는 맑고 적당히 습했다. 타운 어린이들의 키와 몸무게가 증가세에 있다는 뉴스와 비 오는 날은 우유 판매량이 감소한다는 뉴스가 메인으로 방송될 정도였다. 사건은 톱뉴스로 떠올랐다. 외딴 공원 차 안에서 발견된 여자의 시체. 성폭행의 흔적. 호기심을 자극하기에 충분했다. 그러다 그 여자를 집요하게 쫓아다니며 괴롭혀 온 남자가 있다는 증언이 나오고, 그 남자가 사하임이 밝혀지면서 사건은 전혀 다른 방향으로 진행되기 시작했다.

맨션을 둘러싼 불만과 불안의 목소리들이 높아졌다. 사하맨션이 전 세계 범죄인들의 은둔처가 되고 있다는 주장은 도경의 사례에 한해 사실이다. 마약과 불법 총기류 거래의 온상이 되고 있다는 주장은 진경이 아는 한 사실이 아니다. 언론에서는 당장 맨션을 폐쇄하고 사하들을 추방하지 않으면 엄청난 일이 벌어질 것처럼 분위기를 몰아갔고, 시청 건축과와 주민과에서 긴급 현장조사를 나왔다.

마르고 거친 나뭇가지들이 진경에게 손을 뻗었다. 진경이 뒷걸음쳤지만 가지들이 무척 빠르게 자라나 진경을 따라왔다. 그 속도가 이상하게 느껴지지는 않았다. 비탈에 물이 흐르고 봄바람에 꽃잎이 떨어지는 것처럼 자연스러웠다. 길고 무성해진 가지들은 진경의 손목과 발목을 감고 목을 감고 허리를 휘감았다. 머리칼을 헝클어뜨리고 눈을 가리고 가랑이 사이를 지나갔다. 나무에게는 감정이 없다는 것을, 의지도 의미도 없다는 것을 알면서도 불쾌했다. 농락당하는 기분이었다. 진경이 가지를 꺾어 부러뜨리고 풀어내자 나뭇가지들은 더욱 맹렬하게 진경을 옥죄며 맨살을 할퀴었다. 움직이는 것조차 힘들어졌다.

잔가지들만 거두어서는 해결될 것 같지 않았다. 진경은 아예 뿌리를 뽑아 버리려 맨손으로 무작정 흙을 파내기 시작했다. 손톱 밑으로 굵고 단단한 모래알들이 들어와 박히며 손끝이 아렸다. 쓰라리고 따갑고 욱신거렸다. 손의 통증에 집중하느라 피부가 긁히고 숨통이 조여 오는 것도 잊었다.

드디어 드러난 사람 발목 두께의 단단한 뿌리는 땅속에 있다는 것이 믿기지 않을 만큼 흙도 묻어 있지 않고 잔뿌리도 없고 상처도 없이 말끔했다. 더 깊이. 더 깊이. 뿌리의 끝을 찾아 파내려 가는데, 뿌리가 휘어 있었다. 팔을 굽히듯, 무릎을 굽히듯, 단호하게 꺾여 지상을 향하고 있었다. 뭐지? 대체, 이건 뭐지? 진경은 매끈한 뿌리에 손바닥을 갖다 댔다. 따뜻했다. 얼핏 움직임이 느껴졌다. 반경이 크고 적극적인 움직임이 아니라 심장 같은 불수의근의 규칙적이고 미세한 진동, 떨림, 수축 같은 것.

뿌리를 두 손으로 움켜 쭉 잡아당겼다. 주변의 흙들을 일으키며 뽑혀 나온 뿌리는, 진경의 다리였다. 땅에 박혀 있는 자신의 두 다리. 움직일 수 없는 몸. 자신을 양분 삼아 자라는 나무. 다시 스스로를 옭아매는 가지들.

비명과 함께 잠에서 깨자마자 진경은 발을 더듬어 확인했다. 단단하게 굳은살이 박인 발바닥과 두껍고 울퉁

불퉁한 발톱, 긴 발가락. 몸을 동그랗게 말아 두 발을 꼭 쥐고 모로 누웠다가 일어섰다. 그때 현관의 철문이 달그락거렸다. 노크 소리인지 확신이 들지 않아 신경은 조용히 두 번째 기척을 기다렸다. 이번에는 스치는 소리였다. 방금처럼 정면으로 와서 부딪히는 짧고 분명한 소리가 아니라 긁고 지나가듯 길고 흐릿한 소리. 진경은 달려가 현관을 열었다.

너무 이른 새벽. 문밖에는 아무도 없고, 복도의 센서등도 모두 꺼져 있었다. 혹시나 하는 마음에 난간에 기대어 앞마당을 내려다봤지만 역시 아무도 없었다. 이상하게 서늘했다. 어둠 속 어딘가에서 거친 시선이 와닿는 것을 느끼며 천천히 돌아서는데 얇은 슬리퍼 바닥에 뭔가가 밟혔다. 돌멩이였다. 엄지손톱 크기의 작고 동그란 돌멩이. 꽃님이 할머니의 텃밭에서 고심해 주웠을 것이다.

그때 복도 끝에 반짝 센서등이 켜지더니 진경의 팔에 묵직한 것이 날아와 부딪혔다. 그리고 계단을 뛰어 내려가는 가볍고 바쁜 발소리. 진경은 추측이나 의심이 시작되기도 전에 반사적으로 따라 뛰었다. 성큼성큼 계단을 두 개, 세 개, 네 개씩 건너뛰어 날아가듯 그를 덮쳐 뒷덜미를 잡아챘다. 우연이었다.

"이게 무슨 짓이야?"

"꺼지라고."

"뭐?"

"맨션 사람들한테 피해 주지 말고 꺼지라고."

수돗가에서, 텃밭에서, 쓰레기장에서 스쳐 지나치곤 했다. 그때마다 우연은 곧바로 표정을 지우며 시선을 멀리 보냈고 그래서인지 늘 화난 것처럼 보였다. 우미에게만 누나라고 부르며 깍듯했고, 영감이나 꽃님이 할머니 정도의 어른이 아닌 한 나이가 많은 사람들에게도 반말을 하며 함부로 대했다.

"너 때문이야. 누나 찾아내!"

진경은 우연의 옷깃을 슬그머니 놓았다. 우미가 사흘째 보이지 않고 있다. 궁금하고 걱정스럽기는 진경도 마찬가지지만 왠지 우연의 화풀이를 받아 주고 싶었다. 우연은 한참 진경을 노려보다가 바닥에 침을 탁, 뱉고는 돌아섰다.

진경은 멍하니 복도를 걷다가 1층까지 내려갔다. 그

한밤에 꽃님이 할머니가 수돗가에서 물을 받고 있었다. 물통 하나는 가득 채워 세워 두고 두 번째 통에 물을 채우고 있다. 진경은 뛰겨 나가듯 달려가 기울어지는 물통을 받쳤다.

"혼자 물 받으러 다니지 마시라니까. 저나……."

우미한테 시키라고 말하려다가 고쳐 말했다.

"앞으로는, 저 시키세요."

마지막으로 우미를 본 사람은 영감이었다. 늦은 저녁이었다. 우미는 표지석을 지나 정문 쪽으로 걸어 나가다 되돌아와 불쑥 관리실 유리문을 두드리며 영감에게 오늘이 몇 월 며칠이냐고 물었다. 영감은 대답 대신 책상 위에 놓여 있던 탁상용 달력을 들어 보여 주었다.

"제가 벌써 30년을 살았네요."

우미가 너무 뜬금없는 소리를 해서 영감은 혹시 잘못 들은 건가 잠시 생각했다. 그사이 우미는 맨션 밖으로 걸어 나갔고 돌아오지 않았다. 평소 같지 않은 얼굴이었다며 요란하게 우미를 찾던 영감은 어느 순간 입을 다물었고, 꽃님이 할머니는 이후로 집에서 나오지 않았다. 우미가 며칠씩 말도 없이 맨션을 떠난 게 처음은 아니다. 경찰서나 구치소, 연구소에 다녀왔다며 하룻밤 외박한 경우는 셀 수도 없고, 사흘 만에 나타나 여행을 했다고 한 적도, 일주일 만에 나타나 몸이 안 좋아 치료를 받았다고 한 적도 있다. 그런데 이번에는 주변의 반응이 예전과 달라 진경도 왠지 불안했다. 진경이 할머니에게 물었다.

"우미는 어디 있나요?"

"몰라 물어?"

"몰라요, 할머니."

"왜 몰라? 왜? 왜 그걸 나한테 물어?"

왜 몰라, 왜, 몰라, 왜, 왜, 몰라, 도대체, 왜, 왜, 왜, 몰라…… . 할머니는 취한 사람처럼 같은 말을 중얼거렸다. 처음에는 알면서 왜 모르는 척하느냐는 비아냥으로 들렸다. 다음에는 어떻게 네가 모르느냐는 추궁으로 들렸다. 그러다 마지막에야 정말 궁금해서 하는 말이라는 것을 알았다. 그때 관리실 문이 벌컥 열렸다.

"우미냐?"

영감이 진경의 목소리를 잘못 들은 모양이었다. 푹 꺼진 눈두덩과 볼. 그사이 영감의 얼굴은 더 상해 있었다. 영감의 눈이 오히려 할머니보다 더 간절하고 애틋해서 진경은 차마 아니라고 대답도 못 하고 머뭇거리고 있었다. 영감은 머리가 아픈지 관자놀이를 꾸욱 짚으며 다시 물었다.

"방금 우미 소리를 들은 것 같은데?"

진경이 느리게 고개를 젓자 영감은 다리가 풀린 듯 털썩 무릎을 꿇고 주저앉아 버렸다. 그러고는 아무 신음 없이, 통곡 없이, 눈물도 없이, 가만히 가슴을 쥐어뜯었다. 마치 우미가 이미 잘못되기라도 한 것 같았다. 진경이 다가가 팔을 뻗자 영감은 그 팔을 툭 쳐 내고는 휘청휘청 혼자 관리실로 들어가 버렸다.

진경은 꽃님이 할머니까지 들여보내 놓고 다시 마당으로 내려왔다. 담배를 피우며 우미를 생각했다. 계단을 오르며 우미를 생각했다. 빈집에 덩그러니 누워 우미를 생각했다. 마디가 굵은 손과 커다랗고 들쭉날쭉한 앞니를 생각했다. 툭 튀어나온 눈썹과 광대뼈를 생각했다. 생각하고 있으니 숨이 고르게 쉬어지지 않았다. 천천히 깊게 호흡하려고 노력했지만 의지와는 달리 갑자기 공기가 밀려들고 밀려 나갔다. 가쁜 숨을 몰아쉬며 영감처럼 가슴을 쥐어뜯으며 진경은 우미를 생각하고 도경을 생각했다.

*

집배원은 내키지 않는 표정으로 관리실의 유리창을
두드렸다.

"여기, 우편함이 따로 있습니까?"

집배원도, 관리실 영감도 당황했다. 우편함은 한동안
쓰레기통처럼 사용되더니 지금은 그나마도 모두 녹슬어
입구가 들러붙어 버렸다. 타운 독립 이후 사하맨션에 도
착한 첫 번째 공식 우편물. 영감은 관리실 문을 열고 나
서며 웅얼거렸다.

"우편함은 없는데……."

"그럼 개별 호로 직접 배달하면 됩니까?"

"몇 호요?"

"701호."

영감은 7층을 올려다보며 잠시 생각하다가 대답했다.

"내가 전해 줄 테니 나한테 주쇼."

"특급 우편이에요. 빨리 전해 주셔야 합니다."

잘됐다는 듯 집배원은 영감에게 얼른 봉투를 내밀고는 고개를 꾸벅 숙이며 급히 맨션을 빠져나갔다. 불안한 마음으로 봉투를 받아 앞뒤로 돌려보던 영감은 발신자를 보고 어깨가 굳어 버렸다.

영감은 봉투를 뒷주머니에 꽂고 계단을 올렸다. 너무나 까마득하고 숨이 막혀 마음을 비울 생각으로 자신의 발걸음에 숫자를 붙였다. 113, 114, 115, 116…… 100개가 넘는 계단을 매일 오르내렸을 진경과 도경을 생각했다. 수를 생각했다. 순찰하느라 맨션을 둘러보며 천천히 오를 때와 오로지 701호로 가기 위해 계단만 세며 오를 때는 전혀 달랐다. 젊은 사람들에게도 7층까지 오르는 일이 만만치 않으리라 짐작은 했지만 이렇게까지 아프고 힘든 일인 줄은 몰랐다. 영감은 계단을 오르며 진경의 마음 하나를 더 알게 되었다.

701호 앞에 서서 영감은 잠시 망설였다. 확실하지도 않은데 괜한 생각은 하지 말자 싶어 최대한 무표정하게 봉투를 건넸다. 내용물을 확인한 후 진경은 먼 곳 어딘가에 시선을 둔 채 아주 천천히 봉투로 부채질을 했다. 게

으르게 일어나는 바람은 조금도 시원하지 않았다. 진경은 아무 표정이 없고 영감은 우편물의 내용을 전혀 짐작할 수 없었다. 그때 B동 쪽에서 아기 울음소리가 났다. 사하맨션에는 지금 갓난아기가 없다. 고양이였다.

"어디 새끼 고양이가 있나 보네요."

"발정 난 거야."

"새끼가요?"

"새끼가 아니겠지."

"그럼요?"

"진경아."

"새끼도 아니면서 왜 새끼 고양이 소리를 내죠? 왜 아무 때고 아무 데서나 발정이 나고 그래 놓고 왜 불쌍한 아기처럼 울죠? 영감님이 봤어요? 발정난 고양인지 새끼 고양인지 영감님이 봤어요?"

그렇게 간단하게 도경의 검거와 사형 집행 소식이 전해졌다. 사하 및 L2 범죄자 형 집행 조항에 따라 시신은 위생적으로 폐기되었다고 한다. 진경이 작은 손으로 우편물을 단번에 움켜쥐자 종이 구겨지는 소리가 고요한 복도에 요란하게 울렸다. 얇은 유리가 깨지는 것 같았다.

진경은 영감을 밀쳐 내고는 서너 칸씩 계단을 뛰어 내려
갔다.

관리인들도 발길을 끊었는지 공원은 그사이 잡초가
무성해져 산책길을 덮었고 바위 틈새마다 쓰레기들이
꽂혀 있었다. 시큼하게 써는 냄새가 바람에 실려 왔다.
알 수 없는 날벌레들. 진경은 사고 직후 올라왔던 계단
끝 공터 작은 벤치에 누웠다. 어둠이 고요하게 주위를 덮
었다. 시간도 공간도 막연하게 느껴졌다. 화가 났지만 슬
프지는 않았다. 몽롱하고 막막하고 한없이 무기력했다.
분명 잠들지 않았는데 꿈을 꾸는 것 같았다. 관자놀이 위
로 뭔가 흘러내리는 느낌이 들어 손가락을 대 보고서야
눈물이 흐르고 있는 것을 알았다.

누군가 진경의 이름을 불렀다. 꿈인가. 두 번째는 목
소리가 조금 더 크고 선명해져서 진경은 황급히 일어나
벤치 뒤로 몸을 숨기며 소리쳤다.

"가까이 오지 마."

하지만 목소리의 주인공은 가까워졌다. 뒤는 낭떠러
지고 앞에서는 그들이 아랑곳 않고 다가온다. 진경은 선

불리 움직이지 못했다.

"재밌네. 동생도 이랬다던데."

막다른 길에 얼어붙어 서 있는 도경의 모습이 보이는
듯했다. 가장 중요한 순간이면 도경은 그렇게 주춤거리
며 결정을 내리지 못했다. 진경이 항상 한 걸음 뒤에 서
서 그대로 가라고 멈추라고 도망치라고 신호를 주었다.
진경의 명령 없이 움직인 도경의 첫 번째 발걸음은 수를
향했다. 이제까지 진경은 그 걸음의 의미와 무게를 알지
못했던 것 같다. 어쨌든 후회하지 않았길. 세상에는 단
한 걸음도 스스로 내딛지 못하고 끝나는 인생들이 더 많
으니까.

어깨가 넓은 두 남자에 가려 얼굴이 보이지 않는 여
자가 연구소에 함께 갈 것을 제안했다.

"알려 줄 게 있으시답니다."

"내가 알면 달라질 게 있나요?"

"저야 모르죠."

"그럼 내가 알아야 할 필요가 있나요?"

여자는 하품을 한 번 하더니 대답했다.

"알아서 선택하세요. 꼬치꼬치 캐묻지 말고. 하지만

당신, 나를 따라오게 될 거야. 달라질 건 없어도 알고 싶은 건 있을 테니까. 어차피 사람을 움직이는 가장 큰 힘은 호기심이거든."

진경은 말없이 긴 복도를 따라 걸었다. 바닥과 벽과 천장까지 온통 연회색인 길을 따라 같은 그기의 칭이 깉은 간격으로 꼬박꼬박 나타나는 것을 보며 걷자니 현기증이 일었다. 이 길을 걸었을 우미를 생각했다. 꽃님이 할머니의 손에 매달린 다섯 살의 우미, 도망치고 싶은 열다섯 살의 우미, 어쩔 수 없는 스물다섯 살의 우미. 수십 년 동안 이 길을 걷는 일은 최면 같았을 것이다.

창이 없는 방은 서늘했다. 에탄올이나 포르말린 같은 소독약에 푹 담갔다가 건진 것처럼 말끔하지만 축축하고 거북했다. 그리고 머리를 울리는 기계 소리. 소리는 오른쪽 귀에서 크게 울리다가 다시 왼쪽 귀에서 크게 울리고 오른쪽 귀와 왼쪽 귀를 오가며 반복됐다. 진경은 고개를 이리저리 돌리며 머리를 조여 오는 소음을 견뎌야 했다.

입구에 아무 장식도 무늬도 없는 원목 테이블이 덜렁

놓여 있었다. 양쪽으로 네 사람씩 여덟 사람 정도는 충분히 앉을 수 있는 크기. 테이블 끝 자리에서 중년 남자가 차를 마시고 있었다. 길고 손잡이가 가느다란 찻잔에서는 연기가 피어오르지 않았고 여기 앉으라는 듯 남자의 맞은편 자리에도 똑같은 찻잔이 놓여 있었다. 물이었다. 테이블 뒤편으로 철제 실험대 같은 것이 네다섯 개 보였다. 아무리 봐도 손님을 맞을 용도의 방 같지는 않았다. 실험실인가. 왜 나를 여기로 불렀을까. 진경의 오른쪽 눈꺼풀이 파르르 떨렸다. 눈꺼풀보다 마음이 더 떨렸다. 내키지 않는 마음으로 자리에 앉으려는데 실험대 유리판 안에 뭔가 보였다.

평범한 실험대가 아니었다. 정육점 좌판처럼 길고 움푹 파인 진열대 위에 유리판이 덮여 있고 그 안에 무언가 있었다. 진경은 두렵고 불안하면서도 궁금했다. 보고 싶지 않은 마음과 두 눈으로 확인하고 싶은 마음이 번갈아 너울거렸다. 여자의 말이 생각났다. 어차피 사람을 움직이는 가장 큰 힘은 호기심이거든.

진경은 남자가 앉아 있는 테이블을 지나 실험대로 가 기어코 유리 덮개 안을 들여다보았다. 우미. 가슴부터 허

벽지까지는 거즈를 덮었지만 거즈가 너무 얇아 몸의 굴곡과 피부색과 체모가 그대로 비쳤다. 하얗다 못해 푸른 얼굴, 핏기가 선혀 없는 입술, 반쯤 떠서 흰자위만 보이는 눈. 우미가 지금 눈앞에 누워 있다. 구토가 올라왔다. 진경은 입을 틀어막아 겨우 속을 가라앉혔다.

"다른 데서 얘기하고 싶습니다."

진경의 말에 남자는 얼굴을 찡그려 콧마루에 세로로 세 줄의 주름을 만들었다.

"장소가 마땅치 않아서 저희 연구실로 모셨어요. 조용히 얘기하기에 여기만 한 곳도 없고."

남자는 물을 한 모금 마신 후 말을 이었다.

"얼른 얘기를 끝내는 게 서로 좋지 않겠어요?"

남자가 앞자리를 가리켰고 진경은 손으로 테이블을 짚으며 걸음을 옮겨 남자와 마주 앉았다. 목이 말랐지만 그들이 따라 놓은 물을 마시지는 않았다. 마음이 울컥거렸다. 그동안 애써 눌러 놓았던 감정들까지 한꺼번에 올라왔다. 분노만큼 커진 무력감과 그에 따른 죄책감, 의문과 피로가 몸을 겹겹이 감싸 고치에 갇힌 것처럼 감정들 안에 갇혔다. 그리고 마지막 순간, 고치를 찢고 나온 것은 나비가 아니라 나방이었다. 나방은 더러운 가루를 흩뿌리며 무거운 날개를 퍼덕거렸다. 진경은 남자에게 달려들었고 의자와 함께 뒤로 나자빠진 남자의 멱살을 쥐고 흔들며 소리쳤다.

"굳이 이렇게까지 해야 했어? 왜!"

남자는 무척 언짢은 얼굴로 진경을 밀치며 말했다.

"죽지 않았어."

"뭐?"

"죽지 않았다고."

진경은 도경을 생각했다. 그리고 고개를 들어 우미를 보았다. 반쯤 감은 우미의 눈꺼풀. 얼핏 입술이 움찔거리는 것도 같았다. 진경은 누구 얘기를 하는 거냐고 차마 묻지 못했다. 두 생명의 가치를 저울질하고 있는 자신을 견딜 수 없었다. 진경이 손을 떼자 남자는 무심히 옷을 털어 낸 후 의자를 일으켜 세워 앉았다. 남자는 하얗고 매끈한 찻잔의 곡선을 검지 끝으로 천천히 문지르며 덧붙였다.

"죽지는 않았지, 둘 다. 아직은 말이야."

진경의 머릿속에서 폭풍이 일었다. 남자는 눈을 내리

깐 채 태연했다. 진경은 입술을 몇 번이나 혀로 훑었지만 혀끝도 끈적하게 말라 버려 입술이 조금도 축여지지 않았다. 결국 테이블에 놓인 진을 들어 입안으로 불을 한 모금 흘려 넣었다. 모래성을 허물며 바닷물이 스며들 듯 혀의 돌기 사이사이로 물이 스며들었다. 굳어 버린 입안과 혀의 근육들이 스르르 풀렸다. 진경은 축축한 혀로 입술을 한 번 축이고는 물었다.

"도경이도, 저기, 있나요?"

"아뇨. 그런데 우리가 도와줄 수는 있을 것 같아요."

"뭘요?"

"원하는 거."

"왜죠?"

"우리가 도움 받을 일도 있겠죠."

남자는 테이블 뒤쪽으로 천천히 걸어갔다. 실험대 쪽으로 고개를 돌리더니 우미의 얼굴이 비치는 부분에 손바닥을 살며시 올려놓고는 쓰다듬듯 유리관을 쓸어내렸다.

"내가 어시스트 끝내고 처음 맡은 프로젝트가 얘거든요. 당시 총괄 팀장이 뭐에 꼬였는지 자료 싹 챙겨서 증발하는 바람에 떠맡다시피 했어요. 부랴부랴 랩 정비하고 연구 공백도 차근차근 메우면서 여기까지 왔어요."

남자의 짙은 눈썹이 여러 번 움찔거렸다. 뚫어져라 우미를 들여다보는 눈에 순간순간 살기가 스쳐 지나갔다. 진경은 남자의 눈에서 묘한 흥분을 읽었다. 커다랗고 하얀 여자가 잠들어 있다. 모르는 사람이 건넨 사과를 부주의하게 받아먹고 정신을 잃은 동화 속의 공주처럼. 유리관에 누워 있는 공주에게 한눈에 반한 왕자는 난쟁이들에게 사정해 공주를 데려갔다. 죽은 공주. 죽어서 유리관에 누워 있는 공주. 왕자는 공주의 시체를 가져다가 어쩌려는 생각이었을까. 만약 신하가 관을 놓치지 않았다면. 목에 걸린 사과가 튀어나오지 않고 공주가 깨어나지도 않았다면. 왕자는 어쩌면 두 사람이 오래오래 행복했다는 결말보다 공주가 영원히 깨어나지 않는 결말을 더 원했을지도 모른다.

진경이 말없이 잔만 만지작거리고 있는데 유리관 속의 우미가 스르르 눈을 떴다. 새하얀 입술이 슬며시 벌어지더니 숨을 깊이 한 번 들이마시고 또 오래 내쉬었다. 유리관에 하얗게 김이 서렸다가 순식간에 사라졌다. 우미는 다시 스르르 눈을 감았다. 우미가 살아 있다. 정말, 우미가, 살아 있다.

"제가 뭘 도와드리면 되죠?"

진경이 묻자 남자는 조급해 보이지 않으려는 듯 물을 한 모금 마신 후 대답했다.

"꼭 필요한 자료가 하나 있는데. 그게 맨션에, 맨션 어떤 사람한테 있다더라고. 그 사람을 잘 설득해서 그걸 가져다주면 좋겠어요."

"직접 달라고 하시면 되잖아요."

"해 봤는데 말이 안 통해서 말이죠. 태워 버리겠다고 협박을 하더라고요."

"그게 뭔데요? 누구한테요? 그걸 왜 저한테 말씀하시는 거죠?"

"그쪽이 무사히 잘 가져다줄 수 있을 것 같아서요."

"제가 왜요?"

"아쉬운 게 있으시니까."

진경은 남자의 제안을 거절할 수 없을 것 같았다.

"그리고 당신은 날 도와주고요?"

"내가 직접 뭘 어떻게 해 준다는 건 아니고요. 내가

무슨 힘이 있다고."

"그럼 누가?"

"그건 나도 모르죠. 아무도 몰라. 아무도 모르는 멀고 큰 누군가. 누군가들."

남자는 안주머니에서 명함을 한 장 꺼내 내밀었다.

"생각해 보고 연락 줘요. 이왕이면 빨리. 내가 성격이 좀 급한 편이라."

진경은 출근하는 사람들의 무리를 거꾸로 비집어 헤치고 연구소에서 빠져나왔다. 주머니에는 동전 하나 없었다. 정류장을 지나는데 교복을 입은 아이들이 우르르 버스에서 내렸다. 회색 면바지에 흰 셔츠를 입은 남자아이들 무리가 먼저 내리고 같은 색의 스커트를 입은 여자아이들 몇 명이 뒤이어 내렸다. 남자아이들은 자기들끼리 가방을 당기고 어깨를 밀치며 한참을 앞서갔는데 남학생 하나만 정류장 팻말을 짚고 섰다. 마지막으로 버스에서 내린 여학생이 자연스럽게 그의 곁으로 갔다. 둘은 무리와 떨어져 걸었다. 손을 잡지도 않았고, 얘기를 나누지도 않았고, 몇 번 얼굴을 마주 보지도 않았다. 그저 앞을 보며 나란히 걸어갔다.

인도를 따라 심긴 벚나무 가지가 자연스럽게 늘어지며 초록 잎들이 터널을 만들었다. 햇빛이 비치는 방향에 따라 잎들은 초록색으로도, 연두색으로도, 때로는 흰색이나 황금색으로도 보였다. 빛나는 벚나무 터널을 지나는 어린 연인. 꽃이 지고 열매가 떨어진 여름의 벚나무가 이렇게 아름다운 줄 몰랐다. 봄이 아련한 줄 몰랐고 여름이 반짝이는 줄 몰랐다. 가을이 따사로운 줄 몰랐고 겨울이 은은한 줄 몰랐다. 아무것도 몰랐다. 이렇게는, 살았다고 할 수 없겠지. 살아 있다고 할 수 없겠지. 진경은 혼자 중얼거렸다.

영감은 수도꼭지에 호스를 연결해 텃밭을 향해 뿌리고 있었다. 진경은 아무 일도 없다는 듯 꾸벅 고개 숙여 인사하며 맨션으로 들어섰다. 영감은 잠깐 진경을 바라보다가 손을 툭툭 마주쳐 물을 털었다. 수도꼭지는 꺼억꺼억 울음 삼키는 소리를 내며 잠겼고 수도꼭지를 꼭 쥔 영감의 손은 젖었는데도 거칠었다. 두 사람은 약속한 것처럼 도경의 이야기를 꺼내지 않았다.

"우미 봤니?"

영감이 갑자기 물었다. 질문의 진짜 의도를 알 수 없어 진경은 대답하지 않았고 영감은 터벅터벅 관리실로 들어가 버렸다. 진경은 혼란스러웠다. 뭘 알고 하는 말일까. 진경은 폐허가 된 텃밭을 둘러보았다. 바싹 말라 버린 줄기와 잎사귀들은 박제된 나비의 날개처럼 손만 닿아도 바스라졌다. 다시 살아날 수 있을까. 다시 싹이 돋고 잎이 나고 꽃이 피고 그래서 열매를 맺을 수 있을까. 꽃님이 할머니가 일하다 말고 뚝뚝 떼어 줬던 방울토마토와 오이, 상추와 깻잎, 봄동 꽃들…….

할머니가 건네면 진경은 흙을 털거나 물에 씻지도 않고 일단 입에 넣었다. 달콤하고 상쾌하고 풋풋한 향기, 때로는 매끈하고 때로는 까슬하게 혀끝에 닿던 촉감, 아삭거리는 식감. 무심코 매운 고추를 베어 물었다가 눈물을 쏙 빼기도 했다. 수도꼭지에 입을 대고 벌컥벌컥 물을 마시는 진경을 보며 꽃님이 할머니는 히히히히 하고 아이처럼 웃었다. 할머니의 웃음소리를 들은 것은 그때뿐이었다.

진경은 집으로 올라갈까 하다가 관리실로 들어갔다. 진경과 영감은 관리실의 작은 텔레비전 앞에 나란히 앉왔다. 진경은 주머니에 손을 넣어 명함 모서리를 만지작거리며 우미를 생각했다. 죽은 듯이 누워 있던 커다란 우미. 우미가 내뱉던 하얀 숨. 그런데 도경은 정말 살아 있을까. 진경은 왠지 두려워 마음을 정하지 못하고 있었다. 텔레비전에서 뉴스가 시작되자 영감은 이번에도 볼륨을 높였다. 사하맨션을 철거할 예정이란다. 총리 회의에서는 최근 사하맨션을 중심으로 일어나는 강력 범죄를 근절하고 도심 재정비 사업을 시작하기 위해 사하맨션 철거를 결정했다. 자진 퇴거 기한은 이달 말이며 다음 달 2일부터 강제집행이 시작된다.

맨션 사람들 대부분 뉴스를 들었을 테지만 아무도, 아무 말도 하지 않았다. 다른 날들과 비슷하게 고요한 저녁이었고 영감과 진경은 멍하니 각자의 생각을 했다. 영감이 불쑥 진경을 불렀다가 아니다, 하고는 다시 진경을 불렀다가 또 아니다, 했다. 진경은 관리실에서 나와 텃밭 구석으로 가서 담배를 피우며 남자가 건넨 명함을 앞뒤로 돌려 보았다. 맨션 철거 계획이 자신을 향한 재촉이나 설득, 혹은 통보라고 생각하면 망상일까. 그때 뒤에서 누군가가 진경이 들고 있는 명함을 채 갔다. 진경이 놀라

돌아보자 영감이 뒷걸음치며 눈을 가늘게 뜨고 명함을 들여다봤다. 다른 사람한테 명함을 막 보여 줘도 되는 건가. 진경은 잠깐 고민했지만 어차피 전화번호 이외에 아무것도 적혀 있지 않다.

"누구?"

뭐라고 대답해야 할지 몰라 진경은 그냥 웃었다. 영감은 입을 한 번 삐죽하더니 진경에게 명함을 돌려주며 뜬금없이 물었다.

"진경이 너 토끼와 자라 얘기 아니?"

"달리기 경주하다가 토끼가 잠드는……."

"그건 토끼와 거북이고. 자라 말이야 자라."

영감은 관리실 앞 의자에 자리를 잡고 앉더니 이야기를 시작했다. 옛날, 옛날에 말이야, 바닷속 용궁에 사는 용왕님이 죽을병에 걸렸대……. 진경은 영감의 진지한 표정이 어이없었다. 영감은 그러거나 말거나 구연동화라도 하듯 목소리를 바꿔 가면서 열연했다. 용왕님을 낫게 할 유일한 약은 누구나 아는 그것. 여차저차 자라는 토끼를 용왕 앞에 데려갔지만 토끼는 간을 볕 좋은 데에 내놓고 왔다고 거짓말을 한다. 결국 자라는 다시 한번 토끼를 등에 태우고 뭍을 향해 헤엄친다.

"넌 토끼가 거짓말한 게 잘못인 것 같니?"

"뵈는 게 있겠어요. 자기 목숨이 달렸는데."

"그치. 맞아. 그래서 뵈는 게 없는 사람 말은 믿는 게 아니야. 거기 없었어. 따라가도 없었어. 그러니까 항상 진짜가 어디 있을지 생각해야 해."

이 영감, 진짜 뭘 알고 있는 거 아닐까. 진경은 괜히 담배 한 대를 꺼내 영감에게 내밀었다. 영감은 손을 내저어 거절하고는 관리실로 들어가 버렸다. 진경은 영감이 앉았던 의자에 앉아 영감의 말을 오래 되뇌었다.

거기 없었어. 따라가도 없었어. 그러니까 항상 진짜가 어디 있을지 생각해야 해.

*

직업소개소의 소장 할머니는 천천히 의자를 밀치며 일어나더니 절룩절룩 출입문 쪽으로 다가가 잠금 고리를 걸었다. 철컥하며 쇠들이 부딪쳤다. 진경의 마음속에서도 철컥하고 무언가가 엇갈렸다.

소장이 사무실 가운데 놓인 소파에 몸과 마음의 무게를 모두 내려놓으며 앉자 푸욱 하고 바람이 빠지는 소리가 났다. 소장은 와서 앉으라는 뜻으로 맞은편 소파를 턱으로 가리켰다. 진경은 긴장하지 않은 척 허리를 곧게 펴고 소파에 앉았다. 소장은 손을 덜덜 떨면서 테이블 아래에서 은색 담배 케이스를 꺼냈다. 케이스 안에는 가느다란 담배 여덟 개가 줄을 맞춰 끼워져 있었고 소장은 그중 하나를 꺼내 거꾸로 세워 테이블을 톡톡 쳤다. 진경은 얼른 주머니에서 일회용 라이터를 꺼내 들고 다른 손으로는 라이터 든 손을 공손하게 받쳐 불을 붙였다. 소장은 얼굴이 다 일그러지도록 만족스럽게 웃었다.

입술 안으로 깊숙이 물었던 담배는 침으로 흥건했고 여러 번 덧바른 립스틱이 지저분하게 묻어 나왔다. 온 영혼을 다 뱉어 내듯 소장은 한참 동안 연기를 내뿜었다. 재떨이에는 같은 색의 립스틱이 찍혀 있는 꽁초 대여섯 개가 허리 꺾인 채 쌓여 있었다. 소장은 그 위에 또 한 개비의 허리를 꺾어 올렸다. 그리고 주머니에서 립스틱을 꺼내 떨리는 손으로 정성껏 입술에 발랐다. 진경은 아무 말 없이 소장의 모든 의식이 끝나기를 기다렸다. 소장이 몇 차례 위아래 입술을 맞비비자 곱고 진한 핑크빛 립스틱은 입술의 주름을 더 도드라지게 했다.

"너, 나를 어떻게 믿고 그런 소릴 지껄이냐?"

"안 믿습니다."

"그럼 믿지도 않는 나한테 무슨 생각으로 그런 소릴 지껄이냐?"

"소장님이라면 구하실 수 있을 것 같아서."

"어디 쓰려고?"

"다 죽여 버리려고요."

소장은 웃지도 않고 놀라지도 않고 태연히 물었다.

"써 본 적은 있고?"

진경은 대답하지 못했다. 소장은 테이블 아래에서 메모지를 하나 꺼내 블라우스 주머니에 꽂아 두었던 고급 만년필로 느릿느릿 주소를 적었다.

"이리로 가 봐. 내가 지금 전화 넣어 둘 테니."

소장의 오른쪽 얼굴이 씰룩거렸다. 소장의 의지와는 상관없는 그 움직임으로 인해 눈 밑의 깊은 상처가 벌어지고 다물어지기를 반복했다. 진경이 고개를 꾸벅 숙이고 돌아서려는데 소장이 물었다.

"돈 안 내?"

"아, 얼마지……."

"얼마면? 있긴 하고?"

진경은 메모지 모서리를 손으로 만지작거릴 뿐 대답하지 못했다. 소장이 떨리는 손으로 케이스에서 담배를 하나 더 꺼내 들었다.

"값 다 치를 때까지는 네 일당이 나한테 들어올 거다. 그러니까 돈 다 갚을 때까지 쉬지 말고 가리지도 말고 내가 구해 주는 대로 열심히 일해."

소장은 담배와 함께 케이스에 들어 있던 얇은 금색 라이터를 꺼냈다. 그리고 라이터의 핸들을 돌렸는데 아무리 해도 불꽃이 일어나지 않았다. 반짝였을, 그러나 지금은 너무 많이 긁히고 닳아 금빛이 희미해진 작은 라이터와 씨름하고 있는 소장을 잠시 보다가 진경은 주머니에서 자신의 일회용 라이터를 꺼내 들었다. 소장은 거절의 뜻으로 손을 휘휘 내저었다.

무료해서가 아니라 오히려 바쁘고 불안해서 스스로 해내고 싶은 별것 아닌 일들이 있다. 단단하게 굳어 버린 병뚜껑을 돌려 여는 일, 지저분하게 붙은 스티커를 떼어 내는 일, 엉뚱한 곳에서 묶인 매듭을 푸는 일. 진경은 지금 담뱃불을 붙이는 일이 소장에게 그런 의미가 아닐까 생각했다.

일곱 명의 총리가 머무르며 집무를 보는 총리관은 국회 안에 있다. 그렇게 알려져 있다. 확실한 것은 아니다. 낡고 작은 3층 건물. 총리 공간을 따로 두는 것은 낭비라는 초대 총리들의 뜻에 따라 아직까지도 국회 내부에서 최소한의 규모로 유지된다고 한다. 부와 명예를 드러낼 수 없는 일이기에 남는 것은 자부심과 책임감뿐이다. 비밀스러운 신원, 막강한 권력, 희생만 있고 보상은 없는 삶. 주민들은 그런 총리들을 존경하고 감사해했다. 타운이 세계에서 가장 안전하고 부유하고 삶의 질이 높은 것은 총리들의 정확한 판단 덕분이라고 믿고 있다. 타운에는 시행착오와 의견 수렴을 위한 시간 낭비가 없다.

총리단 관련 뉴스에는 늘 같은 자료 화면이 나왔다. 수십 년 전에 촬영된 듯 화질이 나쁜 짧은 영상이었다. 아무도 없는 빈 회의실. 둥그렇고 커다란 회의용 나무 테이블과 등받이가 높은 검은색 의자가 일곱 개 놓여 있다. 테이블 위에는 일곱 개의 마이크가 꽂혀 있고, 일곱 개의 유리잔이 있다. 천장에는 어울리지 않게 화려한 샹들리에. 유독 잔 하나에만 물이 가득 채워져 있는 모습이 이상해 진경은 그 화면이 나올 때마다 잔을 유심히 보곤 했다.

그 영상 하나 외에는 공개된 것이 없다. 총리관은 철저하게 외부인의 출입을 금지하고 있고 언론의 취재도 허락하지 않는다. 때문에 총리들에 관한 각종 루머도 무성하다. 총리들이 알려진 것보다 훨씬 호화로운 생활을 하고 있다거나 국회에 있다는 총리관은 가짜이고 실제로는 연구소 내부에 살고 있다거나 지도에도 나오지 않는 작은 섬 하나가 총리들의 파라다이스라는 소문이 떠돌았다. 사망했다고 알려진 전 연구소장이 사실은 총리로 임명됐다거나 유명 영화배우가 총리를 겸업하고 있다는 말도 있었지만 밝혀진 것은 아무것도 없다.

매일 오후 두 시에 총리들의 일일 회의가 있고 진경은 두 시에 청소년 체험 학습 업체의 팀장 자격으로 국회 답사가 예약되어 있다. 이번에도 소장 할머니가 도와주었다. 소장이 내민 누런 종이봉투 안에는 한 청소년 체험 학습 업체의 소개 브로슈어와 견학 신청서가 들어 있었다.

"너는 그 회사 팀장이고 내일 답사를 갈 거야. 신분증은 안에 들어 있고."

소장은 낡은 지도 한 장과 화질이 좋지 않은 사진 몇 장을 건넸다. 인쇄본의 여러 곳을 수정액으로 지우고 펜으로 덧그린, 출처가 불분명한 지도였다. 진경은 근거라고는 조금도 없는 그 지도를 외울 듯이 보고 또 들여다보았다. 사진은 국회와 총리관 건물이 잡힌 위성사진이었다. 지도와 위성사진을 비교해 보니 딱 맞아떨어지지 않는 부분들이 있었다. 밀실 구조나 비밀 통로 같은 것이 있을 수도 있겠다는 생각이 들었다.

지도에 손가락을 대고 검지로 보이지 않는 선을 그으며 동선을 점검했다. 먼저 방문객 접견실에서 예약 확인. 봉투에는 전혀 다른 이름의 신분증도 들어 있는데 어떻게 구했는지 진경의 사진이 인쇄되어 있었다. 뭐지, 이 할머니?

다음은 소지품 검사. 주머니와 가방 안까지 직원이 일일이 확인한다고 한다. 자연스럽게 가지고 들어갈 수 있는 소지품은 휴대폰과 카메라 정도. 진경은 부품을 모두 들어내고 외피만 남긴 카메라 안에 리볼버를 겨우 넣었다. 여기까지가 첫 번째 고비다. 가짜 신분증과 리볼버를 숨긴 카메라가 무사히 접견실을 통과해야 한다.

국회에 들어가면 견학 담당자의 안내를 받을 것이다. 별관을 지나 본관 건물의 본회의장을 보고 후문으로 나가 정원을 둘러보다가 직원을 따돌리고 도서관 사잇길을 통해 총리관으로 들어가야 한다. 사진 속의 그 길은 밀림 같았다. 오랫동안 손대지 않은 듯 어쩌면 일부러 질기고 거친 식물들을 무성하게 심어 놓은 듯 검은색에 가까운 짙은 녹색이 뒤덮었고 사람의 흔적도 전혀 보이지 않았다. 해상도가 높지 않은 위성 사진이라 그렇게 보이는 거라고 위안했지만 길이 아닐지도 모른다는, 총리관이 아닐지도 모른다는 두려움은 쉽게 떨쳐지지 않았다.

구두는 굽이 낮은 것으로 골랐다. 평범한 블라우스에 가벼운 여름용 리넨 재킷을 걸치며 진경은 우미와 도경을 차례로 떠올렸다. 영감의 말을 생각했다.

총리관

데스크에 나른한 얼굴로 앉아 있는 중년 여자는 예약자 이름과 신분증의 바코드 리딩 결과가 같은 것을 확인하더니 기계적으로 방문증을 내주었다. 사진을 찍을 수 없는 카메라와 전화를 걸어올 사람이 없는 휴대전화도 가방과 함께 테이블에 올려놓았다. 옷과 가방 검사를 마친 진경은 자연스럽게 렌즈가 길쭉하게 튀어나온 카메라를 어깨에 둘러메고 휴대전화를 뒷주머니에 꽂았다.

　안내를 맡은 직원의 구두굽이 높아 또각또각 소리가 선명했다. 진경은 조금 천천히 걸었다. 불안해 보이지 않기 위해 눈동자를 돌리지 않고 고개를 좌우로 분명히 움직여 살피며 소장에게 받았던 지도와 머릿속에 그리고 있는 경로와 실제 구조가 같은지 차분히 확인했다.

별관에 먼저 갔다. 독립부터 현재까지 타운과 국회의 역사를 한눈에 볼 수 있도록 마련한 전시관을 둘러보고 의정 체험관에 들렀다. 진경은 괜히 마이크를 켰다 꺼 보고 전자 투표 기기의 버튼도 눌러 보았다. 직원은 의결안을 내고 투표하고 채택하는 과정까지 학생들이 직접 체험해 볼 수 있도록 최근에 새로 지어진 곳이라고 설명했다. 그리고 본회의장을 보기 위해 본관으로 이동했다.

평일 낮에 방문증을 건 젊은 여자가 국회를 둘러본다는 것이 신경 쓰이는지 경찰들이 자꾸 진경을 흘끔거렸다. 그럴 때면 진경은 사진을 찍는 척 카메라를 눈에 대고 얼굴을 가렸다. 껍데기만 남은 카메라, 렌즈 너머가 보이지 않는 뷰파인더, 눌러도 사진이 찍히지 않는 셔터, 기록이 남지 않는 메모리. 진경은 자신이 그 카메라 같다고 생각했다. 의미 없이 팻말들을 만지고 열려 있는 문틈을 기웃거리고 손잡이를 잡아 돌렸다. 인상을 찌푸리며

진경을 주시하던 경찰들도 몇 차례 같은 일이 반복되자
원래 거슬리는 사람으로 생각하는 듯 무심해졌다.

"화장실 좀."

복도 끝에 화장실 팻말이 삐죽 나와 있었다. 진경의
말에 직원은 미소를 지으며 들어가라는 손짓을 했다. 진
경은 같은 속도, 같은 보폭을 유지하며 화장실 안으로 들
어갔다. 세면대의 수도 레버 하나를 아주 약간 돌려서 가
느다란 물줄기가 흐르다가 똑똑 떨어지다 다시 흐르기
를 반복하도록 맞춰 둔 후 여섯 개의 좌변기 칸 모두에
사용 가능하다는 초록불이 들어와 있는 것을 확인하고
마지막 칸으로 들어갔다.

밤새 연습했다. 위의 두 개만 채워 두었던 단추를 열
고 재킷을 벗어 벽면 옷걸이에 걸었다. 재빨리 폭이 넓
은 카메라 스트랩을 풀어 길이를 조절하고, 양 끝을 연결
해 어깨와 몸통을 감싸도록 단단히 고정시킨 후 쿠션 부
분에 접어 감추어 두었던 건 홀스터를 꺼내 펼쳤다. 카메
라 본체를 뜯어 열고 안에 비스듬히 끼워진 리볼버를 꺼
내 홀스터에 끼웠다. 카메라 외피는 화장지로 둘둘 말아
쓰레기통에 던져 놓고 벗어 둔 재킷을 다시 걸쳤다. 한

손으로는 재킷의 단추를 채우고, 다른 한 손으로는 물을 내리면서 마지막 칸에서 나오기까지 걸린 시간은 2분 남짓. 화장실에는 여전히 아무도 없고 진경이 틀어 놓은 물줄기는 끊어질 듯 아슬아슬 흐르고 있었다. 진경은 손끝에 물을 약간 묻히고 레버를 돌려 잠갔다.

손의 물을 털며 화장실에서 나오는 진경과 경찰이 마주쳤다. 물이 튀자 경찰은 인상을 찌푸렸고 진경은 입을 크게 벌리고 멋쩍게 웃으며 죄송하다고 말했다. 바지춤에 손을 쓱쓱 문지르고 지나가는 진경을 보고 경찰은 뭐 저런 여자가 있어, 중얼거렸다.

진경은 직원에게 아이들이 정원을 둘러볼 수 있겠느냐고 물었다. 직원은 진경이 예상했던 경로대로, 후문을 지나 정원으로 안내하며 말했다.

"정원도 둘러볼 수는 있지만 사실 지금은 볼 게 별로 없어요."

국회 정원은 1년에 닷새, 튤립 축제를 하는 동안만 외부에 전면 개방된다. 2만 평이 넘는 국회 정원을 색색의 튤립이 가득 메우고, 꽃보다 더 많은 아이들이 국회를 찾아온다. 이 축제 때문에 튤립은 국회와 총리단을 상징

하는 꽃이 되었다.

"튤립은 꽃받침이 따로 없어요. 안쪽의 잎 세 개는 원래 꽃이고 바깥쪽의 잎 세 개는 꽃받침이 변한 거죠. 이런 단아하고 독특한 모양 때문에 유럽 귀족들이 아주 좋아했다고 하네요."

진경은 잠시 눈을 감고 젤리빈이 가득 담긴 캔디 머신처럼 선명하고 알록달록한 튤립들이 빽빽이 들어찬 정원의 모습을 상상했다. 달콤한 향기가 느껴지는 듯했다. 축제는 이미 끝났고 꽃들은 모두 잘려 나갔다.

"꽃이 없어 아쉽네요."

"그 대신 연못을 새로 꾸몄어요."

도서관 앞쪽으로 진경의 지도에는 없던 연못이 보였다. 진경은 직원의 한 발 뒤에서 따라갔다. 총리관과는 가까워지고 정원 입구에 서 있는 경찰들과는 멀어졌다.

지름 3미터 정도의 자그마한 연못 주변으로 크고 작은 바위를 빙 둘러놓았다. 진경은 평평한 바위 하나에 올라서서 물속을 내려다보았다. 바닥의 돌멩이며 모래알들이 비칠 정도로 맑고 이끼도 전혀 끼지 않았다. 빨갛고 노란 비단잉어 여남은 마리가 여유롭게 헤엄치고 있었다. 몸길이가 족히 50센티미터는 되어 보였는데 납작하니 살이 별로 없었다. 공개된 장소의 연못이었다면 이 사람 저 사람에게 먹이를 얻어먹어 통통했을 것이다. 진경은 바위에서 내려와 직원의 오른편에 나란히 서며 물었다.

"먹이를 줄 수 있을까요?"

"아, 견학 프로그램에 포함시킬 수 있는지 알아보겠습니다."

"아뇨, 지금."

"지금은 먹이가 없어요."

"제가 건빵을 조금 가지고 있는데. 잉어들이 너무 말라서요."

직원은 난감한 듯 고개를 갸웃거리며 웃다가 아, 네, 뭐 하고 마지못해 허락했다. 진경이 재킷의 단추를 하나 열고 안으로 오른손을 넣는데 진경을 물끄러미 보고 있던 직원이 놀라며 말했다.

"카메라가 없어졌어요!"

진경은 왼손으로 단추 하나를 마저 열고 오른손으로 자신의 체온에 의해 데워진 무기를 쥐었다. 직원의 눈이 순간 동그랗게 커지더니 입을 벌리며 거칠게 숨을 들이마셨다. 저 숨을 내뱉으며 소리를 지르겠구나. 진경은 왼손으로 재킷을 펼쳐 열어 총과 오른손을 가리고 직원의 명치에 총구를 갖다 댔다. 요란한 총성이 고요하고 단단하게 굳어 있던 대기를 갈랐다. 직원은 훅 하고 바람 빠지는 소리를 내며 앞으로 고꾸라졌다.

소장 할머니의 친구라는 젊은 남자는 진경에게 리볼버를 건네며 하나하나 설명했다.

"여기를 총구, 포구, 그렇게 불러요. 총을 쏘면 총알이 나오는 곳. 그건 알죠? 그 위에 삐죽 나온 게 가늠쇠. 조준할 때 이 가늠쇠랑 뒤에 가늠자랑 목표물을 직선상에 놓는다고 생각하고 딱 맞추는 겁니다. 여기가 탄창 뺄 때 누르는 버튼이고, 옆에 삥글삥글 돌아가는 게 탄창. 쏠 때마다 자동으로 한 칸씩, 한 칸씩 돌아가요. 이건 뭘까? 그렇지, 방아쇠. 이건 많이 봤죠?"

진경은 그렇게 5분쯤 설명을 들은 것 같다. 다음으로 그는 총을 쥐는 법, 조준하는 법, 반동을 덜 받는 법 등을 시범 보였다. 진경이 따라하면 자세를 바로잡아 주었다.

보기보다 총이 무거워 손목이 힘들었다. 남자는 진경의 손을 잡아 올리며 말했다.

"글록 같은 걸 쓰면 더 좋을 텐데, 뭐 물건이 입맛에 맞게 구해져야지. 그래도 이 정도면 리볼버 중에 작고 조용한 편이야."

그러고는 사무실 구석의 새장을 가리켰다.

"맞춰 봐요."

"네?"

"저 카나리아 중에 더 큰 놈으로 한번 맞춰 봐."

"진짜, 쏴요?"

"그럼 시험 사격도 한번 안 해 보고 바로 실전으로 뛰어들려고 했어? 연습 기회는 더 없어요. 딱 이번 한 번이에요. 맞춰 봐요."

진경은 크게 숨을 들이마셨다 내뱉었다. 남자가 설명한 대로 손잡이를 가볍게 쥐고 방아쇠에 오른손 검지를 얹은 후, 왼손으로 오른손을 받쳤다. 생각에 잠긴 듯 가만히 허공을 보고 있는 노란 새. 진경은 그 새의 작은 머리와 가늠쇠, 가늠자를 일직선에 놓았다. 이상할 정도로 떨리지 않았다. 한 번 깊게 눈을 감았다 떴는데 새는 여전히 같은 자리에 같은 자세로 있었다. 진경은 오른손 검지를 서서히 자신 쪽으로 당겼다.

철커덕, 빈 탄창이 돌아가는 공허한 소리. 아무런 진동도 소음도 느껴지지 않았다. 응? 진경이 팔을 내리고 카나리아를 확인하는데 남자가 피식 웃었다.

"잘하네. 됐어. 됐어요."

"네?"

"연습 끝났다고요."

"제가 맞췄나요? 총알이 나갔나요?"

"겁 없는 아가씨네. 진짜로 쏘려고 했어요? 여기서 총소리 나면 큰일 나요. 근데 대뜸 방아쇠 당기는 거 보니까 됐어. 딱 여덟 발이에요. 막 쏴 제끼지 말고 아껴 가면서 잘해 봐요."

진경은 정말 카나리아를 쏘았다면 어떻게 됐을까, 생각했다. 조준한 대로 잘 날아가 맞췄다면 카나리아는 산산조각 났을 것이다. 아무렇지 않을 수 있었을까. 그제야 떨렸다. 겁이 났다.

그러니까 이번이 첫 번째 사격이다. 진경은 귀가 멍멍하고 얼이 빠진 채로 도서관과 별관 사이의 흙길을 무작정 달렸다. 그대로 두었다면 여자는 정말 숨을 내뱉으며 소리를 질렀을까. 자신을 공격했을까. 사람을 쏘았다. 친절하게 견학 코스를 안내해 주고, 화장실 앞에서 기다려 주고, 잉어들에게 건빵 주는 것을 허락해 준 사람. 진경의 굳은 마음과 단단한 믿음에 실금이 그어지기 시작했다.

흙길을 지나자 제법 둥치가 굵은 나무들이 길을 가로막으며 두서없이 서 있었고, 그 사이사이를 무릎 높이까지 자라난 잡풀과 덩굴손이 메우고 있었다. 진경이 발을 최대한 높이 들어 겅중겅중 뛰는데도 자꾸만 발등에 알 수 없는 줄기와 드러난 뿌리가 걸려 휘청거렸다. 앞으로 고꾸라지며 땅을 짚었는데 손바닥 한가운데가 찌릿했다. 어디서 나온 건지 알 수 없는 철사 하나가 손바닥을 세로로 쭉 찢고 엄지 아래에 박혔다. 그때 뒤에서 총성이 들렸다. 진경은 철사가 박힌 채로 일단 달렸다.

상처가 시큰거렸고 손바닥에 꽂혀 튀어나온 철사가 자꾸만 옷에 걸렸다. 안되겠다 싶어 앞니로 철사를 물어 쭉 뽑아 냈다. 물총을 쏘듯 가느다란 핏줄기 하나가 포물선을 그리며 뿜어져 나왔다. 반사적으로 상처에 입을 대고 혀로 막은 뒤 계속 달렸다.

"거기 서!"

그리고 두 번째 총성과 함께 더 가벼운 목소리.

"서! 서지 않으면 쏜다!"

진경이 녹슨 철사와 씨름하느라 속도가 늦어진 사이 그들은 진경에게 한층 다가와 있었다. 정원 입구에 서 있던 경찰들일 것이다. 두 사람 모두 진경을 쫓고 있으니 총에 맞은 여자는 버려졌겠구나. 어차피 급소였고 살아 있을 리 없지만 그래도 여자가 혼자 죽어 가고 있다고 생각하니 죄책감이 더욱 묵직하게 진경의 어깨에 얹혔다. 몸이 무거워진 때문인지 길이 험하기 때문인지 진경은 자꾸 걸리고 넘어져 좀처럼 앞으로 나가지 못했다.

덤불에 발이 걸려 휘청하는 찰나, 귀 옆으로 찢어지는 궤적음과 열기가 빠르게 스쳤다. 진경은 허리를 숙이며 흘끔 돌아보았다. 한 사람은 다리를 높이 들어 멀리 내딛으며 진경을 향해 열심히 다가오고 있었고, 또 한 사람은 어깨를 잔뜩 움츠려 진경을 겨누고 있었다. 진경만큼이나 미숙해 보였다. 진경을 겨누는 어깨가 너무 좁았고 긴장한 팔이 굳으며 굽어 얼굴과 손의 거리가 점점 가까워지고 있었다. 진경은 뒤돌아 그를 조준하다가 그냥 팔을 내려 버렸다. 어차피 남자도 자신도 서로를 맞추지 못하리라는 생각이 들었다. 진경은 총리관이 있는 방향으로 전력 질주했다. 길 끝에 덩굴손이 돌돌 말아 꽉 붙들고 있는 검은 철문이 보일 즈음, 진경을 조준하지 않은 것이 분명한 총성이 허공에서 희미하게 흩어졌다.

손가락 굵기의 철제 기둥이 촘촘히 세워진 철제문이었다. 기둥 위쪽은 곱슬머리의 끝자락처럼 둥글게 말린 짧은 철근들로 모양을 냈고 중간중간 길고 뾰족한 철가시를 세워 놓았다. 넘어와도 상관없다는 듯 철문은 낮고 허술했으며 철문 너머는 고요했다. 감시 카메라 같은 것도 보이지 않았다. 혹시 고압 전류가 흐르는 건 아닐까. 주위를 살피고 부러진 나뭇가지를 던져 보았지만 아무 일도 일어나지 않았다. 돌아보니 아까와는 다른 남자 여럿이 진경을 향해 다가오고 있었다. 달아날 방향은 한곳뿐이었다. 진경은 어쩔 수 없이 철문을 뛰어넘었다. 총알이 철문에 맞고 팅겨 나가는 소리가 들렸다.

진경은 정신을 잃었다. 머리를 부딪지도 전기 충격을 받지도 않았다. 분명 등으로 구르며 오른쪽 어깨부터 안정적으로 착지했는데 스위치를 내렸다 올린 것처럼 의식에 공백이 생겼다. 등에 퍼석거리지만 푹신하고 눅눅한 것이 느껴졌다.

진경은 자신이 뛰어 넘어온 낮은 철제문 바로 옆, 낙엽 더미에 반듯하게 누워 있었다. 애초에 치울 생각 없이 계속 쌓아 두기만 했는지 낙엽에서는 나뭇잎 썩는 고약한 냄새와 기분 나쁜 습기가 올라왔다. 문 너머로는 진경을 쫓던 남자들의 뒷모습이 멀어지고 있었다. 빠르지도 느리지도 않은 걸음걸이. 왜 더 이상 쫓아오지 않을까. 너무 이상한데, 이상하게도 그냥 받아들여지는 상황이었다.

멀리 낡은 3층 건물 하나가 눈에 들어왔다. 진경은 재킷 안으로 오른손을 넣어 홀스터를 더듬었다.

벽면의 절반 이상을 차지하는 커다란 여닫이창이 외

벽을 따라 이어져 있었다. 밖으로 제각각 열렸는데 바람이 불 때마다 조금씩 닫히는 창도 있고 조금씩 열리는 창도 있고 요란하게 꺽꺽 소리를 낼 뿐 좀처럼 열리지 않는 창도 있었다. 활짝 열린 창들이 부딪치며 덜걱거렸다. 회벽을 타고 자란 담쟁이들이 슬그머니 창틀을 넘어 들어갔다. 창이 열리고 닫히는 동안 창틀에 짓이겨지다 결국 끊어진 줄기도 있었지만 여러 개의 줄기가 서로 꼬이고 엉켜 굵은 다발이 된 것들은 창이 닫히지 못하게 버티며 건물 내벽을 타고 뻗어 갔다. 열린 창들이 아니라 닫히지 않은 창들이었다.

아무도 없었다. 바람과 마른 잎과 모래만이 닫히지 않은 창을 통해 건물 안과 밖을 아무렇지 않게 드나들었다. 건물 주위를 서서히 한 바퀴 도는 동안 진경의 긴장한 어깨가 조금씩 풀렸고, 홀스터에 얹어 놓은 오른손에 힘이 빠지며 팔이 스르르 재킷 밖으로 흘러나왔다. 다시 출발점에 도착해 섰을 때, 천장 한가운데 매달린 화려한 샹들리에가 눈에 들어왔다.

치렁치렁 늘어진 크리스탈 사이로 어지럽게 얽힌 거미줄. 바람이 불자 거미줄은 솜사탕 기계에서 뽑혀 나오는 설탕 실처럼 너울거렸다. 샹들리에의 가지 끝에는 꽃봉오리 모양의 전구들이 달렸는데 몇 개는 깨져 있었다. 온전한 전구들이라고 불이 들어올 것 같지는 않았다. 한참 만에 진경은 이 샹들리에가 달처럼 희고 차갑게 빛나던 장면을 기억해 냈다. 텔레비전 뉴스였다. 둥그렇고 커다란 회의용 테이블과 일곱 개의 의자와 일곱 개의 마이그와 일곱 개의 물 잔과 천장의 샹들리에. 수백 개의 유리알을 통과한 빛이 사방으로 퍼져 나가고 있었다. 샹들리에는 조명보다는 인테리어를 목적으로 하기 때문에 대부분 조도가 낮고 색이 따뜻하게 마련인데 그 샹들리에는 유독 하얗고 밝아서 효율적이지 않다고 생각했었다.

샹들리에뿐이다. 회의용 테이블도 없고 일곱 개의 의자와 마이크와 잔도 없다. 구석에 작은 나무 의자 하나, 그 옆에 어디로 연결되는지 작동은 하는지 알 수 없는 얼룩이 심한 통유리 엘리베이터, 정면에는 2층으로 올라가는 계단. 먼지와 낙엽과 종이 조각들이 바닥을 뒹굴었다. 진경은 자기도 모르게 아니겠지 하고 작게 중얼거렸다. 여기가 회의실은 아니겠지, 똑같은 샹들리에는 아니겠지, 어쩌면 이곳은 총리관이 아닐지도 모르지.

건물 안을 들여다보던 진경은 문득 문이 없다는 사실을 깨달았다. 벽에는 창문만 이어져 있을 뿐 출입문이 따로 없었다. 1층인데, 출입문이 없다. 여긴 대체 어디일까.

진경이 가장 크게 열린 창을 넘는 순간, 통유리 속의 승강기 차가 건물 전체를 웅웅 울리며 움직이기 시작했다. 기이한 풍경화처럼 멈춰 있던 시간이 진경의 등장과 함께 마법이 풀린 듯 다시 흘렀다. 꿈인가. 이건 꿈인가. 진경은 나무 바닥을 발로 쿵쿵 굴러 보았다. 텅 비고 천장마저 높은 건물이 퉁퉁 울렸다. 소리는 귀에 전해지고 진동은 발바닥을 타고 온몸에 전해졌다. 꿈이 아니다. 진경은 천천히 계단을 올랐다.

2층은 작은 호텔의 로비나 대기실 같은 분위기였다. 계단 앞에 커다란 대리석 테이블, 주위에 가죽 소파와 행운목 화분들, 사이사이 서 있는 목이 긴 스탠드에는 전구가 끼워져 있지 않았다. 소파는 팔걸이만 나무 재질이고 나머지 부분은 짙은 황토색 소가죽으로 덮여 있었다. 장식이 거의 없는, 한눈에도 고급스러운 소파는 먼지가 많이 쌓였을 뿐 낡지 않았다. 오히려 거의 사용하지 않은 듯 가죽의 광택과 쿠션의 양감이 살아 있고 뜯어지거나 긁힌 부분도 없었다. 다만 촌스러웠다. 말 그대로 오래된 소파. 바닥에 깔린 둥그런 카펫도 소파를 비추던 독서용 스탠드도 스툴 위에 놓인 전화기도 옛날 물건이었다.

테이블을 지나면 넓고 높은 안내 데스크 단상, 그 뒤로 길게 뻗은 복도, 복도 양편으로 팻말이 따로 없는 커다란 나무문들이 이어져 있고 그 끝에는 3층으로 올라가는 계단이 있었다. 그러고 보니 1층에는 분명 있었던 엘리베이터가 보이지 않았다.

진경은 복도를 따라 늘어선 수많은 문들과 복도 끝의 계단과 로비를 번갈아 겨누며 조심스럽게 첫 번째 문을 향해 다가갔다. 손잡이는 조금도 돌아가지 않았다. 밀어도 당겨도 꿈쩍하지 않았다. 진경은 발을 높이 들어 발바닥으로 문을 힘껏 찼다. 문은 열리지 않고 문과 벽이 같이 흔들렸다. 연결되어 있다. 그러니까 열리고 통하는 문이 아니라 그냥 그림이나 장식 같았다. 다른 문들도 마찬가지였다.

바람이 불었다. 로비 뒤편의 커다란 창 두 개가 열려 있고 너머로 키 큰 나무들이 느긋하게 바람에 흔들렸다.

국회 정원에 이렇게 울창한 숲이 있고 이렇게 낡고 기이한 건물이 있다는 것이 그 안에 서서도 진경은 믿어지지 않았다. 진경은 복도 끝 계단을 통해 3층으로 올라갔다.

계단 끝에 몸체가 기다란 기관총 네 개가 진경을 기다리고 있었다. 진경이 서서히 오른손을 펴자 쥐고 있던 리볼버가 묵직하게 떨어져 진경의 발등을 툭 찍었다. 진경은 두 손을 모두 펼쳐 보이며 천천히 앞으로 나아갔다. 네 개의 총구는 여전히 진경 쪽으로 향한 채 일정한 거리를 유지하며 같은 속도로 뒷걸음쳤다.

"멈춰."

복면으로 얼굴을 가려 소리가 답답했지만 여자라는 것은 확실히 알 수 있었다. 다시 보니 가장 오른쪽에 선한 명이 좀 왜소했다. 여자가 고갯짓을 하자 옆의 두 사람이 진경에게 다가와 커다란 손으로 진경의 몸을 꽤 오래, 샅샅이 더듬었다. 한 사람의 손길이 유난히 불쾌했다. 진경이 허리께를 더듬는 그의 손을 탁 쳐내자 그가 멈칫하더니 진경이 했던 것처럼 두 손을 펼쳐서 보이며 뒤로 물러났다. 남은 한 사람이 뒤돌아 고개를 끄덕이며 아무것도 없다는 뜻을 전하자 다른 두 사람도 뒤로 물러서며 길을 터 주었다.

3층은 이상할 정도로 좁았다. 건물 밖에서 볼 때도 층이 높아질수록 작아지는 피라미드 모양이긴 했지만 이 정도로 급격히 좁아질 줄은 몰랐다. 천장에는 1층과 똑같은 샹들리에, 기둥이 있었던 흔적들, 텅 빈 장식용 선반, 구석에 둘둘 말린 채 먼지로 뒤덮힌 카펫, 유리창 몇 개는 열려 있고 몇 개는 깨져 있었다. 홀 맞은편에는 벨벳을 씌워 더욱 무거워 보이는 커다란 여닫이 문 한 쌍이 있고, 그 옆으로 2층에는 분명 없었던 엘리베이터가 보였다.

엘리베이터에서 도착을 알리는 신호음이 울렸다. 안에는 온화한 인상의 노신사가 꼿꼿하게 서 있었다. 엘리베이터 문이 서서히 열리고 남자는 미소를 머금은 채 진경을 향해 걸어 나왔다. 흔한 흰색 와이셔츠에 회색 바지, 반짝이는 검은 구두. 남자는 마치 펜이나 담배 같은 것을 찾는 것처럼 일상적인 얼굴로 재킷 안에 손을 넣어 작고 반짝이는 권총을 하나 꺼내더니 총구를 진경의 이마에 갖다 대고 말했다.

"넌 또 뭐야?"

목소리가 낮고 굵으면서도 선명했다. 희끗한 머리와 눈가의 짙은 주름, 어울리지 않게 맑은 눈동자. 나이가 가늠되지 않는 사람이었다. 진경은 대답 대신 물었다.

"도경이는 지금 어딨어? 우미는 어떻게 된 거지?"

남자가 고개를 갸웃했다.

"누구?"

정말 아무것도 모르는 표정이었다. 남자는 도경을 모른다, 우미를 모른다, 진경을 모른다. 예상하지 못했던 반응에 진경은 당황했다.

"당신들이 모르면 누가 알지?"

"당신들?"

남자가 웃었다.

"아, 내 소개를 안 했네? 난 총리관의 총비서. 총리관을 관리하고 총리실 대변인 발표를 준비하고 또 이런 번거로운 일들을 처리하고."

총비서는 이제 네가 소개할 차례라는 듯 진경과 눈을 맞추며 고개를 한 번 깊이 끄덕였다. 여유로운 태도에 압도되었지만 진경은 지고 싶지 않아 총구에 이마를 밀어

붙이며 소리쳤다.

"기껏 당신이나 만나겠다고 여기까지 온 게 아니야. 총리들은 어디 있어?"

그는 이번에도 평온한 얼굴로 총구를 진경의 이마에 붙인 채 단추를 채우거나 지퍼를 올리는 것처럼 아무렇지도 않게 안전장치를 풀었다.

"혹시 남편이 죽었거나 자식을 잃었거나 부모가 병을 얻었거나 직장을 잃었어? 그걸 총리들이 결정했다고 생각하는 거고? 당신 같은 사람 많아. 그런 걸 '망상'이라고 하는 거고. 그런데 말이야, 누구야, 당신?"

열린 창을 통해 바람이 들어왔다. 샹들리에의 늘어진 유리 장식들이 흔들리며 서로 부딪쳐 오르골처럼 맑고 높은 음을 냈다. 땀으로 흠뻑 젖은 블라우스를 말려 주는 건조한 바람, 바람이 만드는 멜로디, 풀 냄새, 흙냄새. 이곳은 너무 평화롭다. 진경의 안에서 뭔가가 울컥 올라왔다.

"우미가 죽어 가고 있어. 사하맨션은 이제 무너질 거고. 그리고 도경이는 대체 어딨지?"

진경이 소리치며 달려들어 그의 목덜미를 쥐었다. 진

경이 목을 조르는데도 그는 방아쇠를 당기지 않았다. 진경을 겨누고 있던 네 사람이 요란한 장비들을 철컥거리며 다급히 다가오자 오히려 그가 왼손을 들어 제지했다. 오른손은 여전히 권총을 쥐고 있고, 권총은 진경의 이마에 얹은 채로 말했다.

"알고 싶은 게, 있는 것 같은데, 들으려면, 이걸, 놔야 하지 않겠어?"

발사 준비가 된 총을 들고 위협을 받으면서도 쏘지 않을 수 있는 사람. 목을 졸려 숨이 막히고 목소리가 제대로 나오지 않는데도 끝까지 할 말을 하는 사람. 진경은 그가 조금 두려워졌고 손아귀의 힘이 풀렸다. 순간 그가 진경을 밀쳐 내며 다시 처음의 꼿꼿한 자세로 돌아왔다. 넥타이를 조금 풀면서 헛기침을 한 번 하더니 총구를 겨누지 않는 네 사람을 향해 말했다.

"철수해. 이 사람은 내가 잘 타일러 보낼 테니까."

그들은 여전히 진경을 겨눈 채 뒷걸음으로 계단을 내려갔다. 남자는 총을 든 오른팔을 높이 들었다가 개머리판으로 진경의 이마를 힘껏 내리찍으며 동시에 구두 뒷굽으로 밀어내듯 진경의 명치를 걷어찼다. 그대로 배를 감싸 쥐며 고꾸라지는 진경을 보며 그가 또박또박 말했다.

"미친년이. 목을 졸라? 뒈지려고 환장했어?"

그가 얼굴을 들이밀며 물었다.

"오느라 고생하진 않았지? 여기가 찾기 힘든 데도 아니고, 들어오기 힘든 데도 아니고. 쓸데없이 여럿 다치게 했다는 얘기는 들었어. 알고 있겠지만, 여자는 죽었고."

여자. 가장 힘을 많이 받으며 버티고 있던 한 조각이 툭, 빠져나가며 진경은 와르르 무너졌다. 눈물이 쏟아졌다. 눈물 너머로 어른거리는 환영 속에서 여자는 우미였다가 도경이었다가 진경 자신이었다.

그는 여전히 진경의 머리를 겨눈 채 한 걸음 옆으로 물러서서 커다란 여닫이문을 턱으로 가리켰다.

"저기 회의실."

문 전체를 감싼 짙은 자주색 벨벳에는 뿌옇게 먼지가 끼었고, 기다란 금속 재질의 손잡이는 어울리지 않게 반짝였다. 손을 많이 탔는지 손잡이의 가운데 부분만 색이 바랬다. 진경은 주먹을 꼭 쥘 뿐 발을 떼지 못했다. 저 문을 열기 위해 여기까지 왔다. 그런데 마음이 계속 머뭇거렸다. 망설이는 진경을 보며 그가 빈정거렸다.

"사하맨션 알지. 무슨 일이 일어나고 있는지도 들었
어. 우미? 도경? 그 사람들은 모르고. 궁금하면 가 봐. 가
서 한번 당겨 봐."

인간에게 불행을 가져다주는 모든 것들이 봉인된 상
자. 호기심으로 인해 그 상자를 열어 보는 여자. 상자에
서 튀어나온 욕심과 증오, 질병과 죽음, 모든 재앙들. 판
도라는 황급히 상자를 닫아 버리고 상자 안에는 '희망'이
남았다는 낡고 뻔한 이야기. 진경은 크게 숨을 들이마신
뒤 발걸음을 뗐다. 바닥에서 쩍 하고 나뭇결 갈라지는 소
리가 났다. 한 걸음, 한 걸음, 또 한 걸음. 긴장과 공포로
심장이 요동쳤다. 눈을 감고 기다란 손잡이를 두 손으로
잡았다. 철제 손잡이가 차가웠다. 진경은 있는 힘껏 손잡
이를 당겼다.

눈앞에 펼쳐진 허공.
회의실이 없다.

문의 바깥 면은 건물의 외벽이었다. 열린 문 너머로

총리관 뒤뜰의 풍경이 시원하게 펼쳐졌다. 키가 큰 나무의 잎사귀들이 초록 물결을 이루며 파도처럼 너울거렸고 흔들리는 나뭇잎 사이로 햇빛이 깜빡깜빡 들이닥쳤다. 진경은 눈앞이 낭떠러지라는 사실이 믿기지 않아 하마터면 한 발 내딛을 뻔했다.

"총리들은?"

"없어."

"그럼 지금 어디 있지?"

"총리 같은 건 처음부터 없었어."

진경은 그에게 달려들어 멱살을 잡으며 소리쳤다.

"거짓말 하지 마! 총리들은 어딨어!"

"총리들 본 적 있어? 실제로든 텔레비전에서든 사진으로든. 목소리를 들은 적은 있어?"

손에 힘이 풀리며 진경은 그의 옷깃을 놓쳤다. 그는 번거롭다는 듯 인상을 찌푸린 채 옷매무새를 정리했다.

"사하맨션에서는 오랜만이네. 요즘 그 동네가 너무 살 만한 건지."

"누가 또 왔었어?"

"작년 겨울이 마지막이었지, 아마. 머리 짧고 얼굴 좀 까만 남자. 나이는 그쪽하고 비슷할 것 같고."

짐작할 수 없었다. 진경 또래의 사하맨션 남자들은 대부분 머리가 짧고 얼굴이 까맣다. 당황과 혼란이 그대로 드러난 진경의 벌건 얼굴을 보며 그가 생글거렸다.

"연구소에서 자료며 표본, 샘플 다 훔쳐 들고 여기 쳐들어왔던 연구원은 지금 거기서 관리인 하고 있다던데? 연구소에서 그 자료를 아직까지 찾고 있어."

영감. 그랬구나. 영감의 늙은 눈동자, 진경의 팔을 붙들던 강한 힘, 대범한 듯 두려운 듯 무심한 말투가 차례로 떠올랐다. 입안이 마르며 영감이 끓여 준 다즐링의 단맛이 올라왔다. 총비서는 느긋하게 엘리베이터 쪽으로 걸어가며 말했다.

"돌아가면 안부 전해 주고."

"맨션으로 돌아가라고?"

"총리들을 만나러 왔고, 총리들이 없다는 걸 알았고, 네가 또 이런 쓸데없는 짓을 하면 네가 안부를 묻던 그 사람들이 무사할 수 없다는 걸 알았으니 제자리로 돌아가야지. 돌아가서 자기 몫을 다 해야지. 다들 그랬던 것처럼."

그는 버튼을 눌러 놓고 오라는 손짓을 했다. 진경은 멍하니 걸음을 옮겼다. 유리문 너머로 검은 로프가 천천히 올라가는 모습이 보였다. 로프가 인큐베이터처럼 투명한 승강기 차를 끌어 올리고 있었다. 유리문에 진경의 모습이 비쳤는데 정면의 창을 통해 쏟아지는 햇살 때문에 윤곽이 보이지 않을 정도로 얼굴이 하얗게 빛났다. 우미의 얼굴이 환상처럼 겹쳤다. 하얗다 못해 푸른 얼굴, 핏기가 전혀 없는 입술, 반쯤 떠서 흰자위만 보이는 눈.

저 인큐베이터를 통과하면 나는 어떤 모습으로 다시 태어나게 되는 걸까. 엘리베이터 문이 열렸지만 진경은 올라타지 않고 돌아서서 총비서에게 물었다.

"다들 순순히 돌아갔다고?"

그는 고개를 끄덕이다가 갑자기 생각난 듯 덧붙였다.

"아, 다 알게 된 후에야 덤벼든 여자가 하나 있었어. 30년도 넘었지, 아마? 아침에 멀쩡히 출근한 아들이 없어졌다면서 글쎄 여기 왔더라니까. 갑자기 과도를 휘둘러서 반사적으로 쳐 냈는데 그 여자가 힘 조절을 못하고 자기 눈 아래를 찔렀어. 병원에서 달아났다던데 죽었겠지. 뭐, 늙어 죽을 나이도 됐겠네."

진경의 머릿속에 떠오르는 얼굴이 하나 있었다. 그리고 궁금해졌다.

"맨션 철거를 결정한 건 누구야?"

"글쎄? 총리 회의 같은 건 필요도 없었어. 그 이전 단계에서 모든 게 결정됐으니까. 대변인은 그냥 발표만 한 거야."

"그럼, 당신은 대체 누구야?"

"총비서. 총리관을 관리하고 총리실 대변인 발표를 준비하고 또 이런, 번거로운 일들을 처리하고. 난 아무 권한이 없어. 그냥 아주 커다란 비밀을 하나 알고 있을 뿐이야. 알고 보면 누구나 알고 있는 그런 비밀."

진경은 벽에 손바닥을 대고 기대서서 차분하게 말했다.

"그 사람 죽지 않았어."

"뭐?"

"죽지 않았다고. 30년 전, 자기 얼굴을 찔렀다는 사람. 많이 늙었지만, 손을 많이 떨지만, 살아 있어. 고급 만년필을 쓰고 예쁜 케이스에 담배를 담아 다니고 늘 색이 고운 립스틱을 발라. 그 사람도 당신을 잊지 않았어."

진경은 아무것도 묻지 않고 자신을 여기까지 들여보
내 준 소장 할머니를 생각했다. 우미가 있는 맨션으로 돌
아온 영감을 생각했다. 우미와 우연을 키워 준 꽃닙이 할
머니와 도경을 숨겨 준 사라를 생각했다. 칠망성 깃발에
불을 붙인 공무원, 종이배를 접어 붙였다던 수십 년 전의
여자와 이아를 팔아먹지 않았다던 이아 엄마를 떠올렸
다. 마지막으로 도경을 선택했던 수를 생각했다.

총비서는 기억을 더듬느라 잠시 집중력을 잃었고 그
순간 진경이 그를 덮쳤다. 진경은 권총을 쥔 그의 오른손
손목을 잡고 끌어안으며 쓰러져 바닥을 뒹굴었다. 누구
의 의도인지 알 수 없게 네 발이 연이어 발사됐다. 한 발
은 유리를 깼고 한 발은 화분을 깼고 나머지 두 발은 벽
을 맞고 어딘가로 튕겨졌다. 그리고 권총이 그의 손에서
미끄러져 바닥을 빙글빙글 돌았다.

진경은 총비서의 어깨를 물어뜯었다. 살점이 뜯겼는
지 옷이 빠르게 피로 젖어 들었다. 총비서는 어깨를 감싸
쥐고 뒹굴며 괴로워했고 언제 굴러왔는지 리볼버가 진
경의 발 옆에 놓여 있었다. 진경은 리볼버를 집어 들어
그를 겨눴다.

"당신 틀렸어. 사람들은 원래 자리로 돌아가지 않았어. 그리고 나는 우미와 도경이와 끝까지 같이 살 거고."

바람이 불었다. 총리관을 지키듯 서 있는 커다란 은행나무가 무섭게 흔들렸다. 미처 노랗게 물들지도 못한 초록빛 은행잎들이 우수수 떨어졌다. 그리고 나비 한 마리가 날아와 떨어진 잎사귀에 날개를 펴고 앉았다. 선명한 노란색. 활짝 편 양 날개 위에 눈동자처럼 동그랗게 소용돌이치는 검은 무늬. 넙적하게 벌어지다 끝으로 갈수록 뾰족해지는 더듬이의 모양 때문에 머리에 작은 새의 깃털을 두 개 꽂아 놓은 것처럼 보였다.

작가의 말

어릴 적, 이모 집에는 커다란 개가 있었다. 낯선 사람을 보면 맹렬하게 짖으며 달려들었다. 팽팽하게 당겨진 목줄은 마당을 가로지르기에 딱 한 발짝 길이만큼 짧았다. 그러니까 마당 가장자리를 따라 걸으면 개를 피할 수 있었다. 알면서도 나는 들어가지 못하고 대문 밖에 서서 울었다. 어른이 된 후에도 종종 목줄의 그 절묘한 길이에 대해 생각했다.

이제 나는 끊어질 듯 낡은 목줄과 우그러진 개 밥그릇과 사나운 개들이 지키던 외진 골목과 그 길을 혼자 다니던 여자아이를 생각한다. 그만큼 자랐고 또 여전히 그 시절에 머물러 있다.

소설을 쓰기 시작한 것은 2012년 3월이었다. 쓰고 고치는 7년 동안 많은 것이 달라졌다. 나도, 나를 둘러싼 가깝고 먼 세상도. 소설을 맺지 못할 줄 알았다. 마무리했고 울지 않았다. 같이 읽고 고민해 주신 박혜진 편집자님께 감사드린다.

2019년 봄
조남주

사하맨션

1판 1쇄 펴냄 2019년 5월 24일
1판 9쇄 펴냄 2024년 2월 14일

지은이 조남주
발행인 박근섭·박상준
펴낸곳 (주)민음사

출판등록 1966. 5. 19. 제16-490호
서울시 강남구 도산대로 1길 62(신사동)
강남출판문화센터 5층(06027)
대표전화 02-515-2000 | 팩시밀리 02-515-2007
홈페이지 www.minumsa.com

ISBN 978-89-374-4125-7 (03810)

* 잘못 만들어진 책은 구입처에서 교환해 드립니다.

추천의 말

『사하맨션』은 참혹한 동시에 아름다운 SF다. 조남주 작가가 상상해 낸
기묘한 도시국가는 모든 것이 순식간에 나빠질 수 있다고 경고한다.
소설은 한국을, 혹은 기술과 윤리의 맞닿은 축이 비틀린 21세기를 닮지
않은 듯 닮았다. 공동체가 언제나 다음 단계로 순순히 나아가지는
않는다는 걸 혹독히 배우고도, 자주 잊거나 무력하게 안주하지는
않는지 30년에 걸친 이야기로 묻는다. 괴로울 만큼 깨어 있어야 겨우
후퇴하지 않을 수 있다는 사실에 지칠 때 조남주 작가를 생각한다.
그러면 계속해 나갈 수 있다.

- 정세랑 | 소설가

(디스토피아적 세계관과 계급 문제를 다룬다는 점에서) 이 소설은
『시녀 이야기』나 『설국 열차』 등을 떠올리게 한다. 그러나 『사하맨션』은
독특하게도 '시체가 되는 여자'와 '살아남은 여자'를 잇는 방식으로
지금 이곳, 우리 사회의 약자와 소수자가 마주한 차별과 혐오의 현상을
돌아보게 한다. 미스터리한 죽음으로 시작한 소설이 장르적 쾌감 대신
서늘한 응축의 힘을 밀고 나가 마침내 '우리는 원래 자리로 돌아가지
않는다.'라고 선언할 때 나도 모르게 그다음을 기다렸다. 이 소설은
미래를 바꾸게 될 한 여성 전사의 탄생에 관한 긴 쿠키영상이다.
설레지 않는가.

- 김현 | 시인